KNAUR

Im Knaur Taschenbuch Verlag und im Droemer Verlag sind bereits folgende Bücher des Autors erschienen:
Die Herren Hansen erobern die Welt
Die denkwürdige Geschichte der Kirschkernspuckerbande
Die Bank der kleinen Wunder
Robert Zimmermann wundert sich über die Liebe
Freilaufende Männer
Königskinder
Das Leben ist nichts für Feiglinge

Über den Autor:
Gernot Gricksch, geboren 1964, ist Kolumnist, Kinokritiker und Autor von Romanen, Sachbüchern und Drehbüchern. Er lebt mit seiner Familie in Hamburg. Gernot Gricksch versteht es wie kaum ein anderer deutscher Unterhaltungsautor, sein Publikum zum Lachen zu bringen, zu Tränen zu rühren und dabei so einiges über das Innenleben von Männern zu verraten, was »echte Kerle« nur zu gerne für sich behalten und viele Frauen gerade deswegen hochspannend finden. Zu Gernot Grickschs größten Erfolgen gehören *Die denkwürdige Geschichte der Kirschkernspuckerbande* und *Freilaufende Männer*. Sein Roman *Robert Zimmermann wundert sich über die Liebe* wurde 2006 mit dem Literaturpreis DeLiA als bester Liebesroman des Jahres ausgezeichnet, die eigene Drehbuchadaption mit dem Norddeutschen Filmpreis und dem Bayerischen Filmpreis. Nach *Freilaufende Männer* wurde 2012 der Roman *Das Leben ist nichts für Feiglinge* mit Wotan Wilke Möhring verfilmt.

Gernot Gricksch

Die heldenhaften Jahre der Kirschkernspuckerbande

Roman

03.07.2013

KNAUR

Besuchen Sie uns im Internet:
www.knaur.de

FSC
www.fsc.org
MIX
Papier aus verantwortungsvollen Quellen
FSC® C083411

Originalausgabe Juli 2013
Knaur Taschenbuch

Umschlaggestaltung: ZERO Werbeagentur, München
Umschlagabbildungen: plainpicture / Cultura; Gettyimages / © H. Armstrong Roberts; FinePic®, München
Satz: Adobe InDesign im Verlag
Druck und Bindung: CPI – Clausen & Bosse, Leck
Printed in Germany
ISBN 978-3-426-51065-0

2 4 5 3 1

Prolog

13. 7. 2010

Heute ist mein Geburtstag. Mein fünfzigster. Eigentlich sollte ich feiern, aber als was auch immer man das beschreiben möchte, was um mich herum passiert, eine Feier ist es ganz sicher nicht.

Ich glaube nicht, dass es einen exakten Punkt gab, an dem man das alles hätte aufhalten können. Vielleicht hätte man die Ereignisse in eine andere Richtung lenken, die Dinge irgendwie begradigen, entschleunigen, beruhigen können. Vielleicht war es aber auch unausweichlich – das, was hier gerade geschieht.

Es ist müßig, darüber nachzudenken. Im Leben steht ein Ereignis niemals ganz allein für sich. Alles ist irgendwie miteinander verwoben, verknotet, verklebt. Es gibt kein simples »Ja« oder »Nein«, kein klares »Hier lang« oder »Da lang« – das, was manche Leute Schicksal nennen, ist die Summe aus unzähligen Entscheidungen und Unterlassungen.

Wir haben Angst. Aber es gibt kein Zurück. Auf keinen Fall.

Alle Kirschkernspucker sind da. Meine besten Freunde. Und noch viele andere Leute, die mir wichtig sind: meine wunderbare Tochter Nele, die verängstigte Peggy und Jörn natürlich, der fast schon selbst ein Kirschkernspucker geworden ist. Außerdem ist die verrückte Anita da, der kauzige Adze, Lucy und ihr Polizist, Florian – und dieser traurige Russe, dem ich eigentlich dankbar sein sollte, der mir aber immer noch nicht ganz geheuer ist. Der Russe ist nicht direkt bei uns. Er steht unten auf der Straße und singt in ein Mikrophon. Seine Stimme hallt laut von den Hauswänden wider. Mehrere Fernsehkameras sind auf ihn gerichtet, unzählige Handys und Fotoapparate blitzen unentwegt.

Ich wollte für meine Geburtstagsfeier eigentlich eine Kneipe mieten, vielleicht eine Band engagieren, die die ollen Hits spielt. Den Soundtrack meines Lebens, zu dem wir dann alle hätten tanzen können. Stattdessen sind wir hier in dieser Wohnung. Wir sind nervös, aber auch zu allem entschlossen. Ständig klingeln das Telefon und die Handys. Reporter rufen an. Das Blaulicht der Polizeiwagen unten auf der Straße veranstaltet eine Lightshow in den Zimmern.

Der Russe hat sein Lied beendet. Die Leute applaudieren und johlen und stimmen schon wieder einen Sprechchor an. Ich bin ihnen so dankbar. Sie sind auf unserer Seite. Wir haben uns das nicht ausgesucht. Wir wollen gar nicht hier sein. Aber die Umstände haben uns dazu gezwungen. Es geht schließlich um ein Menschenleben.

Ich weiß nicht, ob die Welt wirklich immer schlimmer wird, ob die Menschen tatsächlich immer gröber und kaputter werden oder ob es mein Alter ist, das mich die Dinge anders wahrnehmen lässt. In den letzten zehn Jahren habe ich so viel Verwahrlosung bei den Menschen gesehen, so viel alleingelassene Kinder, so viel Kälte, Egoismus und Dummheit, dass ich dazu tendiere, zu glauben, dass die Welt generell den Bach runtergeht. Aber vielleicht bin ich auch einfach nur ein alter Mann geworden und habe in den Früher-war-alles-besser-Modus geschaltet, den ich bis vor kurzem an alten Männern immer so furchtbar gefunden habe.

Dabei war es ja weiß Gott nicht nur Schreckliches, das ich in den letzten zehn Jahren erlebt habe. Da war auch Liebe, sehr viel Liebe sogar, und Spaß und herrliches Chaos und viele kleine magische Momente und reichlich Kinderlachen. Und da waren nicht nur einsame und gebrochene Menschen, sondern auch Träumer und Kämpfer und Abenteurer.

Da war so viel. Und all das ist heute – ausgerechnet an meinem Geburtstag – zusammengekommen. Heute sind sie da. Alle! Und wir riskieren alle verdammt viel für das, woran wir glauben. An das Recht auf Glück.

Der Russe unten auf der Straße hat mit einem neuen Lied begonnen, doch er singt nur ein paar Takte. Dann ist abrupt Schluss. Irgendjemand hat die Tonanlage ausgeschaltet, die Rückkopplung eines Megaphons quietscht.

»Hier spricht die Polizei!«, ruft eine knarzige Stimme zu uns hoch. »Dies ist die letzte Warnung. Sie haben fünf Minuten, um …«

Ich höre nicht hin. In meinen Ohren rauscht es. Ich schaue die Kirschkernspuckerbande an. Dille, Petra, Sven und natürlich Susann. Wir lächeln uns tapfer und nervös zu.

Wir können jetzt nicht aufgeben. Wir können es einfach nicht!

Keiner sagt etwas …

2001

Neun Jahre früher

Das willst du anziehen?!« Susann musterte mich mit einem halb tadelnden, halb mitleidigen Blick.

Ich sah an mir herunter. Ich trug meine Lieblingsjeans – die gemütlichen, die in Höhe der Fußknöchel schon etwas ausgefranst waren –, die braunen Turnschuhe, die mir schon seit vielen Jahren zuverlässig sowohl im Alltagsleben als auch auf meinen Joggingrunden dienten, sowie das quietschgelbe T-Shirt mit Homer Simpson drauf. Wo war das Problem?

»So kannst du doch nicht zum Interview gehen«, fand Susann.

»Das ist bloß ein Radiointerview«, antwortete ich. »Ich könnte nackt vorm Mikro sitzen, mit einer rosa Schleife im Haar und einem Nasenring in den Nüstern. Die Hörer würden trotzdem denken, ich hätte einen Boss-Anzug an, wenn ich nur gestelzt genug rede.«

Susann seufzte. Das konnte sie gut. Seufzen. Es war dieses ganz spezielle weibliche Seufzen, das gestandene Männer zu hilflosen dummen Jungs degradierte. Zu instinktlosen Dumpfbacken, die stets zielsicher die falschen Entscheidungen trafen. Und das Schlimmste an diesem Seufzen war, dass meine Süße oft auch noch recht damit hatte. Was ich natürlich nur sehr selten, und wenn, dann äußerst widerwillig zugab.

Tatsächlich war ich nicht so cool, wie ich tat. Ich war ziemlich aufgeregt. Es war schließlich mein erstes Interview. Zumindest das erste, in dem ich die Fragen beantworten würde, anstatt sie zu stellen.

Vor drei Wochen war mein erster Roman erschienen. Jahrelang hatte ich davon geträumt, ein Buch zu schreiben, während ich als freier Journalist Richtfeste, Theaterpremieren und Pressekonferenzen besuchte. Ein rundes Dutzend Anläufe hatte ich genommen, hatte stundenlang jeden Tag am Computer über dem richtigen Einstieg, den interessantesten Charakteren und dem originellsten Plot geschwitzt, war aber stets nach ein paar Seiten steckengeblieben und musste mir eingestehen, dass das, was ich da zu fabulieren begonnen hatte, ein literarischer Rohrkrepierer zu werden versprach.

Dann starb mein Freund Bernhard, und ehe ich mich versah, befand ich mich auf einer emotionalen Achterbahnfahrt. Mein ganzes bisheriges Leben raste an mir vorbei, und mir wurde schwindelig, als ich zu begreifen begann, aus wie vielen Abzweigungen so ein Leben besteht, aus wie vielen verhängnisvollen oder selig machenden Entscheidungen, Zufällen, Wendungen und Untiefen. Schlagartig wurde mir klar: Ich brauchte kein ausgetüfteltes fiktives Werk zu verfassen. Die Geschichte meines Buches lag vor mir. Ich schrieb einfach auf, was mir widerfahren war. Mein Leben. Und das meiner Freunde. Das ging dann plötzlich ganz einfach, und nach wenigen Monaten lagen dreihundertachtzig Seiten Manuskript vor mir. Zu meiner großen Überraschung und Freude fand ich einen Verlag für *Kirschkerne.* Das ist der Titel des Buches: *Kirschkerne.*

Als ich das Paket öffnete, in dem die ersten dreißig Exemplare meines Buches lagen, war das ein erhebendes Gefühl. Schön sahen die Bücher aus. Viel schöner als andere. Andächtig nahm ich ein Exemplar in die Hand und strich sanft über das Cover. Susann stand neben mir und lächelte. Das kann sie auch ganz toll: lächeln. Sie wusste, wie viel mir dieses Buch bedeutete. Ich hatte es geschafft. Ich war ein Schriftsteller.

Bedauerlicherweise interessierte das außer mir, Susann, meiner Familie und meinen Freunden so gut wie niemanden. Das Literarische Quartett plante jedenfalls keine Sondersendung über mein Werk. Es thronte auch nicht in mannshohen Stapeln bei Thalia, Hugendubel und der Mayerschen Buchhandlung, noch warf es imposante Schatten über die neuen Werke von John Grisham, Henning Mankell und Stephen King. Tatsächlich konnte ich froh sein, wenn *Kirschkerne* es überhaupt auf den Neuheitentisch der Buchläden schaffte und nicht gleich ins Regal geschoben wurde, wo es vor allem dazu diente, unzählige Hera-Lind-Bücher zu stützen, die neben ihm standen.

Mein Name ist Piet Lehmann. Lehmann mit L. Lehmann steht getreu den Gesetzen des Alphabets im Regal neben Lind. Es war nicht schön, mit dieser Autorin in eine Reihe gestellt zu werden. Aber da musste ich durch.

Kurz: Mein Romandebüt hatte bislang unter Ausschluss der Öffentlichkeit stattgefunden, und deshalb war es eine erfreuliche Überraschung gewesen, als ein Mitarbeiter des NDR-Kultursenders bei mir angerufen und mich gefragt hatte, ob ich für ein Interview zur Verfügung stände.

Ob ich zur Verfügung stände? Aber hallo!

Ich würde den Herrn Kulturjournalisten um 15 Uhr im Hamburger Sender treffen. Dass ich für diesen Termin ausgefranste Hosen und ein Simpsons-T-Shirt angezogen hatte, lag nur halb darin begründet, dass ich meine Kleidungsstücke aus Gründen der Bequemlichkeit und Gleichgültigkeit üblicherweise einfach oben vom Stapel nahm, ohne mir darüber Gedanken zu machen, ob sie miteinander harmonierten. Ich wollte dem Herrn aus der NDR-Kulturabteilung außerdem signalisieren, dass ich keiner dieser eitlen, affektierten Möchtegern-Literaturpreisträger war, mit denen er sonst sicher mühsame und humorlose Gespräche führen musste. Nein, ich war ein Normalo. Ein lockerer Typ. Einer, der abends die Simpsons guckte.

»Du hast dein Homo-T-Shirt an!«, lachte Nele und zeigte auf den Homer Simpson auf meinem Bauch.

Meine Tochter, die gerade ins Zimmer gekommen war, strahlte Susann und mich triumphierend an. Wie immer, wenn sie einen Witz gemacht hatte. Mein Kumpel Dille hatte ihr das beigebracht: Homo Simpsons! Haha. Dille-Humor. Nele war gerade mal sechs Jahre alt und kannte dank Dille auch schon die Ausdrücke Hämorrhoiden, Vorhaut und Amoklauf. Dille hatte meiner Tochter außerdem eine ganz besondere Form der Reaktion beigebracht, wenn Susann oder ich ihr etwas auftrugen. Sagten wir zu Nele beispielsweise: »Räum dein Zimmer auf« oder »Bring bitte den Teller in die Küche«, pflegte unsere Kleine zu antworten: »Heute nicht, Schatz. Ich hab Kopfschmerzen.«

Die Flausen, die Dille unserer Nele in den Kopf setzte, waren völlig unpassend. Zugegebenermaßen waren sie aber auch ziemlich komisch. Susan und ich mussten uns oft ganz schön zusammenreißen, um nicht loszulachen, wenn Nele einen ihrer unangebrachten Gags abfeuerte.

Da nun beide weiblichen Mitglieder meiner Familie

einen abfälligen Kommentar über meine Garderobe abgegeben hatten, blieb mir keine andere Wahl, als mich umzuziehen. Eine Viertelstunde später stieg ich mit gebügeltem Freizeithemd, fransenfreier schwarzer Jeans und geputzten Halbschuhen ins Auto. Susann und Nele gaben mir Abschiedsküsse.

»Viel Glück«, sagte Susann.

»Bau keinen Scheiß, Alter«, kicherte Nele.

Ich sollte ernsthaft darüber nachdenken, Dille Hausverbot zu erteilen.

Beim NDR wurde ich von einer Sekretärin in einen schmucklosen Raum abgeschoben. Der Mitarbeiter, der mich interviewen sollte, war noch auf einem Außentermin. Ich saß also auf mich allein gestellt auf einem Bürostuhl und drehte mich in Ermangelung irgendeiner anderen Tätigkeit, die sich anbot, seit einer Viertelstunde rasant im Kreis, während aus einem Lautsprecher an der Wand das aktuelle Programm von NDR 2 dudelte. Eben hatte Robbie Williams *Eternity* geschmachtet, jetzt besang Enrique Iglesias irgendeinen *Hero.* Und dann ging die Tür auf. Mein Redakteur war da! Endlich! Ich stoppte mein Bürostuhl-Karussell-Spiel so abrupt, dass ich halb von der Sitzfläche rutschte.

»Herr Lehmann?«, fragte der Redakteur und tat so, als wäre es ganz normal, dass ein ausgewachsener Mann schräg zwischen Bürostuhl und Fußboden hing wie ein nasser Sack.

Ich nickte und erhob mich so würdevoll, wie es in dieser Situation möglich war.

Als ich endlich stand, schüttelten der Mann und ich uns die Hand. Ich musterte mein Gegenüber. Das konnte nicht der Redakteur sein. Der Bursche hier war höchstens zwanzig Jahre alt. Vermutlich ein Praktikant, der mich gleich zu der graumelierten Kulturkoryphäe des Senders führen würde.

Doch dann stellte der Bubi sich vor: »Dominik Brockheffer. Freut mich sehr.«

Es war derselbe Name, den ich schon am Telefon gehört hatte. Jungchen war tatsächlich der Kulturjournalist.

Okay. Ich musste mich anscheinend langsam daran gewöhnen, dass ich als einundvierzigjähriger Mann beruflich zunehmend mit jüngeren Leuten zu tun haben würde. Ich hatte schließlich früher selbst als Mittzwanziger des Öfteren Herren gesetzten Alters interviewt. Aber hatte ich damals nicht viel reifer gewirkt als dieser Knabe hier?

Auf jeden Fall war ich besser vorbereitet gewesen. Denn nun sagte Herr Brockheffer: »Gratuliere zu Ihrem ersten Roman. Er soll ja ganz toll sein. Sie müssen entschuldigen, ich hatte keine Zeit, ihn zu lesen. Unsere Volontärin hat aber total davon geschwärmt. Es geht irgendwie um deutsche Geschichte. Und um Familie und so was, oder?«

Ich seufzte. Das konnte ja heiter werden.

Klein-Dominik hatte uns beiden Kaffee organisiert und saß mir nun freundlich lächelnd gegenüber. Er hatte mich gebeten, ihm vor dem Interview einen »kurzen Überblick« über mein Buch zu geben. Was ich tat.

»Kirschkerne«, sagte ich, »ist eine Geschichte über Freundschaft. Und über die Wege und Abzweigungen, die das Leben einem offeriert, während man in eine ganz andere Richtung schaut.« Ich lächelte Dominik Brockheffer freundlicher an, als ich dem lesefaulen Hobbyjournalisten tatsächlich gesinnt war.

»Aha«, sagte er. »Und etwas konkreter?«

Das Kerlchen wollte tatsächlich eine Inhaltsangabe! Unglaublich!

»Also«, begann ich, fest entschlossen, mein erstes Interview professionell durchzuziehen. »Es ist die Geschichte meiner fünf besten Freunde. Und meine eigene Geschichte natürlich auch. Wir sind alle im Jahr 1960 geboren, und ich erzähle in *Kirschkerne,* was uns in den vierzig Jahren bis zur Millenniumswende so alles widerfahren ist.«

Dominik nickte. Sein Blick forderte mich zu mehr Details auf.

Also gab ich sie ihm: »Ich selbst bin durch diverse Phasen gegangen. Punk, Alternativ ... Na ja, was man in den Siebzigern eben so war. Ich habe dann lange als freier Journalist gearbeitet. So wie Sie. Kein wirklich spektakuläres Leben. Außer, dass ich über viele Umwege irgendwann die Frau meiner Träume gefunden habe: Susann. Wir waren schon Grundschulkumpel, aber ich habe ewig gebraucht, bis ich begriff, dass sie der Mensch ist, der mich glücklich machen kann.«

»Ein glücklicher Schriftsteller«, grinste Dominik. »Trifft man ja eher selten.«

Ich ignorierte seine Bemerkung. »Susann und ich haben eine Tochter. Nele. Sechs Jahre alt. Susann und ich sind immer noch zusammen. Und irgendwann wird Susann vielleicht auch mal einen meiner alljährlichen Heiratsanträge annehmen.«

Ich grinste hoffnungsvoll. Das sollte nun aber wirklich das Eis brechen. Die meisten Leute fanden es kurios und charmant, dass ich der Mutter meines Kindes in regelmäßigen Abständen die Ehe antrug, obwohl sie mich jedes Mal freundlich, aber bestimmt abblitzen ließ. Susann glaubte einfach nicht an das Hochzeitsritual.

Dominik Brockheffer aber amüsierte meine romantische Hartnäckigkeit kein bisschen. Er schien sich nur mit Mühe ein Gähnen verkneifen zu können. Das war zweifelsohne der langweiligste Plot, den er je gehört hatte.

»Schnell zusammengefasst, klingt das zugegebenermaßen ziemlich ...«, murmelte ich defensiv, doch Dominik unterbrach mich.

»Und Ihre Freunde?«, fragte er in der offensichtlichen Hoffnung, dass sie nicht solche Nullnummern waren wie ich.

»Ja«, fuhr ich fort. »Da gibt es Dille. Eigentlich Dilbert. Er ist ein Spielplatzrocker, ein Maulheld, ein Teenie-Macho, ein Sprücheklopfer. Als er fünfzehn war, hatte er Sex mit Petra, die auch zu unserer Clique gehörte. Petra hat sich immer wie ein Junge benommen. Total tough. Wir waren alle aufrichtig überrascht, dass sie überhaupt eine Gebärmutter hat. Wie auch immer, die beiden gingen ins Bett, und Petra wurde von Dille schwanger. Sie haben das Kind bekommen und sind zusammengezogen. Sie haben geheiratet und zwei weitere Kinder bekommen. Die beiden sind wie Feuer und Wasser, sie fetzen sich ununterbrochen. Auch heute noch. Aber irgendwie raufen sie sich immer wieder zusammen.«

Dominik Brockheffer sah aus, als würde er darauf brennen, ein ernstes Wort mit der Volontärin zu reden, die ihm den faden Autor solch eines banalen Romans als Gesprächspartner angepriesen hatte.

»Sie müssen verstehen«, sagte ich. »Es ist eine wahre Geschichte. Es geht nicht um irgendwelche großen Ereignisse, es gibt kaum dramaturgische Knalleffekte. Es geht um die Liebe und um Freundschaft, über die Gedanken, die man sich macht, die unerwarteten Streiche, die einem das Leben spielt. Es ist auch eine Chronik über das Deutschland der letzten vierzig Jahre. Manche Leute sagen, das Buch sei sogar ein wenig philosophisch. Und viele Leute finden es, nun ja … unterhaltsam. Komisch. Rührend.«

Ich ärgerte mich über mich selbst. Warum verteidigte ich mein eigenes Buch vor einem Mann, der es gar nicht gelesen hatte?

»Gibt's auch Tote?«, fragte Dominik.

Ich schaute ihn erstaunt an. »Es ist kein Krimi«, sagte ich und konnte mir einen säuerlichen Zug um die Mundwinkel nicht verkneifen. »Ich hasse Krimis.«

»Hm«, murmelte Dominik. »Trotzdem.«

Mittlerweile kochte ich innerlich vor Wut. Dieses Jüngelchen wollte mir unmissverständlich klarmachen, dass mein bisheriges Leben zu langweilig war, um überhaupt aufgeschrieben werden zu dürfen. Er wollte mehr Action. Sex and Crime.

Okay, konnte er haben.

»Ein bisschen Krimi ist schon drin«, sagte ich. »Da gibt es noch Sven. Meinen anderen Kumpel. Der hat lange gebraucht, bis er sich als schwul outete. Das war echt hart für ihn. Seine Mutter konnte das nicht akzeptieren, daraufhin ist Sven eines Nachts mit einem Jagdmesser in ihr Schlafzimmer gegangen und hat ihr beide Augäpfel aus dem Gesicht geschnitten, die Pupillen dann in Teriyaki-Sauce mariniert, bei milder Hitze goldbraun gebraten und schließlich per Einschreiben an den Papst geschickt.«

Dominik Brockheffer schaute mich eine Sekunde verblüfft an, dann begann er zu lachen.

Ich grinste: »Okay. Keine Augäpfel. Aber Svens Outing

ist tatsächlich ein wichtiger Teil des Romans. Sven hat sich in vierzig Jahren von einem verängstigten Häschen zu einem stolzen, starken Mann entwickelt. Er und sein Lebensgefährte waren eines der ersten homosexuellen Paare in Deutschland, die geheiratet haben. Er ist heute Regisseur am Theater.«

»Cool«, fand Dominik. Er schaute für einen Moment in Gedanken versunken an die Decke. Dann sagte er: »Also, da gibt es Sie. Ihre Susann. Dille, der Chaot, und Petra, die nicht feminine Powerfrau. Sven, der stolze Schwule ... Einer fehlt noch, oder?«

Ich nickte: »Da kriegen Sie doch noch Ihren Toten. Bernhard.«

Ich war erstaunt, wie schwer es mir immer noch fiel, über Bernhard zu reden. Es war ein Jahr her, seit wir ihn beerdigt hatten, aber es tat immer noch weh.

»Bernhard war ein ganz besonderer Mensch«, erklärte ich Dominik. »Er war scheu. Ein Stotterer. Ein Träumer. Und hyperintelligent. Ich habe nie wieder einen Menschen getroffen, der so klug war wie Bernhard. Er hat aus seiner Genialität nur nie etwas machen können. Er war das Kind schwerer Alkoholiker. Vernachlässigt. Und dann ist er abgehauen. Mit sechzehn. Wir haben jahrelang Briefe von ihm bekommen. Aus aller Welt. Er war Entwicklungshelfer, Abenteurer, Weltreisender. Zumindest dachten wir das. Wir haben ihn bewundert. Ich habe ihn auch beneidet. Aber dann stellte sich letztes Jahr heraus, dass er all die Jahre in Wuppertal gelebt hat. Dass alles eine Lüge war. Ein Fake. Bernhard hatte sich wie seine Eltern totgesoffen. Wir haben ihn im Juli letzten Jahres beerdigt.«

»Das tut mir leid«, sagte Dominik.

»Mir auch«, antwortete ich.

»Und wie geht die Geschichte aus?«, fragte mein Interviewer.

Ich sah ihn erstaunt an. »Gar nicht«, sagte ich.

»Wie jetzt?«, wunderte er sich.

»Wie soll so eine Geschichte denn ausgehen?«, wollte ich wissen. »Es ist das Leben. Und das Leben geht weiter.«

Klein-Dominik sah mich zweifelnd an. Er schien sich nicht vorstellen zu können, dass das Leben für Menschen über vierzig noch irgendetwas bereithielt. Wahrscheinlich dachte er, alles, was Männern meines Alters noch blieb, waren die alljährliche Prostatakrebs-Vorsorgeuntersuchung und sporadische Ü40-Partys, auf denen wir zu den Klängen von Status Quo und Cindy Lauper unsere arthritischen Gelenke schüttelten.

»Doch, doch. Es geht immer weiter, das Leben«, bekräftigte ich.

»Sicher«, sagte Klein-Dominik. »So ist das wohl.«

* * *

»Was soll das heißen, wir brauchen einen anderen Musiker?«, rief Sven. »Ich hab für Mahmoud gekämpft, und ihr habt mir zugesagt, dass es klappt, und jetzt …«

»Er hat Flugverbot«, unterbrach ihn Brückner.

»Was?«, wunderte sich Sven.

»Er darf kein Flugzeug besteigen«, erklärte Brückner. »Er ist Muslim. Und er hat diese CD gemacht mit dem Lied über Palästina und …«

»Das darf doch nicht wahr sein!«, rief Sven. »Er ist Sänger und Gitarrist. Kein Terrorist! Er ist ein fester Bestandteil des Konzepts. Wie soll ich jetzt zwei Wochen vor der Premiere …?«

Brückner machte eine hilflose Geste. »Wir haben alles versucht. Wirklich. Aber die Amis haben ihn vom Flugverkehr ausgeschlossen. Er hängt in New York fest.«

Sven schlug die Hände über dem Kopf zusammen. Er saß dem Intendanten in seinem Büro gegenüber und konnte nicht fassen, dass der so ruhig blieb.

»Das ist doch ein Skandal!«, rief Sven. »Damit müssen wir an die Presse! Das können wir doch nicht einfach so …«

»Sven«, sagte Brückner. »Ich schätze deine Leidenschaft. Aber wenn du den Job erst mal so lange machst wie ich, dann gewöhnst du dich daran, dass ständig solche Dinge passieren. Theater ist ein organisches Medium. Da muss man schnell reagieren. Und der wahre Kreative beharrt nicht auf einem Konzept, sondern versteht zu improvisieren.«

Sven atmete tief durch. Er versuchte, sich zusammenzureißen. Das hier war eine Riesenchance für ihn. Seine erste Inszenierung am Großen Haus. Am Thalia Theater, um Himmels willen. Dem legendären Thalia Theater!

Sein Aufstieg hatte zwar relativ spät stattgefunden, war dafür aber kometenhaft verlaufen. Erst vor einem Jahr hatte Sven, der viele Jahre an kleinen Theatern gearbeitet hatte, seinen ersten Auftrag als Bühnenbildner am Thalia Theater gehabt. Seine innovativen Ideen hatten alle am Haus sehr beeindruckt und gingen weit über das hinaus, was andere Bühnenbildner zu einem Stück beisteuerten. Als der Regisseur des Stückes erkrankte und die Inszenierung auf der Studiobühne im halbfertigen Zustand hinterließ, sprang Sven ein. Kurz entschlossen hatte er alles in die Tonne getreten, was bislang erarbeitet worden war, und binnen sechs Wochen eine komplett neue Inszenierung auf die Beine gestellt, die euphorische Kritiken geerntet hatte und fast jeden Abend ausverkauft gewesen war.

So bot man Sven für die nächste Spielzeit ein Stück am Großen Haus an. *Der Besuch der alten Dame* von Friedrich Dürrenmatt. Der frischgebackene Regisseur Sven siedelte die Geschichte in einem ostdeutschen Kaff an und engagierte einen angesagten New Yorker Avantgarde-Musiker, dessen Klänge und Songs essenziell für die Inszenierung waren.

Und dann flogen diese Schweine in die Twin Towers.

Und dann machten diese amerikanischen Idioten Jagd auf alles, was den Koran las.

Und jetzt saß Sven ohne Musiker da. Zwei Wochen vor der Premiere.

»Ach, komm schon, Sven«, sagte Brückner. »Ich bin mir sicher, dass dir etwas einfällt.«

Der Intendant erhob sich. Das Gespräch war beendet.

Als Sven später nach Hause kam, knallte er die Wohnungstür hinter sich zu.

»Fuck!«, brüllte er all die Wut heraus, die er eine Stunde lang im Theater mühsam unterdrückt hatte.

Jörn kam aus dem Wohnzimmer in den Flur. »Was ist denn, Schatz?«, fragte er.

»Fuck!«, brüllte Sven noch einmal, stapfte in sein Arbeitszimmer und knallte auch diese Tür hinter sich zu.

Seinen Ehemann würdigte er nicht eines Blickes.

* * *

»Wie lief das Interview?«, Susann empfing mich bereits an der Wohnungstür.

Ich mumpfte.

So nannte Susann das. Wenn ich über etwas nicht reden wollte, zog ich die Lippen zusammen und grummelte ein Geräusch heraus, das angeblich wie »Mumpf« klang.

»Mumpf?«, fragte sie.

Ich zog die geputzten Halbschuhe aus. »Der Typ sagte, es ist noch nicht sicher, ob es überhaupt gesendet wird«, brummte ich.

»Och«, sagte Susann und nahm mich kurz in den Arm. »Und warum nicht?«

Ich zuckte die Schultern. »Die bemühen sich gerade um ein Telefoninterview mit Hera Lind. Und wenn die zusagt, ist für mein Buch keine Zeit mehr in der Sendung.«

»Schlimm?«, fragte Susann.

»Ach, wer hört schon Radio«, sagte ich und versuchte, cool zu klingen.

»Ganz schlimm?«, hakte Susann nach.

»Na ja. Wäre irgendwie schon spannend gewesen, sich selbst mal in einem Radiointerview zu hören«, gab ich zu.

»Sushi-schlimm?«, lächelte Susann mich an.

»Sushi-und-Sashimi-schlimm«, nickte ich.

Das war eines unserer Rituale. Wenn einer von uns schlecht drauf war, so richtig frustriert, dann bestellten wir uns etwas Leckeres zu essen. Ich liebte japanisches Essen, das gerade seinen Siegeszug in Deutschland begonnen hatte. Es gab bereits drei Restaurants in Hamburg, die Rohe-Fisch-Röllchen anboten. Und eines davon lieferte sogar außer Haus. Da Susann mehr auf italienisches Essen stand, bestellten wir immer doppelt.

Nachdem wir Nele am Abend ins Bett gebracht hatten, füllten wir die Leckereien von den hässlichen Styroporschalen auf schöne Teller, zündeten Kerzen an, machten eine Flasche Wein auf, legten eine gute CD rein – ich hatte mir gerade das neue Album von Björk gekauft – und schauten uns tief in die Augen, während wir aßen. Wir redeten nicht viel. Wir schauten uns nur an. Ganz genau schauten wir uns an. Ganz bewusst. Und dann wurde uns immer klar, dass es wichtigere Dinge im Leben gab als den blöden Kleinscheiß, über den wir uns gerade geärgert hatten. Dass das Leben voll schöner Dinge ist. Dass es Sushi und Sashimi gab und Linguini mit Scampi. Und dass es uns gab. Susann und mich. Und unsere Nele. Und dass es das gab, was Susann und ich im Schlafzimmer anstellten, nachdem wir die Kerzen ausgepustet und die Teller in die Geschirrspülmaschine gestellt hatten.

Aber an diesem Abend musste ich dabei einmal kurz an Hera Lind denken.

Und das war nicht schön.

* * *

Petra starrte fassungslos den Strich an. Horizontal. Nicht vertikal. Es war ein horizontaler Strich! Scheiße.

Petra dachte an all die Glückwunschkarten, die sie in den letzten Monaten für werdende Eltern, für Taufen und Kindergeburtstage gestaltet hatte. Das war ihr Job: Texterin und Designerin für Glückwunschkarten. Eine der Geburtskarten der neuen Kollektion war wie ein Ei geformt. Darauf stand: *Schaut mal, was meine Mama ausgebrütet hat!* Und wenn man die Ei-Karte aufklappte, war da eine freie Fläche, auf der die stolzen Eltern ein Foto ihres gerade geborenen Kindes aufkleben konnten.

Und jetzt brütete Petra selbst wieder so ein Kinderküken aus. Ihr viertes!

Petra legte den Schwangerschaftsteststick auf den Badewannenrand und ließ den Kopf in die Hände sinken.

Sie war jetzt vierzig. Andere Frauen erwarteten in dem Alter begeistert ihr erstes Kind. Mutterschaft auf den nahezu letzten Drücker. Petra allerdings, die bereits mit fünfzehn schwanger geworden war und sechs Jahre später dann noch Zwillinge bekommen hatte, hatte sich gerade darauf eingestellt, mit vierzig einen neuen Lebensabschnitt zu beginnen. Ihr ältester Sohn Jan war schon vor Jahren ausgezogen und inzwischen fast fertig mit seinem Studium. In einem Jahr würde er ausgebildeter Verfahrenstechniker sein. Petra hatte nach wie vor nur eine vage Ahnung, was genau das war. Ihre Zwillinge Lucy und Florian waren auch schon neunzehn und hatten gerade mit Ach und Krach ihr Abitur geschafft. Derzeit suchten sie eine Wohnung. Eine gemeinsame Wohnung. Sie waren nach wie vor unzertrennlich. Dann wären da nur noch Dille und sie gewesen. Ein Ehepaar. Zwei Menschen, die gemeinsam Dinge unternehmen, sich wieder annähern, eine Zweierbeziehung führen konnten – etwas, was ihnen aufgrund der frühen Elternschaft bislang nicht möglich gewesen war. Petra hatte sich darauf gefreut.

Zugegeben, Dille und sie hatten sich oft in der Wolle. Immer wieder flogen die Fetzen, Kraftausdrücke und gelegentlich auch Gegenstände mittelharter Konsistenz. Aber sie liebte ihn. Trotz allem. Und sie hatte gehofft, dass sie nach dem Auszug der Zwillinge endlich den romantischen, innigen Teil ihrer Ehe einläuten würden, der ihnen bislang versagt geblieben war. Sie hatte sich so sehr auf die Zweisamkeit gefreut. Nur Dille und sie.

Pustekuchen. Da waren jetzt Dille, sie ... und der horizontale Strich.

Wie Dille wohl reagieren würde? Petra schaute auf die Uhr. Es war kurz nach Mitternacht. Es würde noch dauern, bis er nach Hause käme. Seine *Counterstrike*-Abende endeten selten vor drei Uhr nachts. Wenn sich Petras Mann erst mal mit seinen Freunden am Computer eingeballert hatte, vergaßen die Jungs Zeit und Raum. Da waren sie wie kleine Kinder. Nicht viele Frauen würden Verständnis dafür aufbringen, wenn ihr Gatte sich einmal die Woche zu endlosen martialischen Computerspielnächten mit seinen Freunden traf. Aber Petra hatte damit kein Problem. Sie spielte selbst ganz gern *Counterstrike.*

Das Telefon klingelte. Petra schaute überrascht auf. Ein Klingeln nach Mitternacht versprach nichts Gutes.

»Ja?«, meldete sie sich.

»Frau Hölters?«, sagte eine Männerstimme.

»Wer spricht da?«, fragte Petra.

»Moment«, sagte die Stimme.

Der Hörer wurde offenbar weitergereicht. Dann hörte Petra Lucys Stimme.

»Mama?«, sagte sie.

»Lucy! Was ist los?!«, rief Petra aufgeregt.

Lucy zögerte kurz. Dann sagte sie: »Könntest du uns … äh … bei der Polizei abholen?«

Als Dille um kurz nach vier nach Hause kam, war er überrascht, dass im Wohnzimmer Licht brannte. Mit fragendem Gesichtsausdruck schaute er Petra, Lucy und Florian an, die gemeinsam am Tisch saßen.

»Was ist denn hier los?«, fragte er.

»Hallo, Schatz. Es gibt ein paar kleine Neuigkeiten«, sagte Petra mit ruhiger, freundlicher Stimme. Auf unbeteiligte Beobachter hätte sie zweifelsohne völlig gelassen und entspannt gewirkt. Doch Dille kannte seine Frau lange genug, um zu wissen, dass das ihr bedrohlichster Tonfall war. Wenn sie so sprach, war die Kacke ernsthaft am Dampfen.

»Schieß los«, sagte er nervös und setzte sich.

»Deine reizenden Kinder«, sie zeigte auf Lucy und Florian, »sind bei Karstadt eingebrochen.«

»Was?!«, rief Dille.

»Das war ein politischer Protest«, erklärte Florian.

»Ein Statement gegen den Konsumterror«, ergänzte Lucy.

»Wir sind mit ein paar Freunden von der Spaßguerilla…«, begann Florian auszuführen.

»Spaßguerilla?!«, rief Dille.

»Ja. Gewaltloser, phantasievoller Widerstand«, sagte Lucy. »Eine alte anarchistische Tradition. Gab's schon in deiner Generation. Fritz Teufel. Rainer Langhans. Das Pudding-Attentat auf Vizepräsident Humphreys…«

»Können wir vielleicht mal zum Thema zurückkehren?«, unterbrach Dille seine Tochter. »Ihr seid bei Karstadt eingebrochen?«

»Wir waren acht oder neun Leute«, fuhr Florian fort. »Wir sind in die Möbelabteilung eingestiegen und haben uns dort eingenistet. Probewohnen bei Karstadt. Bettenbesetzung! Ironie, verstehste? Wir haben uns Sachen aus der Lebensmittelabteilung geholt und eine Party gefeiert. So von wegen … Konsumgüter sind für alle da. Keiner hat das Recht…«

»Ihr habt eine Party gefeiert?! Bei Karstadt?! Nachts?!«, schrie Dille. »Seid ihr noch ganz dicht?! Dafür kommt ihr ins Gefängnis!«

»Wir haben nichts beschädigt«, beeilte sich Lucy zu versichern. »Und wir sind auch nicht richtig eingebrochen.

Einer aus unserer Gruppe hat einen Bruder, der beim Wachdienst von Karstadt arbeitet, und von dem hatten wir den Schlüssel für eine Hintertür.«

»Wir haben Fotos gemacht. Und wir haben Leute vom Fernsehen angerufen«, ergänzte Florian. »Die sind mit einem Kamerateam gekommen, als wir verhaftet wurden.«

»Bei Spaßguerilla geht's ja immer auch um Öffentlichkeit«, erklärte Lucy. »Die Karstadt-Typen werden aber versuchen, es als Bagatelle abzutun. Die haben gar kein Interesse, dass das groß thematisiert wird oder gar vor Gericht geht. Außerdem haben wir schon vorher mit einem guten Anwalt gesprochen. Einer aus unserer Gruppe kennt einen, der ...«

»Ich fass es nicht!«, rief Dille. »Das ist doch ... Ach, du Scheiße! Habt ihr eine Ahnung, was da jetzt alles auf uns ... auf euch ... auf uns alle zukommt?!«

Dille war außer sich. Er schaute zu Petra hinüber, die immer noch ganz ruhig und mild lächelnd dasaß.

»Und was grinst du so blöd?!«, rief er. »Sag doch auch mal was!«

»Ich bin schwanger«, sagte Petra völlig gelassen.

Dille fiel die Kinnlade herunter.

* * *

Der NDR sendete das Interview doch. Ich wurde jedoch nie darauf angesprochen. Wahrscheinlich hört wirklich kein Mensch die Kulturbeiträge im Radio.

Am nächsten Tag telefonierte ich mit Ulf, meinem Lektor beim Verlag.

»Ich hab eine großartige Idee für ein neues Buch«, sagte ich.

Ulf druckste herum. »Piet … Weißt du … Wir sollten erst mal …«

»Ich würde gern etwas über eine Frau mit Depressionen schreiben«, redete ich einfach weiter. »Ich finde, das ist ein faszinierendes Thema. Depressionen.«

Auf der anderen Seite der Leitung war es still.

Es war viel zu lange still.

»Piet«, sagte mein Lektor schließlich. »Um ehrlich zu sein … Wir haben von deinem Buch weniger Exemplare verkauft als von dem veganen Kochbuch für Kinder. Ich glaube nicht, dass der Verleger bereit ist, dir eine weitere Chance …«

»Depressionen!«, rief ich aus. »Es gibt Millionen Menschen da draußen mit Depressionen! Wenn nur jeder Zehnte davon mein Buch kauft …«

»Piet«, unterbrach mich Ulf. »Depressive Leute sind zu deprimiert, um deprimierende Bücher zu lesen. Die gucken lieber die Wand an.«

»Aber das wäre eine Figur, in die ich mich momentan total gut hineinversetzen könnte!«, rief ich mit der Beharrlichkeit der Verzweifelten.

Ich wäre erledigt, wenn ich nicht die Chance auf einen zweiten Roman bekäme.

»Du weißt, wie sehr ich deine Schreibe schätze«, sagte mein Lektor in väterlichem Tonfall, obwohl er zehn Jahre jünger ist als ich. »Aber momentan laufen diese Art von Bücher einfach nicht. Momentan wollen alle Fantasy. *Harry Potter.* Kennste doch, oder? Da gibt's bald schon wieder einen neuen Band. Und Krimis. Henning Mankell zum Beispiel, der läuft wie blöde. Deine Art von Romanen aber, so toll ich sie finde …«

»Ich kann auch Krimi«, sagte ich verzweifelt.

»Was?«, wunderte sich Ulf.

»Ich liebe Krimis!«, log ich.

»Echt?«

»Ja! Total! Ich haben alles gelesen von … äh … Edgar Wallace bis … Patricia Highsmith.«

»Das ist so etwa fünfundzwanzig Jahre her, oder?«, hakte mein Lektor mit amüsiertem Unterton nach.

»Ja … Das sind halt … die Klassiker«, stammelte ich. »Aber ich kenn auch die aktuellen Sachen. Henning Mankell und … so.«

Es war wieder still auf der anderen Seite. Ich wusste, dass er mir nicht glaubte. Lügen war noch nie meine Stärke gewesen.

»Okay«, sagte mein Lektor schließlich. »Du bist ein guter Autor. Warum solltest du nicht einen Krimi probieren? Mitunter haben ja die genrefremden Schreiber die interessantesten Herangehensweisen. Aber beim Honorar werden wir Abstriche machen müssen. Das ist dir klar, oder?«

»Ja, äh …«, stammelte ich.

»Was schwebt dir denn so für eine Geschichte vor?«, fragte Ulf. »So ganz spontan.«

»Eine depressive Privatdetektivin?«, schlug ich vor.

Das Lachen meines Lektors war so laut, dass ich den Hörer ein Stück vom Ohr weghalten musste.

* * *

Susann saß auf der Bank am Rande eines Spielplatzes, nicht weit von ihrer Wohnung in Hamburg-Ottensen. Nele saß mit zwei anderen Kindern in der Sandkiste und buddelte mit ihnen gemeinsam hochkonzentriert elaborierte Gräben und Türmchen für ihre Playmobilfiguren.

Es war Samstagmorgen, und Susann hätte gern mit Piet und Nele einen kleinen Ausflug gemacht, ein Spaziergang an der Elbe, ein Besuch im Hirschpark vielleicht. Doch Piet hatte sich gleich nach dem Frühstück hinter seinem Computer verschanzt und sich auf sein neues Buchprojekt gestürzt. Ein Krimi. Ausgerechnet. Piet konnte regelrecht manisch werden, wenn er sich ein Ziel setzte und seine Reise dorthin begann. Dann trat die restliche Welt für eine Weile in den Hintergrund. Und selbst wenn Susann ihn tatsächlich zum Hirschpark hätte überreden können, wäre er vermutlich bloß stumm und mit den Gedanken bei seinem neuen Projekt neben ihr und Nele hergetrottet. Also: Spielplatz.

Susann schaute ab und an zu ihrer Tochter hinüber, doch da Nele völlig in ihr Spiel vertieft war, blätterte Susann die meiste Zeit in den Unterlagen, die sie mitgenommen hatte. Es waren die aktuellsten Verordnungen der Schulbehörde. Susann hatte das Gefühl, dass ihr Alltag als Lehrerin nur noch zu einem knappen Drittel aus Unterrichten bestand. Der Rest war Papierkram: Reformen, Statistiken, Schwachsinn. Sie hatte diesen Beruf einmal ergriffen, weil sie die Vorstellung gehabt hatte, junge Menschen auf einen guten Lebensweg bringen zu können. Doch dazu kam sie in letzter Zeit immer seltener. Die Bürokratie hatte sie im Würgegriff. Susann seufzte.

»Weißt du, was ich total an dir mag?«, sagte plötzlich eine Männerstimme neben ihr.

Susann blickte überrascht auf und sah Jörn, der neben ihr stand. Svens Ehemann hatte die Hände hinter dem Rücken verschränkt und grinste sie an.

»Meine unglaublich faszinierende Aura, meinen Humor und meinen Intellekt?«, schlug Susann vor.

»Nicht zu vergessen deinen erstklassig geformten Hintern«, fügte Svens Ehemann mit einem Zwinkern hinzu. »Nein, vor allem mag ich an dir, dass man dir immer ansieht, wie es dir gerade geht.«

»Soso?«, lächelte Susann. »Und wie geht's mir gerade?«

»Ich habe dich hier sitzen sehen, als ich auf dem Balkon war, und dachte, das arme Mädchen braucht eine Aufmunterung«, sagte Jörn und zauberte hinter seinem Rücken zwei Becher hervor, aus denen es verführerisch dampfte.

»Cappuccino?«, strahlte Susann.

»Wozu hab ich mir schließlich diese sündhaft teure Kaffeemaschine gekauft?«, sagte Jörn.

Susann nahm ihm eine Tasse ab. »Du bist ein Engel.«

Jörn setzte sich neben sie.

In diesem Moment bemerkte auch Nele Jörn und winkte ihm begeistert von der Sandkiste aus zu. »Hallo, Onkel Jörn!«, rief sie.

Jörn warf ihr eine Kusshand zu. »Hallo, Rockerbraut!« Dann drehte er sich wieder zu Susann und zeigte auf die Papiere, die sie neben sich auf die Bank gelegt hatte. »Die üblichen brillanten Einfälle der Schulbehörde?«

»Ja«, nickte Susann spöttisch. »Die deutsche Lehrerschaft besteht nach wie vor aus Superhelden. Wir können alles! Wir machen jeden Tag aus verwahrlosten Legasthenikerkindern Atomphysiker und sparen dabei auch noch zwanzig Prozent des Bildungsetats ein.«

»Na ja, wenigstens hast du einen Job«, antwortete Jörn.

Susann legte ihre Hand auf seine. »Nichts Neues bei dir?«, fragte sie.

Jörn schüttelte den Kopf. »Ist 'ne kleine Branche. Und jeder klebt auf seinem Posten. Wenn's so weitergeht, muss ich mich wohl umorientieren.«

Jörn war vor neun Monaten arbeitslos geworden, als das Musicaltheater, an dem er als kaufmännischer Direktor gearbeitet hatte, an eine ausländische Firmengruppe verkauft worden war.

»Aber ich habe echt keine Lust, in irgendeinem blöden Büro die Buchhaltung zu machen«, sagte Jörn.

»Kann Sven nicht irgendwie …?«, hob Susann an. »Der kennt doch Gott und die Welt am Theater.«

Susann sah an Jörns Gesichtsausdruck, dass sie einen wunden Punkt getroffen hatte. Doch bevor sie nachfragen konnte, was denn los sei mit ihm und Sven, wurden sie von einem lauten Geschrei aufgeschreckt. In der Sandkiste war plötzlich die Hölle los! Nele saß auf einem brüllenden und heulenden Jungen, dem sie mit Nachdruck immer wieder ihre kleine Plastikschaufel auf den Kopf schlug. Die beiden anderen Kinder, mit denen Nele gespielt hatte, weinten erschrocken.

Susann sprang von der Bank auf und lief zu ihrer Tochter. »Nele! Hör auf!«, rief sie. »Hör sofort auf!«

Nele schaute zu ihrer Mutter auf. »Er hat angefangen!«, rief sie, während sie die Schaufel über dem Kopf schwang.

»Das ist mir völlig egal!«, rief Susann. »Schluss jetzt!«

Nele schaute noch einmal zu dem wimmernden Jungen, auf dem sie hockte, und stieg dann achselzuckend von ihm herunter.

Susann nahm die Hand des Jungen und half ihm auf.

»Alles okay?«, fragte sie.

Der Junge weinte.

»Tut dir etwas weh?«, fragte Susann. »Tut dein Kopf weh?«

»Er hat unseren Turm kaputt getreten, und als wir gesagt haben, er soll aufhören, hat er gesagt, wir sind doof, und hat auch noch die Brücke kaputt getreten, und dann hat er Mara an den Haaren gezogen, und da hab ich …«, rappelte Nele aufgeregt herunter.

In diesem Moment spürte Susann eine Hand, die sie grob an der Schulter packte und nach hinten zog.

»Lassen Sie mein Kind in Ruhe!«, keifte eine Frau.

Susann drehte sich um und sah einer etwa dreißigjährigen Frau ins viel zu stark geschminkte Gesicht.

»Ich hab nur …«, begann Susann die Situation zu erklären.

Doch die Frau unterbrach sie barsch: »Niemand fasst meinen Sohn an, du Fotze!«

Daraufhin schnappte sie sich ihren immer noch plärrenden Jungen und zerrte ihn ruppig hinter sich her. Das Kind drehte sich noch einmal um und zeigte Susann den Mittelfinger. »Fotze!«, rief der Junge.

Reizend. Susann setzte sich auf den Rand der Sandkiste und sah den beiden kopfschüttelnd hinterher. Sie war nicht wirklich überrascht. Sie unterrichtete an einer stadtbekannten »Problemschule« und hatte es sich längst abgewöhnt, bei Kraftausdrücken und Beschimpfungen zimperlich zu sein.

»Fotze?«, wiederholte Nele nachdenklich. »Was ist eine Fotze, Mama?«

»Das ist etwas ganz Geheimnisvolles«, antwortete Jörn, der inzwischen auch dazugekommen war, mit dramatischer Stimme. »Viele haben davon gehört, aber kaum jemand weiß etwas Genaues.«

Susann musste lachen.

»Ich jedenfalls weiß so gut wie nichts darüber«, sagte Jörn zu Nele. »Es ist einfach ein großes Rätsel. Ein schwarzes Loch …«

Susann schüttelte amüsiert den Kopf.

»Ich kann ja mal meine Lehrerin fragen, was eine Fotze ist, und dann sag ich dir Bescheid«, schlug Nele hilfsbereit vor, was Susann nun endgültig zu einem Lachkrampf verhalf.

»Frag lieber Onkel Dille«, grinste Jörn.

Susann riss entsetzt die Augen auf. »Oh Gott, nein!«, sagte sie zu Nele. »Frag ihn nicht. Frag nicht Onkel Dille! Frag niemanden. Ich erkläre es dir nachher in Ruhe, okay?«

»Kennst du denn das Geheimnis?«, fragte Nele aufgeregt.

»Ja«, grinste Susann. »Ich weiß Bescheid.«

* * *

Dille und Petra schauten sich in der Wohnung um. Marode war das Wort, das die zugige Altbaubude in Bahrenfeld am besten beschrieb. Dille griff nach einer der losen Tapetenbahnen, die nur noch halbherzig an der Wand hingen, und riss sie mit einem Ruck herunter.

»Die haben hier im Laufe der Jahre mindestens sieben Schichten übertapeziert«, rief er. »Die unterste Schicht ist wahrscheinlich frühes Biedermeier. Vielleicht sind da auch noch Höhlenmalereien drunter. Das müsst ihr alles runterreißen und komplett neu machen. Wahrscheinlich sogar neu verputzen«, seufzte er. »Und dann neue Tapeten kaufen. Für fünf Räume! Das kostet!«

»Kein Problem«, sagte Lucy.

»Wir tapezieren nicht. Wir malen einfach nur die Wand an«, erklärte Florian.

Petra hörte ein knackendes Geräusch und schaute auf den Boden. Eine der Holzdielen war locker, mit einer Tendenz zur Fäulnis. Sie öffnete das Fenster, dessen Scharniere einen ähnlich maroden Eindruck machten wie der Fußbodenbelag, und rümpfte die Nase. »Was stinkt denn hier so?«, fragte sie.

»Ach das«, sagte Lucy mit einer wegwerfenden Handbewegung. »Das ist nur die Ketchup-Fabrik da drüben. Das riecht man nur, wenn der Wind von Osten kommt.«

»Also … Ich weiß nicht …«, wagte Petra einen zaghaften Vorstoß.

»Die Wohnung ist auch viel zu groß für euch beide«, unterstützte Dille sie.

»Deshalb suchen wir uns ja noch einen Mitbewohner«, sagte Lucy. »Vielleicht einen aus so einem Obdachlosenprojekt oder so. Die kommen ja sonst ganz schwer unter auf dem freien Wohnungsmarkt.«

Dille rollte mit den Augen. In seiner Phantasie sah er bereits einen verfilzten und verlausten Penner mitsamt dreibeinigem Hund, fortgeschrittener Tuberkulose und schwerer Alkoholabhängigkeit bei seinen Kindern einziehen. Doch er verkniff sich jeden Kommentar. Er wusste, dass es keinen Sinn hatte, diesbezüglich ein Veto einzulegen. Seine Zwillinge würden niemals jemanden abweisen. Sie waren offen für jeden und alles, waren voll blindem Vertrauen und einem sozialen Missionarseifer, der ebenso lobenswert war, wie er verhängnisvoll sein konnte.

Die Zwillinge spielten in verschiedenen Bands (Punk und Ska) und tummelten sich in Amnesty-International-Gruppen, konspirativen Zellen von radikalen Tierschützern und Kampfvegetariern. Sie verbrachten jede freie Minute in Cliquen, Horden, Meuten. Sie sprachen wildfremde Menschen an, ließen sich von den bizarrsten Typen vollquatschen und gaben großzügig jedem Penner Geld, der in der Fußgängerzone auf dem Boden saß. Lucy und Florian hatten einen unerschöpflichen Vorrat an kuriosen Bekanntschaften. Wagte Dille es hin und wieder, ihre vertrauensselige Affinität zu allerlei dubiosem menschlichem Strandgut zu kritisieren, dauerte es selten länger als fünf Minuten, bis er von seinen Kindern als Rassist, asozial und / oder herzlos bezeichnet wurde. Wenn Lucy und Florian einem Berber ein Zimmer anbieten wollten, würde Dille sie nicht davon abhalten können. Und selbst wenn es ihm wunderbarerweise gelänge und die Zwillinge keinen offiziellen Mitbewohner aufnähmen, so würden in ihrer Wohnung vermutlich trotzdem ständig eine Handvoll obskurer Typen übernachten. Da war es Dille tatsächlich lieber, wenn sich wenigstens einer davon formell an der Miete beteiligte. Dille verdiente als Filialleiter bei der Discounterkette *Hagro* zwar nicht schlecht, aber weiß Gott nicht so gut, dass er problemlos die Wohnungen für seine drei Kinder finanzieren konnte. Zwar jobbten Lucy und Florian, bevor sie demnächst irgendwann vielleicht mal ihr Studium beginnen würden (»Byzantinistik und neugriechische Philologie vielleicht oder Verhaltensgestörtenpädagogik«), doch sie behielten ihre Anstellungen als Tresenkraft, Regalauffüller und Pizzafahrer selten länger als ein paar Wochen. Mal war der Chef ein Sexist, Rassist und / oder herzlos, mal war die Bezahlung »menschenunwürdig«, und manchmal scheiterte das Angestelltenverhältnis auch an dem hochkomplexen Konzept des Rechtzeitig-aufstehen-und-pünktlich-am-Arbeitsplatz-Erscheinens, auf das erschreckend viele Arbeitgeber zu bestehen schienen.

Nein, Lucys und Florians Basisversorgung fiel immer noch in den Verantwortungsbereich ihrer Eltern. Dille und

Petra taten, was sie konnten. Doch auch Petras Einkommen als Grußkarten-Kreative war eher mittelprächtig. Immerhin hatten sie kistenweise Gratiskarten für alle Gelegenheiten im Keller gestapelt. Bei jeder Beerdigung, Taufe, jedem Geburtstag und in einem Fall sogar einer Bar-Mizwa versorgten sie ihre Freunde großzügig mit kostenlosen Pappkärtchen. Aber mit Goldene-Hochzeit-Glückwünschen und Konfirmationsweisheiten konnte man keine Familie durchbringen. Auch der Anwalt, der sich derzeit mit Lucys und Florians Karstadt-Eskapade beschäftigte, würde sich vermutlich nicht mit fünfhundert Pumuckl-Einladungskarten zum Kindergeburtstag abspeisen lassen.

Und dann war da auch noch das neue Kind. Dille freute sich auf den Familienzuwachs, aber die zusätzliche finanzielle Belastung lag ihm schwer im Magen …

Am Abend standen Dille und Petra in der Küche. Petra wusch einen Eisbergsalat und schnitt ihn klein, Dille mischte ein Fertigdressing aus Tütenkräutern und Olivenöl an.

»Was für eine Bruchbude«, sagte Dille.

Petra legte das Messer beiseite. »Ich finde, die Wohnung passt zu den beiden.«

»Weißt du noch?«, sagte Dille. »Unsere erste Wohnung?«

Petra seufzte: »Oh ja. Wir hatten alle Möbel von unseren Eltern bekommen. Wir haben in den Scheißmöbeln gewohnt, die unseren eigenen Eltern schon zum Hals raushingen.«

»War trotzdem 'ne schöne Zeit«, sagte Dille. »Chaotisch, aber schön.«

»Ja«, gab Petra zu. »Manchmal war's schön.«

»Ich liebe dich. Das weißt du, oder?«, fragte Dille.

Petra wusch sich die Hände in der Spüle und trocknete sie ab. »Ja«, sagte sie. »Schätze, das tust du.«

Die beiden sahen sich eine Weile an. Dann goss Petra zwei Gläser Weißwein ein.

»Na, na, na«, tadelte Dille sie scherzhaft. »Auf den abendlichen Wein musst du jetzt aber ein paar Monate verzichten.«

Petra griff nach dem Weinglas und trank demonstrativ einen großen Schluck. »Ich bekomme das Kind nicht. Ich lass es wegmachen. Ich hab drei durch. Jetzt bin ich mal dran.«

Dille starrte sie fassungslos an.

* * *

Nele gab ihrem Papa einen Abschiedskuss und ging durch das Schultor. Sie drehte sich noch einmal um. Papa winkte ihr nach. Nele winkte zurück. Ihr Papa machte eine ulkige Grimasse, und Nele musste lachen. Papa war ein Quatschkopf, sagte Mama immer. Da hatte sie recht.

Nele ging gerne in die Schule. Einigermaßen. Es war allerdings nicht ganz die supertolle Veranstaltung, die ihr versprochen wurde, als sie vor drei Monaten mit der Schultüte im Arm in der Aula gesessen und die Rektorin den versammelten Kindern und ihren Eltern vorgeschwärmt hatte, wie viel Spaß sie alle haben würden. Das war echt eine ziemliche Übertreibung gewesen. Aber Erwachsene übertrieben ja ständig, das hatte Nele längst durchschaut.

Nee, der Spaß konzentrierte sich im Wesentlichen auf die Pausen, wo Nele mit ihren Freunden und Freundinnen herumtoben konnte. Im Unterricht langweilte sie sich dagegen oft. Nele konnte bereits ziemlich gut lesen, und kleine Zahlen zusammenrechnen fiel ihr auch nicht schwer. Ihr blieb also viel Zeit, um aus dem Fenster zu schauen und ihren Gedanken nachzuhängen, während ihre Mitschüler sich mit der komplexen Problematik quälten, wie viele Gummibärchen Peter noch blieben, wenn er von seinen sieben Stück vier abgeben musste. Tim, der ganz hinten in der Klasse saß und alles über alle Pokémon-Monster wusste, sagte, er würde einfach niemandem Gummibärchen abgeben. Das wären doch seine. Und sieben wären ja eh voll wenig. Davon auch noch welche abgeben? Niemals! Nele dachte, dass Tim bestimmt mal sehr fett werden und schlechte Zähne kriegen und nicht viele Freunde haben würde.

Nele bekam selten Gummibärchen. Mama brachte höchstens mal diese wabbeligen Dinger aus dem Reformhaus mit, wo keine Gelatine drin war. Die waren mit Rohrzucker oder so was und schmeckten, als ob man in eine Qualle biss. Wenn Nele auf einen Kindergeburtstag eingeladen war, stürzte sie sich immer sofort auf die Haribos, die überall herumstanden.

Nele schaute also aus dem Fenster. Da stand das Klettergerüst, das vor einem Monat feierlich eingeweiht worden war. Zur Finanzierung des Gerüsts hatten die Kinder einen Benefiz-Flohmarkt veranstaltet, und viele Eltern hatten Geld gespendet. Auch Neles Papa und Mama hatten Geld gegeben. Papa hatte erzählt, dass viele von den Eltern der Viertklässler gesagt hatten, dass sie kein Geld geben wollten, weil ihre Kinder ja sowieso bald nicht mehr zur Grundschule gehen würden und dann gar nichts mehr von dem Gerüst hätten. Das hatte Nele eingeleuchtet. Doch dann hatte Papa erzählt, wie er bei der Elternratssitzung gesagt hatte, es gehe doch nicht darum, dem eigenen Kind ein Spielzeug zu kaufen, sondern darum, etwas für die Allgemeinheit zu tun. Man würde ja auch nicht Geld für Afrika spenden und dann verlangen, dass einem die hungernden Kinder etwas von dem Reis abgeben. Das hatte Nele auch eingeleuchtet. Manchmal war das echt nicht so leicht mit dem Richtig und Falsch, mit dem Ja oder Nein, mit dem Gut und Böse. Es war ganz schön kompliziert, das Leben, dachte Nele.

Ganz oben auf dem Klettergerüst hangelte Jegor. Jegor ging in die Zweite. Es war der Junge, der Nele gestern im Sandkasten geärgert hatte. Was machte er da draußen? Jetzt war doch keine Pause? Jetzt war doch Unterricht. Jegor war ziemlich klein für sein Alter. Er saß ganz oben auf dem Klettergerüst, saß auf dem obersten Seil und streckte sich, als wolle er noch höher hinauf. Als wolle er an einem unsichtbaren Seil weiterklettern. Bis in den Himmel.

Nele beobachtete, wie eine Lehrerin über den Pausenhof zum Klettergerüst lief und Jegor rief. Sie schaute zu ihm hoch und schimpfte mit ihm. Nele konnte nicht verstehen, was sie sagte, weil die Fenster geschlossen waren, doch die Lehrerin wollte offenbar, dass Jegor herunterkam. Aber Jegor wollte nicht. Er sah wütend aus. Die Lehrerin rief wieder etwas, und Jegor guckte weg, schaute ganz woanders hin. Dabei schrie er etwas, das Nele nicht verstehen konnte. Es musste etwas sehr Freches gewesen sein, denn die Lehrerin war nun echt sauer. Sie war sauer, weil sie ratlos war. Sie konnte ja nicht auf das Gerüst klettern und ihn herunterzerren. Sie konnte bloß rufen und hoffen, dass er irgendwann auf sie hörte. Sie war ihm ausgeliefert. So etwas fanden Erwachsene gar nicht gut, wenn sie die Dinge nicht kontrollieren konnten.

Nele fragte sich, ob Jegor einfach mitten im Unterricht herausgelaufen war. Wer machte denn so was? Nele fand Jegor interessant. Sehr viel interessanter als den Matheaufgaben-Peter und seine blöden Gummibärchen.

* * *

Die amerikanische Botschaft an der Hamburger Außenalster war in einer prächtigen, hell gestrichenen Villa mittlerer Größe untergebracht, die wie eine bescheidene, hanseatische Variante des Weißen Hauses in Washington aussah. Bis vor kurzem hatte einfach nur ein ganz normaler Zaun das Gebäude umgrenzt, und ein gelassen wirkender amerikanischer Soldat hatte davor Dienst geschoben. Alles sehr unaufgeregt. Bis vor kurzem hatte man dort auch einfach so hineingehen können. Man hatte bloß seinen Ausweis vorgezeigt, war durch die dezente Absperrung gegangen und hatte im Wartebereich Platz genommen, bevor man zu einem Botschaftsangestellten hineingerufen wurde, der einem einen Visumstempel in den Pass drückte oder sonstige Sachen für einen regelte.

Bis vor kurzem war es auch kein Problem gewesen, in die USA zu fliegen. Die bürokratischen Hindernisse auf dem Weg zur Einreise waren im Laufe der Jahre immer mehr geschrumpft. Doch seit 9/11 und diesen dubiosen Anthrax-Briefsendungen, die kurz darauf in den USA diverse Staatsangestellte vergiftet hatten, war schlagartig alles anders geworden. Um die Botschaft war fast über Nacht ein regelrechtes Sperrgebiet entstanden, ein Parcours aus Stahlzäunen war gebaut worden. Die Straße vor der Botschaft, die für Abertausende von Hamburgern bis dahin ein fester Teil ihres täglichen Arbeitsweges gewesen war,

war nicht mehr passierbar. Es war, als hätte man den Gazastreifen in die Hamburger Innenstadt verlegt. Aus einem gelangweilten Soldaten, der hier Dienst schob, war ein Dutzend mit Maschinengewehren bewaffneter Männer geworden. Wobei »Männer« nicht der richtige Ausdruck war, es waren noch halbe Kinder.

Sven betrachtete die Knaben in Uniform. Neunzehn, zwanzig Jahre alt schienen sie zu sein. Stoppelhaare, schwer bewaffnet und mit einem Blick, der Entschlossenheit ausstrahlen sollte, in dem Sven aber auch so etwas wie Ratlosigkeit und Furcht zu erkennen glaubte. Das könnte eine interessante Figur in einem seiner nächsten Stücke abgeben: der scheue Schlächter, der ratlose Lakai. Doch momentan suchte Sven nicht nach künstlerischer Inspiration, es ging ihm nur um eines: Er wollte an den Soldaten vorbei ins Innere der Botschaft. Er wollte an diesem Mittwochmorgen mit jemandem reden, der etwas zu entscheiden hatte. Er wollte seinen New Yorker Musiker auslösen, dessen Flugverbot aufheben, für ihn bürgen, erklären, dass er ihn brauchte. Für seine Inszenierung. Für die Kunst. Für seine Karriere.

Sven ging zu dem ersten Soldaten, der an dem einzigen Eingang patrouillierte, den der Zaun bot. Hinter dem grimmig dreinblickenden Torwächter stand ein kleines Wachhäuschen. Darin waren ein Stuhl, ein kleiner Tisch, darauf ein Funkgerät, ein Telefon, und an der Wand hing ein Bild von George W. Bush.

»Hi«, sagte Sven zu dem Soldaten und hob die Hand in einer Ich-komme-in-Frieden-Geste. Es war ein komisches Gefühl, einen Mann anzusprechen, dessen Hand auf einem Maschinengewehr ruhte. »Excuse me …«

Der Soldat kniff die Augen zusammen. Er betrachtete

Sven argwöhnisch und eindeutig feindselig. Wahrscheinlich war das so bei Soldaten. Das Erste, was sie lernten, war: Traue niemanden.

»Can I go inside?«, fragte Sven.

»No, you can't«, sagte der Soldat. Seine Stimme war viel dünner und zarter, als es seine martialische Erscheinung vermuten ließ.

»But …«, hob Sven zu einer Erklärung an.

Doch der amerikanische Soldat war nicht interessiert an Erklärungen, Hintergründen und Diskussionen. Er folgte bloß Befehlen. Und sein derzeitiger lautete ganz ohne Zweifel, niemanden einzulassen.

»You can contact the embassy via e-mail«, sagte der Soldat sein Sprüchlein auf.

Sven aber war nicht bereit, den mühsam und keinerlei Erfolg versprechenden Weg einer schriftlichen Kontaktaufnahme zu gehen. Schickte er eine E-Mail, würde er zweifelsohne mit einem Formbrief abgebügelt werden.

»Listen …«, sagte Sven und trat einen Schritt vor. Er stand nun direkt an der Öffnung des Zauns. Einen Schritt noch und er stände auf dem Hoheitsgebiet der Vereinigten Staaten von Amerika. »I work at the theatre …«, brachte Sven seine Erklärung vor und wagte einen weiteren Schritt.

Der Soldat hob blitzschnell die Hand zu einer unmissverständlichen Keinen-Schritt-weiter-Geste. Seine Augen waren zusammengekniffen.

»At the Thalia theatre. You know it?«, fuhr Sven fort, die drohende Geste des Jungsoldaten ignorierend.

Sven griff in die Brusttasche seiner Jacke, um den Prospekt herauszuholen, in dem seine Inszenierung von *Der Besuch der alten Dame* angekündigt war. Darin stand auch der Name von Mahmoud, dem New Yorker Musiker, um den es ging. Mit diesem Programm wollte er sein Dilemma erklären. Damit ließe sich beweisen, dass Mahmoud ein anerkannter Künstler war und keiner dieser Irren, die sich selbst in die Luft jagten, um dann mit siebenundzwanzig Jungfrauen im Himmel Sex zu haben.

Das hatte Sven sowieso nie eingeleuchtet: Wieso wollte jemand partout Sex mit Jungfrauen haben? Sex ist doch erst dann richtig gut, wenn der Partner weiß, was er tut, und die wichtigsten Kniffe kennt. Sex mit einer Jungfrau war doch wie eine Jamsession mit einem Pianisten, der gerade seine erste Klavierstunde hatte und noch den C-Dur-Akkord suchte. Aber vielleicht war das so ein Hetero-Ding, so eine Alphatier-Machtnummer. Eigentlich war es Sven auch völlig egal. Er war nicht hier, um das Geheimnis der Jungfrauenfaszination zu ergründen, sondern um Mahmoud in einen Flieger von New York nach Hamburg zu setzen. Und dafür brauchte er den Prospekt in seiner Jackentasche. Also griff er danach … und ehe er sich versah, lag er auf dem Boden! Der Soldat hatte ihn in der Sekunde gepackt, als er in seine Tasche griff, vermutlich in der paranoiden Annahme, Sven würde im nächsten Moment eine Schusswaffe zücken. Der Soldat hatte Sven zu Boden geschleudert, ihm das Knie ins Kreuz gerammt, was enorm schmerzhaft war, und hielt ihn nun auf dem Boden fest, indem er Svens Arm auf den Rücken drehte. Dabei hatte er mit seiner merkwürdig mickrigen Knabenstimme etwas gerufen. Zwei weitere Soldaten waren eilig herbeigelaufen. Einer hatte sein Maschinengewehr gezückt.

Das war doch absurd!

»Hey!«, protestierte Sven und versuchte, sich aufzurichten, doch als einer der beiden anderen Soldaten die Waffe auf ihn richtete und immer wieder kreischte: »Stay down!

Stay down!«, erschien es Sven klüger, tatsächlich liegen zu bleiben.

Svens Blick wanderte über die Gesichter der beiden Soldaten. Einer schaute sich nervös um, als erwartete er weitere, feingliedrige blonde Herren Anfang vierzig, die unbewaffnet die Botschaft stürmen wollten und unbedingt aufgehalten werden mussten. Der andere sprach in ein Funkgerät. Er hatte einen grotesk breiten Südstaatenakzent. Den Dritten, der hinter ihm hockte und ein gewisses Vergnügen dabei zu empfinden schien, Svens Arm immer noch einen Tick weiter in einen schmerzhaften Winkel zu drehen, konnte Sven nicht sehen. Dafür sah er das dümmliche Gesicht von George W. Bush, das in dem kleinen Wachhäuschen an der Wand hing.

Plötzlich begannen die Männer alle gleichzeitig loszuschreien. Sie brüllten einen Mann an, der auf der anderen Straßenseite stand und die Ereignisse in dem Vorgarten der Botschaft fotografierte.

»Stop it!«, riefen die Soldaten. »Camera off! No photos!«

Doch der Mann knipste noch ein paar weitere Bilder und ließ sich nicht beirren. Er wusste offenbar, dass die Macht der Soldaten an dem Zaun endete, der die Bundesrepublik Deutschland vom amerikanischen Hoheitsbereich trennte.

»Fuck«, fluchte der Soldat auf Svens Rücken. Dann riss er Sven schmerzhaft hoch.

Die drei Soldaten schoben und zerrten Sven durch den Vorgarten ins Gebäude.

Immerhin, dachte Sven grimmig, als er in die Eingangshalle geschubst wurde, ich bin drin.

* * *

Es war gar nicht so leicht, jemanden umzubringen. Ich starrte den Monitor meines Computers an und zwang mich zu morbiden Gedankengängen. Mit mäßigem Erfolg.

Gleich nach dem Gespräch mit meinem Lektor, bei dem ich ihm die Zusage für einen Kriminalroman aus dem Kreuz geleiert hatte, war ich in die Öffentlichen Bücherhallen gegangen und hatte mich schlauzumachen versucht, welche Krimis derzeit gelesen wurden. Schließlich musste dieses Buch ein Hit werden. Es musste einfach! Meine Zukunft hing davon ab.

Die Bibliothekarin hatte mich mit Hingabe beraten. Sie war offenbar ein Krimifan, stapelte einen Schmöker nach dem anderen in meine Arme und gab mir zu jedem Autor und jeder Autorin ausführliche Erläuterungen. Dabei lernte ich Folgendes: Das Jahr 2001 gehörte mordtechnisch eindeutig den Skandinaviern. Vor allem die Schweden schienen selbst zwischen Frühstück und Mittagessen noch mal schnell jemanden zu meucheln. Ich las diverse nordische Moritaten quer – Romane von Henning Mankell, Åke Edwardson, Håkan Nesser – und stellte schnell fest, dass meine Idee einer depressiven Privatdetektivin längst nicht so originell war, wie ich gedacht hatte. Unsere nordischen Nachbarn hatten ihre gesamte Verbrechensaufklärung längst in die Hände weltschmerzgeplagter, finster grübelnder und chronisch schwermütiger Ermittler gelegt. Die traurige Schnüfflerin, die mir durch den Kopf geisterte, wäre da bloß ein billiger Abklatsch gewesen. Und so ging es hin, mein Konzept.

Ich stöberte weiter in dem Stapel. Ein anderer Trend war offenbar die Gerichtsmedizin. Eine gewisse Kathy Reichs hatte mit diesem Sujet angefangen, und eifrig hatten andere Autoren nachgezogen. Deren Bücher wimmelten vor minutiösen Beschreibungen der Vorgänge auf Seziertischen. Tja … Nee, das war auch nicht so mein Ding. Und außerdem wollte ich ja auch nicht kopieren, sondern einen eigenen Stil entwickeln. Etwas Originäres. Etwas, von dem die Leute sagen sollten: Ja, das ist ein echter Lehmann!

Ein paar Stunden lang arbeitete ich an einem Serienkiller-Plot, den ich verwarf, als ich erkannte, wie sehr meine Phantasie mit mir durchgegangen war. Ich hatte mich, ohne dass ich so recht wusste, wie das passieren konnte, zu unglaublich brutalen und grausamen Details hinreißen lassen. In meinem Romanentwurf fanden sich Folter, Blut und Perversion satt. Ich hatte den Killer sogar ein Kind umbringen und dessen Ohrläppchen an die Wand nageln lassen. Widerlich. Ich schämte mich ein bisschen für meine eigenen abartigen Gedankengänge und löschte die Ekel-Datei mit dem Storyentwurf. Kein Mensch würde jemals so etwas Scheußliches lesen wollen. Ein dermaßen degenerierter Bestseller war völlig undenkbar.

Als ich darüber nachdachte, ob ich meiner Privatdetektivin eine andere psychische Störung als Depressionen verpassen könnte – irgendeine lustige Phobie oder das Tourette-Syndrom oder so –, klingelte das Telefon. Es war Arne, ein ehemaliger Kollege bei der *Morgenpost.* Während ich den Journalismus hinter mir gelassen hatte und daran arbeitete, Deutschlands neue literarische Stimme zu werden, beschäftigte sich Arne nach wie vor Tag für Tag mit Hamburger Regionalpolitik, spektakulären Verkehrsunfällen, Stadtgeflüster und im Stadtgebiet angesiedelten Verbrechen.

»Hey, Piet«, sagte Arne. »Du bist doch mit Sven Niederweg befreundet, oder? Dem Theatertypen.«

»Äh, ja«, sagte ich. »Wieso?«

»Ich bin mir nicht hundertprozentig sicher, aber ich glaube, die Amis haben ihn festgenommen.«

»Was?!«

»Ich war gerade unten an der Botschaft, um zu gucken, ob da mal wieder eine Demo ist oder ob neue Blumenkränze aufgestellt wurden oder ob die Amis über Nacht zwischen ihre Zäune auch noch Tretminen gelegt haben ... Du weißt ja, irgendeine Story oder ein schräges Bild kriegt man an der Botschaft immer irgendwie hin. Also, ich war da unten, und plötzlich sah ich, wie die Soldaten einen Mann am Eingang überwältigten und in die Botschaft zerrten. Und ich glaub, das war dein Kumpel Sven. Ich hab den doch neulich bei dieser Premiere kennengelernt und ...«

»Das kann nicht sein«, unterbrach ich Arne. »Sven interessiert sich einen Scheiß für Politik. Der lebt nur für sein Theater. Was soll der denn bei der Botschaft?«

»Ich hab Fotos gemacht«, sagte Arne.

»Okay«, sagte ich. »Ich rufe mal bei Sven an. Und wenn er nicht da ist, dann komme ich bei dir in der Redaktion vorbei und schaue mir die Fotos an. Obwohl ich mir wirklich nicht vorstellen kann, dass ...«

»Ich kann dir die Bilder auch schicken. Du hast doch eine E-Mail-Adresse, oder?«, fragte Arne amüsiert.

Ich schluckte peinlich berührt und kam mir unsagbar alt vor. Natürlich, Leute wie Arne hatten inzwischen diese neumodischen Digitalkameras, bei denen man Bilder gar nicht mehr entwickeln musste.

Ich gab Arne meine E-Mail-Adresse und wartete auf seine Nachricht. Eine Minute später war sie da. Ich klickte auf den Anhang und lud drei Fotos herunter, die ich allerdings nicht öffnen konnte. Ich brauchte eine halbe Stunde, bis ich das Programm gefunden hatte, mit dem sich Fotos anschauen ließen. Das tat ich dann auch – und sah tatsächlich Sven, der von einem Soldaten zu Boden gerissen wurde!

Ich rief auf Svens Handy an und erreichte nur die Mailbox. Dann rief ich Jörn an. Der fiel aus allen Wolken, als ich ihm erzählte, wo sich sein Mann derzeit mutmaßlich befand – in einer Einzelzelle in der amerikanischen Botschaft. Gemeinsam fuhren wir an die Alster. Ich hatte Arne nicht lange bitten müssen, uns dort zu treffen. Arne jagte natürlich liebend gern einer potenziellen Story über amerikanische Menschenrechtsverletzung und Freiheitsberaubung nach. Und ich wusste, dass die Anwesenheit eines Reporters es den Amerikanern schwerer machen würde, uns einfach wieder wegzuschicken.

Jörn saß auf dem Beifahrersitz und starrte das Foto an, das ich noch schnell ausgedruckt hatte. Er zitterte. Für einen kurzen Moment hatte ich Angst, dass er anfangen würde zu weinen. Ich wusste nicht, wie ich mit einem weinenden Mann auf dem Beifahrersitz hätte umgehen sollen.

»Den Pulli hat er sich bei unserem Urlaub in Oslo gekauft«, sagte Jörn.

»Und du hast wirklich keine Ahnung, was er in der Botschaft gewollt haben könnte?«, fragte ich.

Er schüttelte den Kopf. Dann überlegte er und sagte zögernd: »Vielleicht hat es etwas mit diesem Mahmoud zu tun …«

Ich schluckte. Wenn ein Mann namens Mahmoud in die Sache verwickelt war, würde das unser Gespräch mit der amerikanischen Botschaft ganz sicher nicht vereinfachen.

»Wer ist Mahmoud?«, fragte ich Jörn.

Jörn erzählte mir von dem New Yorker Musiker, der Thalia-Inszenierung und dem Flugverbot. Er war gerade mit seiner Erklärung fertig, als ich im Halteverbot auf einem Seitenstreifen nahe der Botschaft anhielt. Ich sah Arne, der bereits auf uns wartete. Gemeinsam gingen wir drei zum Eingang der Botschaft.

»Hello, we would like to go inside«, sagte ich zu dem stoppelhaarigen Soldaten am Tor.

»Well, you can't«, antwortete der.

Ich zückte das Foto, das Svens »Verhaftung« zeigte. Der Soldat warf einen Blick darauf und verzog das Gesicht. Jörn wedelte mit seinem Presseausweis.

Der Soldat griff nach seinem Funkgerät. »Sir …«, begann er.

* * *

Petra saß auf einer Treppenstufe vor einem Altbau und schaute zu dem Klinikgelände auf der anderen Straßenseite hinüber. In einer halben Stunde war ihr Termin. In einer halben Stunde würde der horizontale Strich aus ihr entfernt werden. Sie zwang sich, nur diese Sicht der Dinge zuzulassen: Es war bloß ein horizontaler Strich.

Petra war aus der U-Bahn gestiegen, aus dem Bahnhof hinauf auf die Straße getreten und hatte zur Klinik gehen wollen, als ihr ihre Füße den Dienst versagten. Sie hatte es einfach nicht geschafft, die Straße zu überqueren. Sie hatte nur dagestanden. Dann waren ihre Knie plötzlich ganz weich geworden, und sie hatte sich hinsetzen müssen. Sie war einfach zusammengesackt. Im Eingang eines Wohnhauses direkt hinter ihr. Und da saß sie nun auf den Stufen und starrte ins Leere. Sie fühlte sich elend.

Dille und sie hatten sich gestritten letzte Nacht. Die Fetzen waren geflogen. Dille hatte sie angebrüllt, sie hatte zurückgebrüllt. Nachts um zwei hatten sogar die Nachbarn, die letztes Jahr ins Haus gezogen waren und ständig etwas zu meckern hatten, bei ihnen geklingelt und mit der Polizei gedroht.

»Sie haben doch gar keine Ahnung, worum es hier geht!«, hatte Dille den blöden, fetten Typen und seine Frau mit den dämlichen Strähnchen angebrüllt. »Also halten Sie sich da raus!«

Petra hatte bemerkt, dass Dille Tränen in den Augen hatte. Das hatte sie verängstigt. Und ein wenig gerührt. Nicht genug allerdings, um einzulenken. Sie hatte den Nachbarn die Tür vor der Nase zugeknallt, und der Streit war weitergegangen.

»Du machst mir einfach wieder ein Kind, und ich soll jetzt noch mal ganz von vorne anfangen? Ich bin vierzig! Ich will nicht noch mal Windeln wechseln! Ich will endlich mein Leben leben. Ich hab schon drei Kinder großgezogen!«, hatte sie herausgeschrien.

»Ach, und das war so schrecklich? Tut mir leid, ich hab nicht gewusst, dass du so darunter gelitten hast, Mutter zu sein«, hatte Dille geantwortet, und seine Stimme war plötzlich bedrohlich ruhig geworden. »Ich dachte, du liebst unsere Kinder.«

»Natürlich liebe ich unsere Kinder, du Arsch! Wie kannst du es wagen, mir zu unterstellen, dass ich meine Kinder nicht liebe?! Ich will nur jetzt … Ich habe ein Recht darauf …«

»Unser Kind hat auch ein Recht«, hatte Dille gezischt und dabei auf ihren Bauch gezeigt. »Es hat das Recht, geboren zu werden.«

»Dilbert«, hatte Petra gesagt und sich gezwungen, ihre Stimme zu senken. Was er gesagt hatte, hatte sie verletzt. Sie musste ihm erklären, dass sie ihre Familie liebte. Dass sie ihn liebte. Ihn sogar so sehr liebte, dass sie ihn endlich auch einmal ohne das ganze familiäre Tohuwabohu drum herum genießen, ihn für sich allein haben wollte. Nicht nur als Vater, als Familienmitmanager, als Ernährer, Verwalter, Kinderaufzuchtsverbündeten. Sie wollte ihn in Zweisamkeit genießen. In jener Zweisamkeit, die andere Paare am Anfang ihrer Beziehung auskosten, in jenen Jahren, bevor sie sich entschließen, Kinder zu bekommen.

Doch wie romantisch würde es zwischen Dille und Petra werden, wenn er ihr jeden Tag aufs Neue, mit jedem Blick, mit jeder unterlassenen Geste, mit jedem nicht ausgesprochenen lieben Wort vorwerfen würde, ihr gemeinsames Kind ermordet zu haben? Wieso verstand er nicht, dass es nicht darum ging, sich vor Verantwortung zu drücken, sondern darum, das nachzuholen, was ihnen bislang versagt geblieben war? Sie hatten doch nur dieses eine Leben. War es da wirklich so unverantwortlich, auch einmal an sich selbst zu denken? Am eigenen Glück zu arbeiten? Einen Lebensplan zu verfolgen? Petra hatte einfach nicht die Kraft, die letzten zwanzig Jahre zu wiederholen. Wieder zum Säuglingsschwimmen zu gehen, in Krabbelgruppen, die Dreimonatskoliken zu überstehen, einen Kindergartenplatz zu suchen, Kindergeburtstage zu feiern. Laternenumzüge, Masern, Mumps, Zahnspangen, diese verdammte Pubertät … Das war alles okay gewesen. Das war alles gut gewesen. Erfüllend. Aufregend. Schön. Wirklich schön. Aber alles hatte seine Zeit. Diese Phase ihres Lebens war jetzt vorbei. Das musste Dille doch begreifen. Das musste sie ihm doch erklären können.

»Entschuldigung, darf ich mal?« Eine Frauenstimme schreckte Petra aus ihren Gedanken auf.

Petra schaute auf und sah eine junge Frau, die einen Buggy schob und offenbar ins Haus wollte. Petra saß ihr im Weg.

»Ich müsste da mal rein«, lächelte die Frau.

Das Kind im Buggy schaute Petra an.

Petra schaute das Kind an.

Und dann fing Petra an zu weinen.

* * *

Ich weiß nicht genau, was ich in der Botschaft und bei unserer Rettet-Sven-Aktion erwartet hatte, aber der jahrelange Konsum von Hollywood-Filmen hat zweifelsohne einige Klischees in meinem Kopf festgesetzt. Die grimmigen Kindersoldaten, die uns widerwillig ins Innere des Gebäudes führten, entsprachen diesem Stereotyp ja durchaus, und dementsprechend hätte meiner Vorstellung nach nun so etwas folgen müssen wie ein bärbeißiger, stiernackiger General oder Major oder wie diese Militärheinis so hießen, der uns in bellendem Tonfall mitteilte, dass unser »Freund«, der ja zweifelsohne nicht der harmlose Feingeist sei, den er uns jahrelang vorgespielt habe, bereits zur »Befragung« in ein »befreundetes Drittland« gebracht worden sei. Ich sah Sven bereits mit einer Kapuze über dem Kopf und Elektroden an den Hoden in einem dreckigen Kellerloch irgendwo in Syrien oder Ägypten leiden.

Rund zehn Minuten standen der neugierige Arne, der ängstliche Jörn und ich ratlos im Foyer der Botschaft herum, während hinter verschlossenen Türen offenbar eifrig diskutiert wurde, wie man mit uns umzugehen gedachte.

Vielleicht mussten die Amis Sven noch die Blutflecken abwischen und ihn darüber in Kenntnis setzen, dass sie seine Bankkonten einfrieren und ihm einen Mord anhängen würden, wenn er jemals auspackte, welch bestialischen Foltermethoden an ihm praktiziert worden waren.

Ich war wirklich auf alles vorbereitet, als zwei Soldaten zu uns traten und einer von ihnen knurrte: »Follow us, please.«

Man führte uns durch einen Gang, dann wurde eine Tür geöffnet. Wir traten ein und sahen einen entspannten Sven in einem hellen und freundlichen Konferenzraum sitzen. Keine schockierende Szenerie, kein Blut, keine Schmerzensschreie. Sven gegenüber saßen zwei Frauen. Die eine war etwa fünfzig Jahre alt und von einer mütterlichen Molligkeit, die andere war höchstens fünfundzwanzig, sonnenbankgebräunt, aufwendig frisiert und auffallend sexy gekleidet – eindeutig der Cheerleader-Typ, nur um ein weiteres USA-Klischee zu bedienen. Was machte so eine Tussi in einer Botschaft? Auf dem Tisch standen drei Pappbecher mit Kaffee und ein Teller voller Donuts.

Sven schaute erstaunt auf, als wir den Raum betraten. »Was macht ihr denn hier?«, fragte er. »Und wie seid ihr hier reingekommen?«

Die ältere Frau, die offenkundig über unser Erscheinen vorgewarnt worden war, erhob sich lächelnd und schüttelte uns die Hand. Sie stellte sich als Mrs. Pattinger vor, Presseattachée der Botschaft. Die junge Dame, die sich nicht erhob, als wir ihr alle nacheinander die Hand schüttelten, erwies sich als Mrs. Landhurst (»Call me Trixie«), die Tochter des Botschafters und, wie sie uns strahlend erklärte, »a big fan of the theatre!«.

»Das stimmt. Trixie hat sich schon fünfmal *König der Löwen* angeschaut«, sagte Sven, und nichts in seinem Gesicht ließ auch nur einen Funken Ironie erkennen.

»Yes, I'm very much into culture«, brüstete sich Trixie.

Mrs. Pattinger bat Jörn, Arne und mich, Platz zu nehmen, und wies einen der beiden Soldaten, die immer noch im Raum standen, an, draußen Bescheid zu sagen, dass man uns doch bitte drei weitere Kaffee bringen solle. Die Männer, die mit viel Sorgfalt zum Töten ausgebildet und nun ungebührlicherweise zum Kaffeeholen abkommandiert wurden, waren sichtlich beleidigt, gehorchten aber.

»Bist du okay?«, fragte der besorgte Jörn seinen Mann. »Wir dachten, du bist verhaftet worden.«

»Nur ein Missverständnis«, erklärte Mrs. Pattinger.

»Ja, alles bestens«, bestätigte Sven.

Erneut wies nichts an seinem Gesichtsausdruck darauf hin, dass er etwas anderes meinen könnte, als er sagte. Doch ich kannte Sven seit dem Kindergarten und wusste, dass es kaum einen Menschen gab, auf den die Aussage »Stille Wasser sind tief« so sehr zutraf wie auf Sven. Und an Jörns skeptischem Blick erkannte ich, dass auch er von Svens Untiefen wusste.

»Mr. Niederweg hatte gehofft, wir könnten behilflich sein bei seinem … Dilemma mit … what's his name?«, erklärte Mrs. Pattinger.

»Mahmoud Armat«, sagte Sven.

»Yes. Armat. Aber ich fürchte, wir haben nicht die Möglichkeit zu helfen«, fuhr die mütterliche Pressesprecherin fort. »Es geht um … National Security.«

Trixie, die nicht als das Dummchen dastehen wollte, das sie offenkundig war, versuchte, sich ebenfalls auf Deutsch an dem Gespräch zu beteiligen. »Ich habe Sven schon gesagt, there are … es gibt so viele good musicians. Er nicht braucht diesen Arab guy für seine Show … Play. Ich kenne super Musiker, right here in Hamburg …«

Sven, der weiterhin ein erschreckend glaubwürdiges Lächeln beibehielt, erhob sich. Jörn stand ebenfalls auf und legte seinem Mann die Hand auf den Rücken. Sven zuckte zusammen.

»Was ist?«, fragte der besorgte Jörn.

»Mein Rücken«, sagte Sven beiläufig. »Die Herren in Uniform haben mich ein wenig grob angepackt.«

»Wie ich schon sagte, sorry about that«, sagte Mrs. Pattinger, allerdings ohne aufrichtiges Bedauern. Zu mehr als einer Floskel reichte es bei ihr nicht. Dass die Jungs in Uniform jemanden herumschubsten und verletzten, schien für sie in die Kategorie Kavaliersdelikt zu fallen.

Sven lächelte ihr tatsächlich großzügig verzeihend zu.

»Okay, dann wollen wir den höflichen Firlefanz doch mal bleiben lassen und Klartext reden«, mischte sich Arne plötzlich resolut ein, nachdem er sich die ganze Zeit im Hintergrund gehalten hatte. Da er gerade eine potenziell großartige Story vor seinen Augen verpuffen sah, wandte er sich direkt an Mrs. Pattinger: »Wenn ich das richtig sehe, haben Sie einen deutschen Staatsbürger ohne Not und mit unangemessener Gewalt …«

Sven unterbrach ihn: »Nein, nein. Das war wirklich nur ein Missverständnis.«

Arne verzog wütend den Mund, sprach aber nicht weiter. Wenn das Opfer nicht bereit war, seine Geschichte zu erzählen, war die Sache geplatzt. Da war kein Artikel mehr drin. Verärgert, aber ohnmächtig nahm Arne das selbstzufriedene Lächeln von Mrs. Pattinger zur Kenntnis, die mir die Hand schüttelte.

»It was nice to meet you, Mr. …?«, sagte sie.

»Müller«, sagte ich spontan.

Ich war paranoid genug, um nicht meinen richtigen Namen zu nennen. Weiß der Geier, welche Schikanen die CIA bei meinem nächsten Flug in die USA für mich in petto hätte. Allerdings hätte mir als Schriftsteller wirklich ein originellerer Name als Müller einfallen müssen. Und dann fiel mir Trottel auch irgendwann ein, dass ich beim Betreten der Botschaft meinen Ausweis hatte vorzeigen müssen. Ich hatte mich völlig zum Affen gemacht.

Als wir den Raum verließen, kam uns gerade eine Sekretärin mit einem Tablett voller Kaffeebecher entgegen. Arne griff sich im Vorbeigehen einen und nahm einen Schluck. Wenn schon keine Pulitzer-Preis-verdächtige Story bei dieser Aktion heraussprang, dann wollte er doch zumindest einen Kaffee absahnen.

»Don't forget … Vergessen Sie nicht unsere Tickets!«, rief Trixie Sven nach, als wir fast am Ende des Ganges angekommen waren.

»Natürlich nicht«, lächelte Sven, und jetzt erkannte ich doch einen Hauch von Haifischgrinsen in seinen Zügen. »Ich werde für die Premiere eine ganze Reihe für die amerikanische Botschaft reservieren.«

»Awesome!«, freute sich Trixie.

Normalerweise kümmerte sich Arne in der Redaktion vorwiegend um politische Themen, doch in diesem speziellen Fall ließ er es sich nicht nehmen, ein paar Tage später über die bemerkenswerte Premiere von *Der Besuch der alten Dame* im Thalia Theater zu berichten. Folgendes stand in der *Morgenpost:*

Giftige alte Dame

Von Arne Burghart

Seinem Ruf als gewitzter Provokateur wurde Regisseur Sven Niederweg auch bei seiner ersten Inszenierung am Großen Haus des Thalia Theaters gerecht. Nachdem er unlängst auf der Studiobühne mit seinem Debütstück *Treppensturz* einen Überraschungserfolg gelandet hatte, begeisterte er das Publikum nun mit einer frechen Neudeutung des Dürrenmatt'schen Klassikers *Der Besuch der alten Dame.* Das ganze Publikum? Nein, eine kleine Gruppe war sichtlich empört und hätte das Theater zweifelsohne schon in der Pause verlassen, hätte es eine gegeben. Die komplette siebte Reihe des Parketts, in der zahlreiche Premierengäste der amerikanischen Botschaft saßen, fand Niederwegs mutige und witzige Neuinterpretation des Stoffes alles andere als amüsant. Die Damen und Herren murrten, knurrten und redeten während der gesamten Vorstellung und wurden von anderen Zuschauern des Öfteren zum Schweigen ermahnt.

Dürrenmatts Stück handelt bekanntlich von einer Milliardärin, die alle Bewohner einer Kleinstadt mit dem Versprechen einer großzügigen Geldspende zu einem Mord anstiftet. Doch bei Niederweg hat die skrupellose alte Dame keine persönlichen Rachemotive, sondern will das Dorf in bestem Kolonialstil übernehmen. Sie ist eine amerikanische Investorin und Invasorin in Personalunion, ihre allseits präsenten Diener sind tumbe und brutale Soldaten, die jedem Befehl gehorchen und für ihre aggressive Willfährigkeit am Ende mit einem exklusiven Auftritt der fiktiven Pop-Ikone Wixie Washington belohnt werden – eines sonnenbankgebräunten Dummchens, das in tiefausgeschnittenem Top und lasziv hauchend ausgerechnet ein Lied aus *König der Löwen* zum Besten gibt. Apropos Musik: Da der arabischstämmige Avantgard-Musiker Mahmoud Armat, dessen Zwölfton-Kompositionen zu den Höhepunkten des Stückes zählen, aus terminlichen Gründen nicht nach Deutschland reisen konnte, wurden seine Songs in New York auf Video aufgenommen und auf einer geschickt ins Bühnenbild integrierten Leinwand abgespielt.

Nach knapp zwei Stunden gab es für die burleske Inszenierung tosenden Applaus. Fast eine Viertelstunde lang applaudierte das Premierenpublikum – bis auf Parkettreihe sieben. Die hatte sich sehr schnell geleert.

Silvester 2001

Nach Bernhards Tod hatten wir Kirschkernspucker einen Pakt geschlossen: Wir würden jedes Jahr Silvester zusammen feiern. An diesem besonderen Abend würden wir alle Jahre wieder eine Einheit sein. Je älter man wurde, desto mehr verlor man sich schließlich aus den Augen. Es wurde immer schwieriger, gemeinsame Termine zu finden, ständig kam etwas dazwischen. Aber wenn es einen Tag im Jahr gäbe, an dem wir fest verabredet waren, der festgenagelt war und an dem es nichts zu rütteln gab, dann würde die Kirschkernspuckerbande sich niemals vollständig auflösen.

Von allen Kirschkernspuckern hing ich sicher am meisten an unserer Freundschaft, blickte am häufigsten zurück auf unser gemeinsames Leben, sah in den inzwischen vierzigjährigen Menschen immer noch am deutlichsten die Kinder und Jugendlichen, die Abenteurer und Träumer, die Sucher und Finder, die wir alle einmal waren – und, das glaube ich zumindest, auch immer noch sind. Schließlich war auch ich es gewesen, der das Buch über uns geschrieben hatte. Klar, nicht jeder Kirschkernspucker war uneingeschränkt glücklich darüber, wie ich ihn oder sie in meinem Roman charakterisiert und welche Geheimnisse ich über ihn oder sie ausgeplaudert hatte, aber dieses Buch war doch so etwas wie ein Manifest unserer Freundschaft geworden. Ein theoretisches Manifest allerdings. In der Praxis, im täglichen Leben, waren wir inzwischen weniger eine Einheit, als ich es in dem Buch noch zelebriert hatte.

Selbstverständlich sahen wir uns immer noch. Relativ oft sogar. Wir waren alle noch befreundet. Susann verbrachte zum Beispiel viel Zeit mit Sven und noch mehr mit Jörn. Ich traf mich gelegentlich mit Dille zu fragwürdigen Jungs-Aktivitäten – wie an jenem Tag Ende Oktober 2001, als wir im Wald mit ein paar von Dilles Freunden Paintball spielten und ich mittendrin abbrechen musste, weil ich mir durch die ganzen ruckartigen Bewegungen den Rücken verrenkt hatte und nur noch humpeln konnte. Außerdem traf ich mich alle zwei, drei Wochen mit Petra und Dille zu einem Horrorfilmabend. Wir saßen dann bei den beiden zu Hause und zogen uns auf dem Großbildfernseher DVDs rein. Petra konnten die Filme gar nicht blutig genug sein, und Dille amüsierte sich prächtig und lautstark darüber, wenn irgendeine Frau diese grotesk schwerkraftresistenten Plastiktitten vor sich hertrug, die damals in den USA gerade in Mode kamen. Ich saß grinsend daneben und mampfte Unmengen von Kartoffelchips, während die Höllenkreatur in *Jeepers Creepers* ihre Opfer zerfetzte oder Hannibal Lecter sich in Hirnmasse suhlte. Susann wollte nicht, dass ich zu Hause Kartoffelchips aß, weil gerade bekannt geworden war, dass die Dinger voll krebserregendem Acrylamid waren, und ich unserer Nele kein schlechtes Beispiel sein sollte, indem ich vor ihren Augen die karzinogenen Dinger knabberte. Deshalb holte ich das bei Petras und Dilles Blutabenden nach.

Jeder Kirschkernspucker traf also immer mal wieder jeden. Aber wir alle fünf zusammen – das gab es viel zu selten. Und deshalb hatten wir den Silvesterpakt geschlossen. Unser festes Kirschkernspuckerritual.

Im Jahr 2001 fand die Silvesterfeier bei Susann und mir zu Hause statt. Zuerst hatten wir auslosen wollen, wer der Gastgeber sein würde, doch dann hatte mir Susann gesteckt, dass Dille und Petra nicht das Geld hatten, um eine Feier auszurichten. Die Anwaltskosten, die sie zahlen mussten, um ihre Zwillinge vor dem Knast zu bewahren, waren immens gewesen. Zwar war das Verfahren inzwischen eingestellt worden, doch der Jurist hatte Dille und Petra eine Rechnung in fünfstelliger Höhe gestellt, die nun über Monate, wenn nicht Jahre, abgestottert werden musste. Susann wollte unsere Freunde nicht der Peinlichkeit aussetzen, ihre prekäre finanzielle Situation offen diskutieren zu müssen, und hatte deshalb kurzerhand verkündet, dass die Feier bei uns stattfände und die anderen sich unterstehen sollten, irgendetwas mitzubringen. Weder Wein noch Dessert, weder Knabberkram noch Schnaps. Wir würden Raclette vorbereiten. Und selbst ums Feuerwerk würden wir uns kümmern. Auf diese Weise nahm Susann Dille und Petra dezent eine kleine Last von den Schultern. Meine Süße war super in solchen Dingen. Sie besaß die Diplomatie und das Fingerspitzengefühl, das mir als zwischenmenschlichem Grobmotoriker allzu oft fehlte.

Der Erste, der zu unserem Kirschkernspuckerabend eintraf, war gar kein richtiger Kirschkernspucker: Es war Jörn.

»Sven kommt etwas später«, sagte er. »Er hat noch eine Besprechung.«

»Am Silvesterabend?«, wunderte ich mich.

»Es gibt am 5. Januar irgendeine Benefizvorstellung, und da muss noch irgendetwas geklärt werden«, führte Jörn aus.

»Wie scheiße ist das denn?«, ereiferte ich mich. »Am Silvesterabend um acht noch irgendwelche …«

Ich war ziemlich sauer, denn dieser Abend war mir wichtig. Susann allerdings unterbrach mich, indem sie Jörn am Arm nahm und in die Küche zog. Bevor ich hinterherdackeln konnte, klingelte es erneut, und Dille und Petra standen vor der Tür. Sie hatten mir Kartoffelchips mitgebracht. Petra grinste, als sie sie mir überreichte.

Wir gingen zusammen in die Küche, wo Susann gerade eine Flasche Sekt öffnete. Sie goss jedem von uns ein Glas ein, doch Petra schüttelte den Kopf, als Susann ihr eines reichen wollte.

»Ich nehme eine Apfelschorle«, sagte sie.

Wir schauten sie erstaunt an, denn Petra konnte von uns allen am meisten trinken, und Apfelschorle war ein Getränk, das ihrer Meinung nach auf Kindergeburtstage gehörte und sie normalerweise nicht freiwillig anrührte.

Selbst ich zog daraus schnell die richtige Schlussforderung. »Nee, ne?«, grinste ich.

Petra zuckte mit den Schultern, als müsse sie sich für ihre Schwangerschaft entschuldigen.

»Oh, wie schön!«, rief Susann.

Jörn umarmte Petra stürmisch und flüsterte gerührt: »Ich gratuliere.«

»Wenn du mich noch doller drückst, dann war es das mit der Schwangerschaft«, keuchte Petra.

»Das würde dir gefallen, was?«, knurrte Dille seine Frau an.

Wir anderen hielten erstaunt inne. Was war das denn für eine seltsame Bemerkung?

»Was willst du denn noch?!«, giftete Petra zurück. »Ich krieg es doch!«

Susann, Jörn und ich standen ratlos und peinlich berührt daneben.

»Ich wollte es abtreiben lassen, aber ich konnte nicht«, erklärte Petra so beiläufig, als würde sie uns erzählen, dass sie über einen Urlaub in Südfrankreich nachgedacht, am Ende dann aber doch wieder die Kanaren gebucht habe.

»Äh …«, sagte ich, weil sonst niemand etwas sagte und ein »Äh« immer noch besser war als nichts.

Susann öffnete gerade den Mund und war zweifelsohne kurz davor, etwas Substanzielleres als ich beizusteuern, als es erneut an der Tür klingelte.

Ich öffnete. Es war Sven. Er hatte einen lustigen Papphut auf und blies in eine alberne Tröte.

»Hallo, Sven«, sagte ich und umarmte ihn.

»Irgendjemand gestorben?«, wunderte er sich über die gedrückte Stimmung.

»Nee, ganz im Gegenteil«, sagte Petra und grinste Sven an. »Trägt man so was jetzt unter euch Kultur-Bohemians?«, fragte sie und zeigte auf den blauschimmernden Papphut.

»Ja«, antwortete Sven bierernst. »Nur jene Leute, die Schopenhauer gelesen und verstanden haben, dürfen solch einen Hut tragen. Daran erkennen wir uns auf der Straße und nicken einander verschwörerisch und selbstzufrieden zu.«

Wir lachten. Mehr oder weniger überzeugend.

Im Laufe des Abends entspannte sich die Situation. Die Kabbeleien zwischen Petra und Dille waren auf jenes Niveau gesunken, wo sie als scherzhafte Sticheleien durchgingen. Sven war bester Laune und erzählte witzige Anekdoten vom Theater. Ein paar Tage zuvor hatte einer der

Schauspieler einem anderen ein rohes Ei in den Schuh gelegt, und als der arme Kerl den Treter anzog und die Schweinerei bemerkte, war es zu spät, um die Schuhe noch zu wechseln. Er musste einen ganzen Akt lang in der glitschigen Pampe über die Bühne rutschen.

Nele saß erstaunlich ruhig und artig mit am Tisch. Sie liebte es, die Raclettepfännchen zu füllen, und da es eine gute Möglichkeit war, ihr ansonsten überschäumendes Temperament in Zaum zu halten, erlaubten wir ihr, auch unsere Pfännchen zu bestücken. Dass wir dabei solch fragwürdige Kombinationen wie Camembert-Thunfisch-Mais-Ketchup und Banane-Smarties-Schinken in Kauf nehmen mussten, amüsierte uns eher, als dass es uns störte.

Nach dem Essen räumten wir den Tisch ab und bereiteten das Bleigießen vor.

»Ich hab eine Superidee«, verkündete ich und tat so, als wäre mir gerade ein spontaner Einfall gekommen. Tatsächlich hatte ich mir das, was ich nun vorschlug, schon vor einigen Tagen überlegt. »Wie wär's, wenn wir beim Bleigießen nicht irgendeine Figur oder Sache oder so etwas in die Bleiklumpen hineininterpretieren, sondern wenn jeder erzählt, an welches Kirschkernspuckerereignis ihn dieses Stück Blei erinnert?«

Meine Freunde schauten mich erstaunt an.

»Wie soll mich denn ein Stück Blei an ein bestimmtes Ereignis aus meinem Leben erinnern?«, fragte Dille.

»Und Jörn war doch gar nicht in der Bande. Der kann gar nicht mitmachen«, bemerkte Susann.

»Ach, ich hör mir gern eure ollen Kamellen an«, grinste Jörn.

»Du bist so ein wehmütiger Nostalgiker«, schüttelte Sven amüsiert den Kopf. »Leg doch noch 'ne Spandau-

Ballett- oder Fischer-Z-LP auf, dann ist deine Reise in die Vergangenheit wenigstens stilecht.«

»Haha, sehr witzig«, maulte ich und nahm mir vor, möglichst unauffällig den CD-Stapel mit der Musik aus den Siebzigern und Achtzigern verschwinden zu lassen, den ich vor der Feier zusammengestellt hatte.

»Ich find's lustig«, kam Petra mir zur Rettung. »Darum geht's doch heute Abend. Um uns. Und unsere gemeinsame Zeit.«

»Danke, Petra«, sagte ich lächelnd. »Auf dich ist Verlass.«

»Schleim dich nicht ein«, sagte sie, »sonst ändere ich meine Meinung wieder.«

»Okay«, sagte Susann. »Also Kirschkernbleigießen.«

Ich strahlte. Ich würde meine Reise in die Vergangenheit bekommen.

»Mir ist langweilig«, murrte Nele plötzlich. »Ich will Fernsehen.«

Ich ging mit ihr ins Schlafzimmer und schaltete das kleine Gerät an, das dort stand. Susann hasste es, einen Fernseher am Bett stehen zu haben, aber hin und wieder setzte ich mich in unserer Beziehung doch durch. Auf dem Bildschirm flimmerte eine alte Episode von *Ein Herz und eine Seele* mit Ekel Alfred.

»Das ist kaputt«, protestierte Nele. »Die Farbe is wech.«

Ich schaltete auf einen anderen Kanal. Dort schrie Hape Kerkeling im Rahmen einer Best-of-Comedy-Sendung: »Hurz!«

Nele lachte. Ich ließ sie mit der Fernbedienung allein.

Als ich ins Wohnzimmer zurückkam, hatte Sven bereits seinen Bleiklumpen geschmolzen und ließ ihn in den Topf mit kaltem Wasser gleiten. Er fischte das erkaltete Stück

Metall heraus, das fast kreisrund war und eine lange Kerbe im unteren Drittel aufwies.

»Das sieht aus wie ein Smiley«, sagte er. »Diese gelben Grinsegesichter, die damals jeder ...«

»Wir wissen, was ein Smiley ist, du Wurstkopp«, unterbrach ihn Petra.

»Okay«, lachte Sven. »Das ist leicht.« Er schaute Susann an. »Du hattest ein T-Shirt mit einem Smiley an, als du mit unserem Piet hier im Haus der Jugend auf der Party warst. Da warst du zwölf oder dreizehn oder so, und du warst schon damals total verknallt in ihn.«

»Ich hatte nie ein Smiley-T-Shirt«, widersprach Susann. »Ich fand die schon immer doof.«

»Doch! Du hattest eins! Das weiß ich ganz sicher! Und du hast mit Piet Engtanz gemacht und ...«, ereiferte sich Sven.

»Nee«, unterbrach ich Sven. »Das kriegste durcheinander. Wir waren auf der Party im Haus der Jugend, aber ich war damals in jemand anderen verknallt. Die hatte so ein Smiley-T-Shirt an. Und mit der hab ich getanzt. Die hieß ... Wie hieß die noch mal ... Scheiße. Alzheimer.«

»Stimmt!«, rief Sven. »Du hast recht! Da war irgendeine andere. Und Susann hat total geheult deswegen.«

»Was?«, fragte ich. »Du hast geheult?«

»Na, du Dödel hast das natürlich gar nicht mitbekommen«, sagte Susann. »Du hattest ja nur Augen für deine Smiley-Maus. Und sie hieß übrigens Tanja!«

»Du kannst dich noch an ihren Namen erinnern?«, fragte ich fassungslos.

»Sie war meine Erzfeindin. Natürlich weiß ich ihren Namen noch. Ich wollte ihr die Augen auskratzen«, sagte Susann. »Du hast immer nur von ihr geredet und überhaupt nicht bemerkt, dass ich schon damals verrückt nach dir war.«

»Tschuldigung«, sagte ich kleinlaut. »Tut mir leid.«

Alle am Tisch lachten los.

»Ist okay«, sagte Susann übertrieben großzügig. »Ich habe dir inzwischen verziehen.«

Ich küsste sie.

»Das ist so süß«, seufzte Jörn und schaute Sven an. Der wandte sich Dille zu und gab ihm den Löffel mit Blei: »Du bist dran.«

Dille erkannte in seinem Bleistück Petras Arm wieder. Wir hatten fast vergessen, dass Petra ihn damals zum Armdrücken herausgefordert hatte, als er ihr einen Heiratsantrag machte. Sie würde nur einen Mann heiraten, der stärker ist als sie, hatte sie gesagt. Dille hat erst durch meinen Roman erfahren, dass Petra ihn damals gewinnen ließ. Sie sah und sieht nicht so aus, aber Petra ist unfassbar stark.

Sven interpretierte in sein Bleistück, das merkwürdig verbogen und verzerrt aussah, den fassungslosen Gesichtsausdruck seiner Mutter hinein, als diese erfahren hatte, dass er schwul ist. Zwischen den beiden hatte bis heute keine Aussprache oder gar Versöhnung stattgefunden, doch so gekränkt Sven von ihrer Intoleranz und Ablehnung auch gewesen war, inzwischen betrachtete er das alles deutlich gelassener. Das war lange her.

Als Petra ihren Bleiklumpen ins Wasserbad klatschte, fiel er vollkommen auseinander. Nur Krümel und Geklecker, Bruchstücke und Abfall.

»So sah unsere Wohnung aus, als ich damals für ein paar Tage abgehauen bin und Dille mit den Kindern allein gelassen habe«, befand sie.

Wir lachten, und Dille nickte zustimmend.

Die Stimmung war ausgelassen, unser nostalgisches Spiel hatte uns so amüsiert, dass ich es nun doch wagte, eine meiner selbstgebrannten Olle-Kamellen-CDs in den Player zu schieben. Wir sangen mit, als Jethro Tull »Too Old to Rock 'n' Roll« anstimmte, die Sex Pistols »God Save the Queen« herauskrakeelten und Bob Marley behauptete: »No woman, no cry.«

Abschließend goss Susann Blei, und als sie ihr Stück aus dem kalten Wasser fischte, sahen wir alle dasselbe – einen Embryo. Kein anderes Bleistück war auch nur ansatzweise so eindeutig zu identifizieren gewesen. Sogar ein Stück Nabelschnur konnte man erkennen.

Susann sagte: »Hallo, Nele«, woraufhin wir verzückt »Aaah!« und »Na klar!« und »Schön« riefen, und Dille nahm Petra in den Arm, was die sich gern gefallen ließ.

Susann küsste mich und sagte: »Wir sollten Nele holen und schon mal mit den Wunderkerzen und dem Goldregen beginnen. Es ist schon fast elf. Um Mitternacht ist sie wahrscheinlich längst eingeschlafen.«

Und so erhoben wir uns. Die anderen zogen Jacken und Stiefel an, während Susann die kindertauglichen Feuerwerksutensilien aus der Küche holte und ich die Schlafzimmertür öffnete: »Schätzchen …«

Nele war nicht da.

Ich rief nach ihr: »Nele! Wir wollen Wunderkerzen anzünden!«

Nichts. Ich lief durch die ganze Wohnung und schaute in jedes Zimmer. Nichts.

»Nele!« Meine Stimme hatte einen deutlich schrilleren Ton angenommen.

Immer noch nichts.

Susann kam aus der Küche und schaute mich besorgt an.
Ich rief verzweifelt: »Nele?! Nele, wo bist du?!«

Noch nie in meinem Leben hatte ich solche Angst wie in dieser Nacht. Nachdem wir alle gemeinsam die Wohnung durchforstet und unter die Betten und die Schränke geschaut hatten, in der Hoffnung, unsere Tochter würde mit uns bloß Verstecken spielen, waren wir nach draußen geeilt. Jeder für sich allein hatte angefangen, Nele zu suchen. Wir zerstreuten uns in alle Richtungen, denn wir hatten nicht den Hauch einer Ahnung, wo wir suchen sollten. Sie konnte überall und nirgendwo sein. Es war ein Alptraum.

Die Straßen waren voll mit feiernden, betrunkenen Menschen, die mit Chinaböllern um sich warfen. Flaschen zerbarsten auf dem Pflaster, Leute grölten. Es war dunkel, chaotisch und laut. Wir riefen immer wieder Neles Namen, doch was in einer normalen Nacht gut vernehmliche, angstvolle Rufe gewesen wären, ging im Tumult der Jahreswende unter. Ich fragte unzählige Leute, ob sie ein kleines Mädchen gesehen hätten, versuchte Männer und Frauen zu rekrutieren, gemeinsam mit uns zu suchen, doch kaum jemand hörte wirklich zu. Einige schauten halbherzig ein wenig in ihrer näheren Umgebung herum, doch die meisten waren betrunken, beschäftigt, am Böllern. Es war die denkbar schlechteste Nacht für ein kleines Mädchen, um zu verschwinden.

Wer keine Kinder hat, wird nicht in Gänze nachvollziehen können, was in diesem Moment in mir vorging. Sicher kann man sich theoretisch vorstellen, wie schrecklich solch eine Situation sein muss, man kann sich die Sorge und die Angst irgendwie ausmalen – doch nur, wer selbst Vater oder Mutter ist, kann den wirklichen Horror ermessen, der mich damals ergriff. Nele ist nicht bloß ein Teil von mir, meine Verantwortung, mein geliebter Schützling. Sie ist mehr als ich. Es war, als würde ich entzweigerissen.

»Nele! Nele! Nele!«

Der Name meiner Tochter erklang hier und da, gerufen von Sven und Jörn, von Dille und Petra, von Susann und mir. Rufe, versteckt zwischen feiernden und lachenden Leuten, erstickt durch plötzliche Donnerschläge und pfeifendes Feuerwerk. Ich schrie Neles Namen immer wieder, mit brechender, sich überschlagender Stimme. Ich musste auf die anderen Leute wie ein Betrunkener, wie ein Irrer, wie ein Besessener gewirkt haben.

»Nele!!!«

Und dann hörte ich sie.

»Ich bin hier! Papa!«, drang ihre Stimme zu mir durch.

Ich lief auf die Stimme zu. Nele war auf dem Pausenhof ihrer Schule. Sie saß ganz oben auf dem Klettergerüst und winkte mir fröhlich mit einer Wunderkerze zu. Neben ihr wurde eine zweite Wunderkerze geschwenkt. Ich erkannte einen Jungen, der neben ihr saß. Ein, zwei Jahre älter vielleicht. Ich hatte ihn noch nie gesehen. Meine Erleichterung war so riesig, dass ich völlig vergaß zu schimpfen. Ich lief auf das Gerüst zu und kletterte meiner Tochter entgegen, die gerade den Abstieg absolvierte. Ich nahm sie in den Arm und drückte sie fest.

»Mach das nie wieder«, sagte ich. »Nie, nie wieder. Wir hatten solche Angst um dich.«

Nele ignorierte meine dramatischen Worte und zeigte auf den Jungen, der immer noch auf dem Gerüst saß. Seine Wunderkerze war inzwischen verglüht.

»Das ist Jegor«, sagte Nele.

Wie sich später herausstellte, hatte Nele Jegor durch das Schlafzimmerfenster gesehen. Im Fernsehen hatte ein Siebziger-Jahre-Medley geflimmert, und weil Nele die absurde Komik in musikalischen Auswüchsen wie Boney M. und den Bay City Rollers noch nicht erkannte, hatte sie gelangweilt auf die Straße hinausgeschaut und dort Jegor entdeckt, den sie aus der Schule kannte.

»Er hat traurig ausgesehen, und er war ganz allein«, erklärte Nele. »Und da hab ich die Tüte mit den Wunderkerzen genommen und bin rausgegangen. Jegor sitzt gern auf'm Kletterturm. Also sind wir da hingegangen.«

Offensichtlich hatte Nele Susanns Helfer-Gen geerbt, einen angeborenen Trieb, allen Schwachen und Unglücklichen dieser Welt zur Seite zu stehen.

Susann umarmte Nele ebenso stürmisch, wie ich es getan hatte, als ich mit ihr zurückkam.

Dann musterte sie Jegor, den Nele an der Hand hielt. »Du?«, staunte Susann. »Wo sind deine Eltern?«

»Halt's Maul, lass mich in Ruhe«, zischte Jegor.

»So was sagt man nicht!«, schimpfte Nele mit ihm.

Jegor sah sie erstaunt an.

Susann erklärte mir, ohne dass Jegor es hören konnte, dass sie den Jungen kenne. Er sei ein »Problemkind«, die Mutter offenbar »in der Erziehung überfordert«. Den diplomatischen Lehrerjargon bekam man aus Susann nicht heraus.

Wir Kirschkernspucker standen ratlos um den Jungen herum.

»Wo wohnst du?«, fragte ich Jegor.

Der kleine, zarte Junge schaute mich feindselig an. Neles Tadel schien ihn davon abzuhalten, erneut pampig zu werden.

»Deine Mama und dein Papa machen sich bestimmt schon Sorgen. Wir müssen dich nach Hause bringen«, sagte Susann.

Jegor schwieg weiter.

Susann legte ihre Hand auf seine Schulter: »Jegor, hör mal …«

»Lass mich los, oder ich hol die Bullen!«, rief Jegor. »Du bist eine Perserve!«

Dille lachte. »Das heißt Perverse«, korrigierte er das Kind. Petra trat ihrem Mann gegen das Schienbein.

Dann nahm Nele die Hand des Jungen und sagte: »Komm, wir gehen zu dir.«

Und Jegor latschte los. Erst jetzt sah ich, dass er Hausschuhe aus Stoff trug, seine Füße mussten bei den Minusgraden dieser Winternacht schon halb erfroren sein. Ich verzichtete trotzdem darauf, ihn auf den Arm zu nehmen und zu tragen – nicht, dass ich noch als Kinderschänder verhaftet wurde.

Wir folgten Nele und ihrem rüpelhaften Schutzbefohlenen. Eine kleine Kirschkernspuckerkarawane auf einem Kinderkreuzzug.

Jegor wohnte einige Straßen entfernt. Er hatte bei seiner ziellosen Odyssee einen beträchtlichen Weg zurückgelegt. Seine Eltern standen mit Freunden vor dem Hauseingang ihres Wohnblocks. Eine Flasche Sekt kreiste zwischen ihnen, sie tranken direkt aus der Pulle.

»Hier«, sagte Jegor zu Nele und ließ ihre Hand los.

Ein Mann, der sich als Jegors Vater erwies, sah seinen Sohn und rief: »He! Komm her! Ich hab Knallfrösche!«

Er hatte einen osteuropäischen Akzent und war betrunken. Scheinbar hatte niemand hier die Abwesenheit des Kindes überhaupt bemerkt.

»Ihr Sohn ist allein durch die Straßen gelaufen«, sagte Susann. »Und er hat nicht mal richtige Schuhe an.«

»Ja, ja«, knurrte der Mann und nahm Jegors Hand. »Hier«, sagte er und reichte seinem Sohn ein Feuerzeug. »Du zündest an, und ich schmeiß den Knallfrosch weg, ja?«

Jegor strahlte.

Jegors Eltern und auch Jegor selbst würdigten uns keines Blickes mehr. Nach einer Weile gingen wir deshalb einfach davon.

»Muss man da nicht das Sozialamt anrufen oder so?«, fragte ich.

»Theoretisch, ja«, sagte Susann, die sich als Pädagogin mit solchen Sachen auskannte. »Aber praktisch würde das nichts ändern.«

»Aber die haben ihr Kind in der Silvesternacht einfach so draußen herumrennen lassen. Das ist doch eine Verletzung der Aufsichtspflicht«, empörte ich mich.

Dille und Petra lachten gleichzeitig los, und als mich auch Susann kopfschüttelnd angrinste, begriff ich die Absurdität meiner Bemerkung: Wir hatten genau dasselbe getan.

»Komm«, sagte Dille zu Nele. »Du bist ja völlig durchgefroren. Ich mach dir erst mal einen Glühwein.«

Nele kicherte.

2002

Moment mal«, sagte ich zu der Frau am Verkaufstresen. »Dieses Schokoladencroissant kostet neunzig Cent?«

Die Frau nickte und zeigte auf das kleine Pappkärtchen in der Auslage, auf dem die Preise der einzelnen Backwaren ausgewiesen waren. »Ja, steht da doch.«

»Aber vor einem halben Jahr hat es noch neunzig Pfennige gekostet, dann müsste es jetzt fünfundvierzig Cent kosten. Ein Cent sind zwei Pfennige«, erklärte ich.

Die Frau zuckte mit den Schultern. Sie kannte diese Diskussion offenbar zur Genüge.

»Inflation«, sagte sie.

Ein Fremdwort, das ich nicht von ihr erwartet hätte. Nicht von einer Frau, die fünf verschiedene Farbtöne auf ihren künstlichen, krallenartigen Fingernägeln untergebracht hatte. Fingernägeln, die vermutlich jede dritte Brötchentüte zerrissen, die sie anfasste.

»Das wäre eine Preissteigerung von hundert Prozent in wenigen Wochen«, sagte ich. »Wenn es dafür eine logische und zwingende Begründung gäbe, hätten wir das Stadium einer wirtschaftlichen Katastrophe erreicht. Alles, was Karl Marx einst prophezeit hat, würde damit eintreten.«

Die Frau schaute mich ungemein gelangweilt an.

»Eine derartig hohe Preissteigerung setzt voraus, dass irgendetwas im Betriebs- und Handelskreislauf eine überproportionale Teuerung erfahren hat«, fuhr ich fort. »Stark erhöhte Rohstoffpreise oder Energiekosten zum Beispiel, explodierende Einfuhrzölle, rasant steigende Löhne …«

Als ich die Löhne erwähnte, lachte die Frau spöttisch auf.

»Ich darf vermuten, dass sich Ihr Gehalt in den letzten Wochen nicht verdoppelt hat?«, sagte ich mit ironischem Unterton und grinste sie fragend an.

Die Frau grinste gequält zurück. Als sie die Schlange von Menschen betrachtete, die sich im Laufe meiner hochgestochenen wirtschaftstheoretischen Abhandlung hinter mir gebildet hatte und mich mit wütenden Blicken bedachte, verschwand ihr Grinsen.

»Wollen Sie das Croissant jetzt oder nicht?«, fragte Kralli, die Bäckereifrau.

»Ich will mein Croissant!«, rief Nele, die geduldig neben mir ausgeharrt, jetzt aber keine Geduld mehr mit ihrem Papa hatte.

Ich seufzte. Ich nahm mein Portemonnaie und wühlte eine Weile darin herum, weil ich die neuen Münzen immer noch nicht so recht auseinanderhalten konnte. Dann reichte ich der Verkäuferin einen Euro. Sie gab mir zehn Cent und meiner Tochter das Croissant.

»Guten Appetit, Kleine«, wünschte sie Nele, und ihr Blick sagte: Tut mir leid, dass du so einen nervigen Vater hast.

Ich bin nicht geizig. Wirklich nicht. Es ging mir nicht ums Geld, als ich mich über die Euro-Verarsche empörte, sondern ums Prinzip. Es kotzte mich einfach an, dass irgendwelche Schlipsträger einfach mal auf die Schnelle ein paar

Millionen abgriffen, indem sie den normalen Leuten wie mir hier zehn und da zwanzig Cent aus der Tasche fischten. Ich wollte diesen gierigen Typen kein Geld geben. Ich hätte es lieber in die Elbe geworfen, als die Parasiten in den Konzernen und Banken damit zu mästen. Aber fragte mich jemand? Nein. So etwas konnte mich echt wütend machen.

Vielleicht wäre das ein gutes Thema für meinen nächsten Roman?, überlegte ich. Vielleicht könnte ich meiner Wut über diese wertlosen Menschen, die seltsamerweise immer noch als Elite gehandelt wurden, in meinem nächsten Krimi Luft machen? Meinen Erstling hatte ich vor einiger Zeit beim Verlag abgegeben, und alle waren zu meiner (und vermutlich auch ihrer eigenen) Überraschung begeistert gewesen. Ich hatte für meinen ersten Krimi einen Helden erfunden, der hauptberuflich als Taxifahrer in Hamburg unterwegs war und nur durch Zufall in einen Mordfall verwickelt wurde. Ein Ermittler wider Willen. Ein Krimi mit viel Hamburger Lokalkolorit. Mein Lektor war sogar so begeistert, dass er fragte, ob ich nicht gleich mit der Arbeit an einem zweiten Teil anfangen wolle. Eine Serie von hanseatischen Lokalkrimis würden sie gerne von mir haben – und das, bevor der erste Teil überhaupt erschienen war. Ich war hocherfreut, natürlich. Und da ich Krimis nach wie vor nicht mochte, fiel es mir doppelt so leicht, sie zu schreiben. Vielleicht war das der Geheimtipp zum Bestseller: leidenschaftsloses Runterschreiben. Denn ich selbst fand meinen Krimi, ehrlich gesagt, zutiefst mittelmäßig.

Als wir von unserem Bäckereieinkauf zurückkamen, goss ich Nele einen Orangensaft ein, den sie mit auf ihr Zimmer nahm, um dort mit diesen komischen neuen Plastikpüppchen zu spielen, die in ihrem gesamten Freundeskreis offenbar ein Muss waren: Polly Pocket. Hässliche Dinger. Ich dagegen setzte mich an den Schreibtisch, schaltete den Computer ein und öffnete ein neues Dokument. Ich tippte den Arbeitstitel meines zweiten Krimis ein: *Tod in der Vorstandsetage.*

* * *

Sven hasste sich für das, was er dachte. Es war nicht fair, das wusste er. Aber er konnte die Gedanken, dieses Gefühl, einfach nicht abschütteln.

Sven saß mit Jörn auf der Terrasse eines dänischen Ferienhauses. Jörn hatte Scholle gebraten und einen raffinierten Kartoffelsalat mit Kapern gemacht. Die Sonne schien. Es war ein herrlich warmer Tag für Ende Mai. Eine Flasche guter Wein stand auf dem Tisch. Und die beiden hatten vor nicht einmal zwei Stunden Sex gehabt.

»Schön, oder?«, sagte Jörn und schaute über die Dünen aufs Meer.

Nein, dachte Sven, es ist nicht schön. Aber er sagte: »Ja.«

Wenn Sven Jörn ansah, spürte er nicht mehr dasselbe wie noch vor zwei Jahren. Sven fragte sich, was genau es für ein Missklang war, der sich in seine Gefühle gedrängt hatte, was es war, was ihn an Jörn zu stören begann. Es war nichts Großes, nichts Spektakuläres. Es war ein kleines Stechen. Ein Unbehagen. Ein Verlust von irgendwas. Nur von was?

»Ich liebe den frischen Fisch hier«, sagte Jörn. »Wir sollten morgen gleich noch mal welchen holen.«

Sven nickte. Er nahm einen Bissen von der Scholle. »Lecker«, sagte er.

Und dann gestand er sich ein, was es war, was ihn an Jörn störte: Sein Mann war nicht mitgewachsen. Sven hatte in den letzten Jahren eine fast atemberaubende Karriere hingelegt, war binnen kürzester Zeit eine große Nummer in der Kulturszene geworden, hatte seitdem den ganzen Tag mit faszinierenden Menschen zu tun, mit Schauspielern und Künstlern, Mäzenen und preisgekrönten Literaten. Nicht solchen Unterhaltungsschreibern wie Piet. Nein, richtigen Schriftstellern. Um Sven herum schwirrte ein Volk von schillernden Persönlichkeiten. Es war ein Mikrokosmos aus Menschen, die es geschafft hatten, der Anonymität und dem Mittelmaß zu entkommen. Und er, Sven, war ein Teil dieser Welt. Was Sven sagte, war plötzlich wichtig. Weitreichend. Beeindruckend.

Jörn aber war ein arbeitsloser … Kaufmann. Zugegeben, auch Jörn hatte am Theater gearbeitet, so hatten sie sich schließlich kennengelernt. Doch während Sven sich im kreativen Bereich austobte, war Jörn immer ein Zahlenmensch gewesen. Ein Organisator. Ein solider Berechner. Das hatte Sven sogar gefallen. Damals. Das Bodenständige. Das Verlässliche. Das Behütende. Denn sein eigenes Leben war bis vor zwei Jahren noch unbeständig gewesen. Es war nicht klar gewesen, ob er sich zeitlebens von Job zu Job, von Bühnenbild zu Bühnenbild würde hangeln müssen. Jörn war sein Anker gewesen. Er hatte ihn unterstützt und abgesichert. Emotional. Und auch finanziell. Jetzt aber war es umgedreht: Sven war der große Zampano. Der umjubelte Künstler. Und Jörn war … Jörn war seine Hausfrau. Sven hasste sich für diese Gedanken. Er wollte es nicht so sehen. Er wollte Jörn weiterhin respektieren. Ich liebe ihn doch noch, sagte er sich. Aber dann fragte er sich: Tue ich das wirklich? Er wusste es nicht. Und es tat ihm weh, es nicht zu wissen. Nicht zu wissen, wo Liebe aufhörte und Vertrautheit anfing. Und nicht zu wissen, ob es nach der Vertrautheit noch weiter bergab ging. Zur Routine? Oder war das vielleicht ganz normal? Eine Transformation von großer Leidenschaft zu etwas anderem? Zu etwas weniger Spannendem, aber irgendwie Beruhigendem? War es das, was man »sesshaft werden« nannte? Gehörte das so? War das genug? Wollte er mit Jörn nun viele Jahre lang gemessenen Schritts auf dem breiten, sicheren, aber abwechslungsarmen Lebensweg dahinschlendern und all die Abenteuerparcours ignorieren, die rechts und links abzweigten? War er dafür nicht zu gut? Sven wusste, dass er einen arroganten Zug entwickelt hatte. Er war ehrlich genug mit sich selbst, um sich das einzugestehen. Es war ein schmaler Grat zwischen Selbstbewusstsein und Überheblichkeit, und er fand nicht immer die richtige Balance. Wenn man so schnell und so spektakulär Erfolge feierte wie er, war man plötzlich von Menschen umgeben, die einem erzählten, wie großartig man war. Man wurde überallhin eingeladen. Auf Partys musste Sven sich nicht mehr um Gesprächspartner sorgen. Er war derjenige, der belagert wurde, beweihräuchert, umschwärmt. Jörn passte nicht ins Bild. Es war nicht so, dass Sven sich für ihn schämte. Ganz ehrlich nicht. Aber er war auch nicht mehr stolz auf ihn. Jörn war eine Selbstverständlichkeit geworden. Alltag. Ein kleiner Mann. Ein toller Mann, nach wie vor. Aber klein. Und Sven wuchs. Und wuchs. Und wuchs. Und er fing an, auf seinen Mann hinabzuschauen.

Mein Gott, dachte Sven, wir sitzen hier in einem Ferienhaus in Dänemark. In Pillepalle-Dänemark! Nebenan wohnte diese Familie aus Pinneberg, die sie immer so übertrieben freundlich grüßten, als wollten sie unbedingt demonstrieren, dass sie nichts gegen Schwule hätten. Sven, über den *Theater heute* neulich ein vierseitiges Porträt veröffentlicht hatte, hatte die Einladung des angesagten Theaterautors Roland Schimmelpfennig in die Toskana ausgeschlagen und auf diese spektakuläre Party in Wien verzichtet, um jetzt hier in Hvide Sande Scholle und Kartoffelsalat zu essen.

»Noch Remoulade?«, fragte Jörn.

Sven schüttelte den Kopf. Er hatte genug.

* * *

Petra wuchtete den blauen Müllsack aus dem Auto. Er war randvoll mit Wäsche. Sie ächzte, stellte den Sack auf dem Boden ab und hielt sich den Rücken, in dessen unterem Lendenwirbelbereich es bedrohlich zwickte. Das fehlte ihr gerade noch, dass sie sich jetzt einen Nerv einklemmte. Das war damals schon passiert, als sie mit Florian und Lucy schwanger gewesen war. Ein Hexenschuss im siebten Monat. Ein mieseres Timing kann man sich kaum vorstellen. Diesmal wollte sie vorsichtiger sein. Auch Dille hielt ihr ständig fürsorgliche Vorträge, dass sie sich mehr schonen und nicht so schwer heben solle. »Setz dich mal hin, ruh dich mal aus«, predigte er. Doch wenn Dilbert abends nach Hause kam, beherzigte er seinen guten Rat selbst am besten: Er ließ sich aufs Sofa fallen, schaltete die Glotze an und kam gar nicht auf die Idee, die Geschirrspülmaschine auszuräumen oder mal durchzusaugen.

Vor ein paar Wochen waren die Ladenschlussgesetze gelockert worden, und die Filiale, die Dille leitete, war jetzt täglich bis 20 statt bis 18 Uhr geöffnet. Dille kam selten vor neun Uhr abends nach Hause. Und im Allgemeinen war er dann total gerädert.

Petra machte ihm keine Vorwürfe, schließlich war es ihre

eigene Entscheidung, wie sehr sie sich in die Dinge hineinkniete. Und rumdösen entsprach nun mal nicht ihrem Naturell. Niemand würde ihr einen Vorwurf machen, wenn die Wohnung vorübergehend ein wenig dreckiger wäre. Und niemand zwang sie, die Wäsche für ihre Kinder zu machen. Aber irgendjemand musste es ja tun. Die alte Waschmaschine, die Lucy und Florian auf einem Flohmarkt gekauft hatten, hatte nämlich bereits nach sechs Wochen ihren Geist aufgegeben. Seitdem ließen die beiden ihre Klamotten bloß mit einem dicken Spritzer *Perwoll* ein paar Stunden lang in der halbvollen Badewanne herumliegen und spülten sie danach notdürftig ab. So etwas konnte Petra natürlich nicht zulassen. Also kam sie alle zwei bis drei Wochen vorbei, packte in den Zimmern ihrer Kinder einen Müllsack mit Dreckwäsche zusammen, fuhr ihn zu sich nach Hause, wusch die Klamotten in ihrer Maschine, trocknete sie, legte sie sorgfältig zusammen und brachte sie zurück. Meistens waren Lucy und Florian gar nicht da, wenn sie kam. Petra hatte einen Schlüssel.

Der letzte Mitbewohner ihrer Kinder – der dritte in fünf Monaten – war neulich ohne Vorwarnung und ohne eine neue Adresse zu hinterlassen einfach verschwunden. Die letzte Monatsmiete hatte er geprellt. Immerhin hatte er den Schlüssel dagelassen, sonst hätte Petra darauf bestehen müssen, dass ihre Zwillinge das Türschloss auswechselten.

Petra hievte den Wäschesack die Treppe hinauf. Der Fahrstuhl war zwar betriebsbereit, was für diesen Fahrstuhl keineswegs selbstverständlich war, doch so oft, wie der schon stecken geblieben war, wollte Petra es nicht riskieren, sich in seinem Inneren zu befinden, wenn er wieder einmal beschloss, seinen Dienst zu quittieren. Und es waren ja auch nur drei Etagen.

Petra schnaufte, als sie schließlich vor der Tür ihrer Kinder stand. Sie hielt sich erneut den Rücken. In ihrem Inneren rumorte es. Sie hatte Krämpfe.

Petra klingelte. Eigentlich wollte Lucy an der Uni sein (sie hatte sich für Sinologie als Studienfach entschieden, weil sie China »voll geil« fand), und Florian war für eine Woche bei Freunden im Wendland. Aber so wankelmütig, wie ihre Zwillinge waren, war es ebenso gut möglich, dass Florian plötzlich gute Gründe gegen das Wendland gefunden und Lucy über Nacht ihr Interesse an China verloren hatte. Petra wollte nicht riskieren, ihre Kinder bei weiß der Geier was zu überraschen, nur weil sie einfach so deren Wohnung betrat. Als aber auch nach dem zweiten Ding-Dong keinerlei Aktivität in der Wohnung zu vernehmen war, schloss Petra die Tür auf und zerrte den Müllsack hinter sich in den Flur. Im Flur hing ein Poster, das sie noch nicht kannte. Es war der Aufruf zu einer Demo gegen dieses Gefangenenlager in Kuba, das die Amerikaner dort unlängst errichtet hatten. Drei leere Bierkisten standen unter dem Plakat. Petra zog den Müllsack an Guantánamo und Gerstensaft vorbei. In dem Moment, als sie die Tür zu Lucys Zimmer öffnen wollte, hörte sie eine Männerstimme hinter sich.

»Moin«, sagte die Stimme.

Petra schrie laut auf und drehte sich erschrocken um. Ihr Herz raste. Hinter ihr stand ein junger Mann. Er trug nur eine Unterhose und ein T-Shirt. Offenbar war er gerade erst aufgewacht.

»Tschuldigung«, murmelte der Mann und kratzte sich im Schritt. »Wollte dich nich erschrecken. Wohnste auch hier?«

Petra atmete tief durch. Dieser Schlurfi war keine Gefahr. Er war einer der dubiosen Typen, die ihre Kinder um sich scharten. Ein neuer Mitbewohner offenbar. Doch auch wenn die Angst verschwunden war – die körperliche Reaktion auf den Schreck hatte sich noch nicht gelegt. Immer noch pochte ihr Herz bis in die Schläfen. Und ihr war übel. Wieder krampfte sich ihr Magen zusammen.

»Ich bin Petra. Lucys und Florians Mutter«, sagte sie mit gepresster Stimme.

»Cool«, sagte der junge Mann.

Petra schaute ihn erwartungsvoll an.

Er grinste etwas ratlos.

»Hast du auch einen Namen?«, fragte Petra, als klar war, dass er nicht von selbst auf die Idee kommen würde, mit dieser Information herauszurücken.

»Adolf«, sagte er.

Petra starrte ihn fassungslos an.

»Ja, ich weiß«, seufzte er. »Hitler. Scheiße. Aber ich komme aus einer sehr traditionsbewussten Familie. Schwerreich alle.« Er kratzte sich langsam und ungelenk in seinem fusseligen Zehntagebart. »In unserer Familie bekommt jeder Erstgeborene den Vornamen seines Großvaters väterlicherseits. Machen die schon seit hundertfünfzig Jahren so«, fuhr er fort. »›Ich lass mir von keinem dahergelaufenen Diktator die Familientradition kaputt machen‹, hat mein Vater gesagt.«

»Beileid«, sagte Petra.

Adolf zuckte mit den Schultern: »Hab schon mal überlegt, ob ich meinen Namen ändere. Aber das ist voll viel Aufwand.«

»Du könntest deinen Namen doch auch einfach für dich behalten, wenn dich jemand fragt«, schlug Petra vor. »Denk dir einfach einen aus, der dir gefällt. Muss ja nicht in deinem Ausweis stehen.«

Adolf schaute Petra an, als hätte sie einen Geistesblitz gehabt, der eines Nobelpreisträgers würdig war. »Wow«, sagte er.

Petra spürte einen erneuten Krampf. Ihr Magen zog sich schmerzhaft zusammen. Sie krümmte sich.

»Schwanger, ne?«, kombinierte Adolf der Geistesriese und wies auf ihren monströsen Bauch.

Petra verzichtete auf eine Antwort. Sie krümmte sich erneut. Die Stiche waren unglaublich. Das waren keine normalen Magenkrämpfe.

»Oh«, sagte Adolf und riss seine Augen auf. Er starrte auf den Boden. »Nich gut.«

Petra schaute ebenfalls nach unten. »Fruchtwasser!«, rief sie.

Adolf überlegte, dann stammelte er: »Äh. Ich weiß gar nicht, ob wir welches dahaben. 'Ne Schorle oder so was?«

»Kein Fruchtsaft!«, schrie Petra. »Meine Fruchtblase ist geplatzt! Ich habe Wehen! Ich … Aaaah!« Petras Knie knickten zusammen, und sie sackte zu Boden.

»Ach, du Scheiße«, fand Adolf.

»Ruf einen Krankenwagen!«, schrie Petra, während sich ihr Unterleib brutal zusammenzog. Das waren keine normalen Wehen! Das war etwas anderes! Das war ein Notfall!

»Wir haben kein Telefon«, stammelte Adolf.

»Natürlich habt ihr ein Telefon. Ich hab doch schon hier angerufen!«, keuchte Petra.

»Abgeschaltet. Rechnung nicht bezahlt«, jammerte Adolf.

»Dann … klingle bei den … argh … Nachbarn!«

Musste man diesem Volltrottel denn alles erklären?

Adolf trabte los, öffnete die Wohnungstür und rannte in den Flur. Hinter ihm fiel die Tür ins Schloss.

Petra schrie. Es waren unglaubliche Schmerzen. Von innen drückte es mit solcher Macht, dass es kaum auszuhalten war.

Nicht pressen!, zwang sich Petra. Doch das war leichter gesagt als getan.

Als die Wehe abebbte, nutzte sie die kurze Phase relativer Schmerzfreiheit, um sich so schnell wie möglich die Hose und den Slip auszuziehen. Mit nacktem Unterkörper lag sie auf dem Boden des Flurs.

Wo blieb dieser Idiot?

Und schon setzte die nächste Wehe ein. Das Kind wollte kommen. Mit aller Macht. Und einen Monat zu früh. Petra versuchte verzweifelt, nicht zu pressen. Und dann klingelte es an der Tür. Petra schrie auf.

»Ich bin's«, wimmerte Adolf durch die verschlossene Tür. »Ich hab keinen Schlüssel.«

Petra schrie.

»Kannste mal aufmachen, ey?«, bat Adolf.

»Du Vollidiot!«, kreischte Petra.

Die Wehe ließ nach, und Petra kroch auf dem Boden bis zur Wohnungstür. Sie richtete sich mühsam ein Stück auf, erreichte die Türklinke, drückte sie herunter, und Adolf öffnete die Tür. Er schaute zu ihr hinunter und schluckte.

»Ist das der Kopf?«, fragte er.

Petra sah entsetzt an sich herunter. Oh, Gott! Da war Blut. Da war Schleim. Und da war der Kopf ihres Kindes.

»Hilf mir!«, schrie sie Adolf an.

»Äh«, stammelte Adolf, kam dann aber immerhin auf die Idee, schnell ein paar Kissen aus Lucys Zimmer zu holen und es Petra auf dem Boden etwas gemütlicher zu machen.

Schon setzte die nächste Wehe ein.

»Es kommt!«, schrie Petra.

»Ich fang's auf«, rief Adolf, dessen Stimme sich nun vor Aufregung überschlug und der sich offenbar vorstellte, das Kind käme katapultartig aus Petra herausgeschossen.

Wo hatten ihre Kinder diesen Typen aufgegabelt? Auf einem anderen Planeten?

Und dann presste Petra. Sie presste und schrie und wurde fast ohnmächtig.

»Super!«, rief Adolf, dessen phlegmatische Dusseligkeit einer echten Begeisterung gewichen war. »Ey, so was Geiles! Du kriegst'n Kind!«

Es war unglaublich, aber Petra musste lachen. Die Situation war so absurd, dieser fusselige Typ auf so eine bizarre Art anrührend, ihr Gehirn von Schmerz und Hormonen an den Rand der Funktionsfähigkeit getrieben – alles war so außer Kontrolle, dass sie schrie und lachte und wieder schrie, vor Schmerz und Unglauben über das, was hier gerade geschah.

Und dann klingelte es schon wieder an der Tür. Adolf rannte hin und öffnete. Zwei Sanitäter kamen hereingeeilt. Sie erfassten die Situation mit einem Blick, drängten Adolf zur Seite und beugten sich zu Petra hinunter. Sie streiften sich Handschuhe über.

Einer kniete sich zu ihren Füßen und sagte zu seinem Kollegen: »Bei der nächsten Wehe ist es da.«

Der andere schaute Petra an und sagte: »Sie haben es fast geschafft. Kraft sammeln und gleich noch einmal ganz doll pressen.«

Als Petra nur schnaufte und keuchte, fragte er: »Alles okay bei ihnen? Geht's?«

»Adolf!«, schrie Petra.

Beide Sanitäter starrten sie fassungslos an. Sie hatten im Fortbildungskurs nicht nur gelernt, was die Erstversorgung nach einer Geburt umfasste, sie waren auch vorgewarnt worden, dass Frauen oft pöbelten und wie von Sinnen schienen, wenn sie ein Kind bekamen. »Es ist, als ob man einen Basketball durch die Halsöffnung eines Rollkragenpullovers drückt«, hatte die Hebamme in dem Kurs erklärt. »Das tut mörderisch weh. Auf diesen Schmerz reagieren Frauen mitunter sehr irrational.« Aber nach Hitler rufen? Halfen sie etwa einer Nazifrau, einen neuen Führer zu gebären? Ihre Fassungslosigkeit verstärkte sich, als sich auch noch dieser schräge Typ in seiner Unterwäsche zu Petra hinunterbeugte und sagte: »Ja?«

»Nimm meine Hand!«, befahl Petra.

Adolf war überrascht. Er war nicht der Typ Mann, mit dem Frauen üblicherweise Händchen halten wollten. Er griff nach Petras Hand und verzog sein Gesicht zu einer Grimasse, als sie unverzüglich begann, seine Finger zu zerquetschen. Die nächste, die letzte Wehe hatte begonnen!

Einige Minuten später lag Petra auf einer Trage. Einer der beiden Sanitäter und Adolf trugen sie die Treppen hinunter zum Krankenwagen. Der andere Sanitäter trug das Kind. Ein Junge. Winzig. Zerbrechlich.

Adolf lächelte Petra verlegen an, als sie kurz darauf in den Krankenwagen geschoben wurde.

»Ohne dich wäre ich aufgeschmissen gewesen«, sagte Petra.

»Hey, kein Problem«, sagte Adolf.

»Ich weiß nicht, wie ich dir danken soll«, sagte sie.

Adolf grinste. »Du kannst das Kind ja nach mir nennen.«

Petra lachte schwach.

Der Sanitäter stieg mit dem Kind auf dem Arm zu Petra in den Krankenwagen, dann wurde die Tür zugeschlagen und der Wagen fuhr mit Blaulicht davon.

Erst jetzt bemerkte Adolf, dass er immer noch bloß Unterhose und T-Shirt trug. Die Leute, die an ihm vorbeigingen, beäugten ihn skeptisch. Hoffentlich hatten die Sanitäter die Wohnungstür nicht zugemacht.

* * *

Nele war sauer. Sie wollte unbedingt mit dem neuen Baby von Tante Petra spielen. Das ging aber nicht, weil der kleine Junge in einem Brutkasten lag. Erst hatte Nele gedacht, Onkel Dille hätte wieder einen seiner Witze gemacht, als er das sagte. Das mit dem Brutkasten. Brüten, das hatte Nele im Sachunterricht gelernt, war das, was die Hühner machten. Aber Kinder legten doch keine Eier. Dann hatte Mama ihr erklärt, dass ein Brutkasten in einem Krankenhaus stand und dass man da alle Kinder reintat, die zu früh aus ihrer Mutter rausgekommen waren und noch Hilfe beim Wachsen brauchten. Nele stellte sich diesen Brutkasten riesig vor. Wenn da alle Kinder reinkamen, die zu früh geboren wurden – das musste ja ein Riesengedrängel sein. Das hätte sie echt gern mal gesehen.

Es war große Pause. Nele spielte mit ihren Freundinnen Eckenticken. Das Spiel hatte sie sich selbst ausgedacht. Man musste am Rand des Bolzplatzes entlangrennen, und einer, der »Ticker«, musste einen erwischen. Aber er durfte nur ticken, wenn man nicht auf einer Ecke stand. Da war ticken verboten. Gerade hatte Nele Julia getickt, als die Jungs aus der Zweiten kamen. Einer von ihnen hatte einen Fußball unterm Arm, und die Mädchen wussten, was das bedeutete: Sie mussten verschwinden, weil die Großen jetzt den Bolzplatz für sich beanspruchten.

Während Julia und die anderen in vorauseilendem Gehorsam vom Platz gingen, blieb Nele stehen. »Wir spielen hier«, sagte sie.

»Haut ab!«, sagte einer der Jungen.

»Wir waren zuerst da«, beharrte Nele.

»Aber jetzt sind wir dran«, sagte ein anderer Junge.

Nele verschränkte resolut die Arme vor der Brust. Sie würde nicht weichen. Das war voll ungerecht, dass sie jetzt weggehen sollten. Nur weil das Jungs waren. Und aus der Zweiten.

Nele bemerkte, dass sich auch Jegor unter den Jungen befand. Sie schaut ihn an und lächelte. Bestimmt würde er ihr zur Seite stehen. Schließlich hatte sie ihm Silvester geholfen. Und einmal, auf dem Nachhauseweg von der Schule, hatte sie ihn gesehen, wie er ganz allein vor sich hin schlenderte und wieder so unglücklich aussah, und da hatte sie hallo gesagt und war einfach neben ihm hergegangen. Sie hatte ihm gezeigt, wo sie einmal einen Igel gesehen hatte. In diesem Hinterhof, mitten in der Stadt. Einen Igel. Irre, oder?

Und Jegor hatte gefragt: »Hat der dich gepikst?«

»Ich hab ihn nicht angefasst«, hatte Nele geantwortet.

»Die Scheißviecher piksen«, hatte Jegor gesagt und war einfach weggegangen. Ohne Tschüß. Ohne gar nichts. Einfach weggegangen.

Aber sie war nett zu Jegor gewesen. Und er kannte sie. Also würde er ihr helfen, dachte Nele. Doch Jegor schaute sie nur kurz an und dann gleich wieder weg. Nele war enttäuscht.

»Los! Geh weg!«, bekräftigte einer der Jungen noch mal, und als Nele erkannte, dass sie das letzte Mädchen auf dem Bolzplatz war, dass all ihre Freundinnen längst weit entfernt standen und die Szenerie neugierig beäugten, aber keinerlei Anstalten machten, ihr Recht auf die Spielfläche einzufordern, erkannte sie die Aussichtslosigkeit der Situation.

Sie ging vom Platz, und die Jungen stürmten mit dem Ball darauf. Jegor folgte den Fußballern. Etwas langsamer allerdings. Ohne rechtes Interesse. Dann drehte er sich noch einmal kurz zu Nele um und schaute sie an. Mit seinen wütenden Jegor-Augen. Nele zeigte ihm den Mittelfinger. So wie sie es von Onkel Dille gelernt hatte.

* * *

Susann hatte Körbers Idee toll gefunden. Es war höchste Zeit, dass man sich auch mal außerhalb der Arbeitszeiten traf. Körber, der Sportlehrer, hatte vorgeschlagen, dass das gesamte Lehrerkollegium gemeinsam das Endspiel der Fußball-WM anschaute. Die Schüler hätten ständig Klassen- und Schulfeste, die Lehrer aber wurschtelten immer nur einzeln vor sich hin. Das sollte man unbedingt ändern. Viele Kollegen waren ebenso angetan von diesem Vorschlag wie Susann, und so war die Sache schnell beschlossen.

Körber hatte gesagt, er würde diesen neumodischen Beamer, den die Schule für teures Geld angeschafft hatte, in die Pausenhalle stellen. Da wäre eine große Leinwand und reichlich Platz. »Wenn da so viel Platz ist, können wir doch auch unsere Partner mitbringen«, hatte die junge Frau Fitz (Sozialkunde, Deutsch, Geschichte) vorgeschlagen. Allgemeine Zustimmung.

Susann hatte Piet natürlich gefragt, ob er mitkäme, auch wenn sie die Antwort bereits kannte. Er war weder an Fußball noch an Susanns Kollegen besonders interessiert.

Susann hatte in letzter Zeit an Piet eine seltsame Antriebslosigkeit bemerkt, eine Unzufriedenheit, fast schon eine Spur von Melancholie. Obwohl nichts um ihn herum sich verändert hatte, schien er nicht mehr zufrieden mit seinem Leben.

Susann gab ihr Bestes, um gute Laune zu verbreiten. Nele liebte ihren Papa abgöttisch. Und seine zweite Karriere als Krimiautor war erfolgreich angelaufen. Der Verlag brachte Piets Buch demnächst mit einer beachtlichen Startauflage und sogar einer kleinen Anzeigenkampagne auf den Markt. Es ging ihnen gut. Doch Susann sah in Piets Augen, erkannte an seiner nachlassenden Energie, seiner schwindenden Geselligkeit, dass er mit irgendeinem Dämon kämpfte. Sie hatte ihn gefragt, ob ihn etwas quäle. »Nein, wieso?«, hatte er geantwortet. Und Susann hatte, so schwer es ihr auch fiel, beschlossen, nicht nachzuhaken. Sie hoffte, dass ihr Mann nur in ein kleines Loch gefallen war, aus dem er sich mit eigener Kraft würde befreien können. Sie konnte ihm schließlich nicht helfen, wenn er sich nicht helfen lassen wollte.

Und so stand Susann am 30. Juni als Single unter den fast sechzig Leuten in der Pausenhalle, trank ein Glas Wein, aß Kuchen und Kekse und wartete auf den Anpfiff.

»Hat dein Mann keine Zeit?«, fragte Körber.

»Der guckt mit Freunden. Ist ein altes Ritual, das machen die schon seit Ewigkeiten bei jeder EM und WM zusammen«, antwortete Susann.

Körber nickte verständnisvoll. Es war eine absolut glaubwürdige Lüge. Außer man kannte Piet.

Die Stimmung war gut, kippte aber bei einigen Leuten merklich, als abzusehen war, dass Deutschland diese WM nicht gewinnen würde. Die Brasilianer, die ihnen im Finale gegenüberstanden, waren einfach besser.

»Das muss man den Negern einfach lassen«, sagte jemand neben Susann. »Die können sich bewegen. Flink wie Hölle!«

Susann drehte sich erstaunt um. Es war Berg. Der Neue. Er hatte erst in diesem Schuljahr bei ihnen angefangen, war von einer anderen Schule, irgendwo in Hessen oder so, hierher gewechselt. Berg war noch relativ jung. Anfang dreißig. Ein Surfertyp. Viele Mädchen aus der neunten und zehnten Klasse schwärmten für ihn.

»Neger sagt man eigentlich nicht mehr«, merkte Susann freundlich an.

»Ja, ich weiß«, lachte Berg. »Das sind jetzt Afroamerikaner. Aber Brasilien ist in Südamerika, also sind sie streng genommen Afrolatinoamerikaner. Und das ist schon ein verdammt langes Wort.«

Berg war charmant. Keine Frage. Doch Susann störte sich trotzdem an seiner Wortwahl. Sie blieb freundlich und war fest entschlossen, kein großes Ding daraus zu machen, als sie sagte: »Trotzdem. Du kannst doch auch vor den Schülern nicht von Negern sprechen. Du hast diesbezüglich doch eine Vorbildfunktion.«

»Keine Angst. Ich unterrichte Mathe und Physik«, grinste Berg. »Da kommen dunkel pigmentierte Menschen generell nicht im Lehrstoff vor.«

Susann lächelte halbherzig und wandte sich von ihm ab, dezent genug, um nicht unhöflich zu sein, aber deutlich genug, um das Gespräch zu beenden. Sie fand es unglaublich, dass heute, im Jahr 2002, jemand immer noch das Wort »Neger« in den Mund nahm. Abgesehen von einer Handvoll Rentner, die es nicht besser wussten oder nicht mehr umdenken konnten, müsste es doch eigentlich aus dem aktiven Wortschatz verschwunden sein.

»Ach, Scheiße!«, schrie Berg jetzt laut auf.

Susann schaute auf die Leinwand. Die Deutschen hatten ihr zweites Tor kassiert. Die Weltmeisterschaft war endgültig gelaufen.

»Pisser!«, schimpfte Berg.

Susann wusste nicht, ob ihr impulsiver Kollege damit die übermächtigen Brasilianer oder die schwachen Deutschen meinte.

Als Susann kurz vor Mitternacht nach Hause kam, saß Piet auf dem Sofa. Er schaute einen Film. Irgendwas Schwarzweißes. Er hatte sich neulich in den Kopf gesetzt, er müsse all die großen Filmklassiker nachholen: *Metropolis, M – Eine Stadt sucht einen Mörder, Citizen Kane, Der Malteser-Falke …*

»Hallo, Traumfrau«, sagte Piet. »Spaß gehabt?«

»Die Deutschen haben verloren«, sagte Susann.

»Tja«, sagte Piet. Er drückte auf die Pausetaste der Fernbedienung. Das Bild gefror.

Susann erkannte Marlene Dietrich. Sie stand in einem Zeugenstand vor Gericht. »Alles okay mit Nele?«, fragte sie.

»Schläft tief und fest«, antwortete Piet.

»Und du?«, fragte Susann.

»Ich schlaf nicht. Ich hab auf dich gewartet«, sagte Piet. »Sehnsüchtig gewartet.«

»So?«, sagte Susann und zog eine Augenbraue hoch.

»Ja«, sagte Piet. »Wir müssen jetzt nämlich Sex zusammen haben.«

»Oh? Müssen wir das?«, fragte Susann mit einem koketten Grinsen.

Es war mindestens zwei Wochen her, dass sie zusammen geschlafen hatten, und Susann hatte es zu frustrieren begonnen, dass Piet keinerlei Anstalten machte, sie zu verführen. Seit Monaten schon ging die Initiative immer von ihr aus. Sie hatte sein mangelndes erotisches Engagement als Indiz für seine aufsteigende Schwermut betrachtet. So schlitzohrig – und heiß obendrein, heiß und geil auf sie – hatte sie ihn schon länger nicht mehr erlebt. Es war ein tolles Gefühl.

»Ich bin ein bisschen betrunken«, sagte Susann und ging auf ihn zu.

»Sehr schön«, sagte Piet und erhob sich. »Meine beschwipste kleine Mätresse …«

Susann kam ihm zwei Schritte entgegen. Er nahm ihren Kopf in beide Hände und küsste sie. Es war aber nicht der Kuss, den sie erwartet hatte. Kein leidenschaftlicher, ungestümer, lüsterner Kuss. Es war ein zartes, fast flatterhaftes Spiel der Lippen. Ein Probieren, ein Zögern, ein Hauchen.

»Ich liebe dich«, sagte Piet. Er rückte ein Stück von ihr ab, sah sie an und wurde ganz ernst.

Zu ernst, fand Susann.

»Gut, mein Galan«, sagte Susann, die keine Stimmungsveränderung wollte, mit übertrieben verruchter Stimme: »Könntest du mich dann bitte ins Schlafzimmer bringen und ficken?«

Piet hob sie mit einem Ruck hoch, und Susann lachte auf. Sie kicherte wie ein kleines Mädchen, als er sie ins Schlafzimmer trug.

Silvester 2002

Ich war derjenige gewesen, der darauf gedrängt hatte, dass wir den Jahreswechsel immer gemeinsam begehen. Ich war es gewesen, der nachdrücklicher als alle anderen die Gemeinschaft der Kirschkernspuckerbande beschwor. Doch an diesem Abend, dem Silvesterabend des Jahres 2002, hatte ich keine Lust auf dieses Treffen. Ich hätte lieber zu Hause auf dem Sofa gesessen und mir einen oder zwei alte Filme angeschaut. Es gab nichts Konkretes, was mir die Lust auf diesen Abend verhagelte. Mir war nur einfach nicht nach Feiern zumute.

Dieses Jahr richteten Dille und Petra die Party aus. Petra wollte es so, wegen des Babys. Sven, Jörn, Susann und ich hatten vorher besprochen, was wir alles mitbringen würden, um die nach wie vor klamme Kassenlage unserer Freunde nicht überzustrapazieren. Ich hatte einen Nudelsalat gemacht, Susann hatte Frikadellen gebraten und Baguettebrot und eine Auswahl Käsesorten besorgt. Voll bepackt standen wir vor der Tür unserer Freunde und klingelten.

Nele feierte bei einer Schulfreundin, deren Eltern genau wie wir eine Möglichkeit gesucht hatten, ihr Einzelkind an diesem Abend mit gleichaltriger Gesellschaft zu erfreuen. Mit uns alten Knackern hätte sich Nele nur gelangweilt. Ich selbst sah mich allerdings auch nicht gerade ausgelassen durch die Nacht tanzen. Ich verstand meine Trägheit selbst nicht. Es war, als hätte jemand meinen Stecker gezogen und als liefe mein Akku bereits auf Reserve. Das ging schon seit Wochen so. Ich bemühte mich, es mir nicht anmerken zu lassen. Auch zu Hause nicht. Mitunter spielte ich Susann fast so etwas wie Theater vor, gab mich fröhlicher, lockerer und manchmal sogar lüsterner, als ich war. Es war nicht so, dass mich der Weltschmerz fest im Griff hatte. Ich war okay, alles in allem. Ich war nur … schlapp.

Meine nicht vorhandene Partylaune sank noch weiter, als Dille die Tür öffnete und mir aus dem Wohnzimmer dieser unglaublich blöde Ketchup-Song von diesen spanischen Pop-Trullas entgegendröhnte. Es schien ein Naturgesetz zu sein, dass das iberische Volk den Rest Europas in regelmäßigen Abständen mit klebrigen Señoritas malträtierte, die unerträglich eingängige Liedchen trällerten. In den Siebzigern waren es diese gruseligen Baccara-Frauen gewesen, in diesem Jahr waren es drei obskure Hopsen, die eine Hymne auf zuckerhaltige Tomatensauce herausjuchzten.

Dille summte fröhlich mit, während er erst Susann umarmte und dann mich. »Petra kommt gleich«, sagte er. »Sie stillt noch.«

Dille und Petra hatten ihre Wohnung mit Luftschlangen und Ballons geschmückt. Auf den Tischen standen mehrere fast überquellende Schalen voller Knabberkram. Chips, Flips, Nüsse, Salzstangen. Dille bekam das Zeug zum Einkaufspreis. Wir stellten das Essen, das wir mitgebracht hatten, dazu.

Las Ketchup verstummte, Gott sei Dank, dafür erklang jetzt »Murder on the Dancefloor«. Immer, wenn man denkt, es geht nicht schlimmer …

Petra trat zu uns ins Wohnzimmer. Im Arm hielt sie ihren Sohn. Sie hatten ihn Adrian genannt. Schöner Name, fand ich. Und er war ein schönes Kind. Ich gebe zu, es ist ein wenig macho und wahrscheinlich sogar blöd, das zu sagen, aber ich finde, Frauen, die Babys im Arm halten, sind einfach ein wunderschöner Anblick. Ein Anblick, der mich rührt.

Petra sah stolz aus, und ihr Gesicht leuchtete, wie es die Gesichter von frischgebackenen Müttern oft tun: glücklich und ein wenig erschöpft.

Wir begrüßten einander und bewunderten das Baby.

»Was wollt ihr trinken?«, fragte Dille.

»Bier«, sagte ich.

Susann wollte Weißwein.

Als es an der Tür klingelte und Dille ging, um zu öffnen, reichte Petra mir das Baby, um uns einzuschenken. Sie gab den kleinen Adrian mir, nicht Susann. Was soll ich sagen: Ich bin nun mal der Typ Mann, dem Frauen ihre Babys anvertrauen. Sie wissen, dass ich weiß, wie man sie hält, dass man ihren Kopf stützen muss und dass man sie nicht empört fallen lässt, falls sie einem auf die Schulter kotzen. Ich bin mir immer noch nicht sicher, ob mich das für Frauen attraktiv macht oder wie ein Waschlappen erscheinen lässt …

Jörn und Sven trugen schwer, als sie hereinkamen.

Sven brachte drei Flaschen Champagner mit. »Die hab ich neulich bei einer Premierenfeier gemopst«, grinste er. »Sonst teilen hinterher noch die Fuzzis von der Kulturbehörde alles unter sich auf, was übrig bleibt.«

Jörn dagegen holte eine Torte aus einem Plastikkorb hervor. Ein monumentales, dreistöckiges Ding.

»Wow!«, rief Petra. »Was ist das denn für ein Geschoss?«

»Hab ich selbst gemacht«, sagte Jörn nicht ohne Stolz.

»Nougat-Walnuss mit einer Himbeerfüllung. Ich lerne jetzt backen. Zeit genug hab ich ja.«

»Super, ich hoffe, du findest so schnell keinen Job«, sagte Dille taktloserweise, tippte dreist seinen Zeigefinger in die Torte und schleckte ihn ab. »Lecker«, befand er, und Petra konnte ihn gerade eben noch davon abhalten, den abgelutschten Finger erneut in die Torte zu stecken.

»Das ist ja ein richtiges Kunstwerk«, staunte Susann über die Torte.

Jörn lächelte stolz, doch sein Gesichtsausdruck entgleiste, als Sven ihm auf den Po klopfte und grinsend sagte: »Ja, mein kleiner Kuchenbäcker. Wie Doris Day sieht er aus, wenn er in der Küche steht. Er hat sogar eine Schürze um, wenn er backt.«

Als Sven sah, dass seine Bemerkung, die einen leicht gehässigen Unterton hatte, bei uns allen für eine gewisse Irritation sorgte, beeilte er sich zu sagen: »Hey, war nur ein Scherz.«

Er küsste Jörn demonstrativ, und Jörn lächelte. Allerdings wenig überzeugend.

»Okay«, rief Dille. »Hat jeder etwas zu trinken?«

Wir hoben unsere Gläser.

»Also, auf Bernhard«, sagte Dille.

»Auf Bernhard«, sagten wir.

»Auf ein neues Jahr«, sagte Sven.

»Und auf unsere Freundschaft«, sagte Susann.

»Wie läuft dein Buch?«, fragte Sven, als wir zwei Stunden später mit dem Essen fertig waren und uns an der Torte gütlich taten. Sie schmeckte so fabelhaft, wie sie aussah.

»Gut«, sagte ich.

»Mehr als gut. Es läuft super«, ergänzte Susann. »Das

Buch geht schon in die dritte Auflage und die Kritiken … kein einziger Verriss! Der Verlag wartet schon sehnsüchtig auf die Fortsetzung.«

»Das ist ja toll«, sagte Jörn.

Ich nickte. Natürlich war es toll, aber es wäre noch toller gewesen, wenn ich diesen Erfolg mit einem Buch gehabt hätte, auf das ich stolz war. Mit meinem *Kirschkerne*-Buch zum Beispiel. Einem Buch, an dem mein Herz hing. Mein Krimi dagegen war bloß Dienst nach Vorschrift gewesen. Es war eine effektive, solide Arbeit – aber nichts, was meine Handschrift trug.

»Und ich hab es immer noch nicht gelesen«, seufzte Petra. »Ich komme einfach nicht dazu. Ich …«

Und wie auf Kommando ertönte der Schrei des kleinen Adrian durchs Babyphon.

Petra erhob sich seufzend. »Die mobile Tankstelle macht sich auf den Weg«, sagte sie und verschwand in Richtung Schlafzimmer.

Dille nahm sich ein weiteres Stück Torte.

»Und du?«, fragte ich Jörn. »Immer noch nichts Neues an der Job-Front?«

Jörn schüttelte den Kopf: »Sieht furchtbar mau aus. Ich bin jetzt vierundvierzig. Da winken die meisten Firmen schon bei der schriftlichen Bewerbung ab. Ich komme mir echt vor wie ein Frührentner.«

»Ach komm, das wird schon«, sagte Sven halbherzig.

Dille, dem ein geschätztes halbes Pfund Sahne am Kinn klebte, sprach mit vollem Mund: »Oder du schulst einfach auf Konditor um. Das ist deine Berufung! Alter, diese Torte ist wie Sex!«

»Klebrig und monströs?«, grinste Jörn.

»Na ja, so sollte guter Sex doch sein, oder?«, lachte Dille

und versprühte dabei kleine Himbeerspuckefleckchen über den Tisch.

Ab 23 Uhr gingen unentwegt Böller, Knallfrösche und Raketen vor dem Haus in die Luft, und der kleine Adrian weinte wegen des bedrohlichen Krachs ohne Unterlass. Von Petra hatten wir also für den Rest der Silvesterfeier nichts mehr. Sie versuchte die ganze Zeit, den Kleinen zu beruhigen und zu trösten. Dille machte keinerlei Anstalten, seinen Sohn auch mal für ein halbes Stündchen zu übernehmen. Er schien es nicht einmal in Erwägung zu ziehen.

Dille hatte die blöde CD mit den aktuellen Partyhits gegen einen Oldie-Sampler ausgetauscht und ganz tief in die Kiste mit den ollen Kamellen gegriffen. Songs wie »Jeans On« und »Seasons in the Sun« und »It Never Rains in Southern California« rumpelten aus den Lautsprechern. Wir waren noch Kinder gewesen, als diese Lieder populär waren. Es war eine Ewigkeit her. Trotzdem hätte ich sie alle mitsingen können. Das fand ich irgendwie erschreckend. War das nicht ein erstes Anzeichen für Demenz oder Alzheimer, wenn man kristallklare Erinnerungen an Dinge hatte, die mehrere Dekaden zurücklagen, aber sich gleichzeitig nicht mehr daran erinnern konnte, was man am Abend zuvor gegessen hatte? Sushi. Der Tag vor unserer Silvesterfeier war wieder einmal ein Mumpf-Tag gewesen, und ich hatte mir Sushi bestellt. An diese Tatsache erinnerte ich mich ebenso klar wie an Ten Years After und an die Rubettes. Gott sei Dank.

Zehn vor zwölf erhoben sich alle. Außer Petra, die immer noch versuchte, den Kleinen zu besänftigen. Dille, Sven,

Jörn und Susann holten die Feuerwerkskörper hervor, die wir mitgebracht hatten. Wir gingen in den Flur, zogen Mäntel und Schuhe an, legten unsere Schals um, setzten Mützen auf.

»Ich geh noch mal kurz aufs Klo«, sagte ich und verzog mich ins Bad, während die anderen lachend und plaudernd mit ihren Knall- und Leuchtutensilien nach draußen gingen.

Ich bin ein gut domestizierter Mann, ein artiges Kind der feministischen Generation. Ich pinkle im Sitzen. Nicht nur zu Hause. Ich ließ also Hose und Unterhose hinunter und setzte mich auf das Klo. Neben der Toilette stand ein Korb mit Comics darin, Dille las offenbar gern *Calvin und Hobbes.* Ich nahm mir eines der Büchlein und blätterte darin. Die Dinger sind echt witzig. Ich saß auf dem Klo, hatte mein kleines Geschäft längst erledigt, verspürte aber wenig Neigung, mich zu erheben. Ich fühlte mich ganz wohl hier. Allein. Nur mit Calvin. Und mit Hobbes. Doch ich legte den Comic zurück in den Korb, beschloss, gleich aufzustehen und nach draußen zu gehen. Nur eine Sekunde noch, dachte ich. Eine ruhige Sekunde, zum Nachdenken. Ich schloss die Augen und sammelte mich. Komisch, aber ich schien Kraft tanken zu müssen, um mit meinen besten Freunden den Jahreswechsel feiern zu können. Ich senkte den Kopf und atmete tief aus. Los jetzt, Piet. Hoch mit dir. Gleich. Eine Sekunde noch …

Das Nächste, was ich hörte, war lautes Klopfen.

»Piet?«, fragte eine Stimme. Es war Susann. »Piet?!«

»Hm«, murmelte ich und rappelte mich auf. Ich war weggedöst. Auf dem Klo. Einfach so. »Ja«, sagte ich. »Ich komme. Alles klar. Moment.«

Ich brauchte noch ein paar Sekunden, um endgültig zu mir zu kommen. Dann stand ich auf, zog die Hose hoch, spülte ab und öffnete die Tür. Ich wusch mir die Hände, während Susann ins Bad gestürmt kam.

»Piet!«, rief sie.

»Ich komme ja schon«, sagte ich. »Hast du die große Leuchtkugelbatterie schon aufgestellt? Die will ich Punkt zwölf …«

»Es ist fünf nach«, sagte Susann.

Erst jetzt bemerkte ich, dass auch die anderen da waren und mich durch die Tür ratlos anstarrten.

»Ich klopfe schon ganz lange. Wir haben uns gewundert, wo du bleibst …« Susann klang besorgt.

»Ich hab gedacht, du kackst«, sagte Dille. »Ich hab noch gesagt, sie sollen dich in Ruhe lassen, als sie dich rechtzeitig für Mitternacht holen wollten. Ein Mann muss schließlich tun, was ein Mann tun muss. Aber dann …«

»Was ist denn passiert, um Himmels willen?!«, rief Susann. »Was …?«

»Du hast doch gar nicht viel getrunken«, sagte Sven.

»Ich weiß auch nicht«, murmelte ich. »Ich war plötzlich ganz müde. Ich …«

Ich schaute in die besorgten Gesichter meiner Freunde. Selbst Baby Adrian, das Petra auf dem Arm trug, war angesichts dieser bizarren Situation verstummt.

»Ich glaube, wir fahren besser nach Hause, hm?«, sagte ich kleinlaut zu Susann.

2003

»Ich hab WAS?!« Mein Gesicht entgleiste, als Dr. Pommerenke mir die Diagnose servierte.

Pommerenke – ein graumelierter Herr mit Adlernase – war bereits der dritte Doktor, den ich wegen meiner mysteriösen Müdigkeitsattacke konsultiert hatte. Ich hätte die ganze Sache gerne ignoriert, doch Susann hatte mir deutlich zu verstehen gegeben, dass sie mich nicht in Ruhe lassen würde, bis ich mich meinem Problem stellte. Ich hatte gehofft, es aussitzen zu können, doch Susann hatte einfach Termine für mich vereinbart.

Den ersten Termin – und das fand ich durchaus dreist von der Frau, die ich liebe – machte sie bei einem Neurologen und Psychiater. Der faselte, nachdem ich ihm meine Geschichte erzählt hatte, irgendetwas von »milder Depression« und einer Phase in meinem Leben, in der ich unterbewusst mein bisheriges Dasein hinterfragen und mit einer nicht greifbaren Furcht und Ratlosigkeit auf meine zweite Lebenshälfte blicken würde. Durch meine Antriebsarmut würde ich unterschwellig versuchen, mich selbst in einen Zustand der Langsamkeit zu versetzen, um mich nicht auf meinen nächsten Lebensabschnitt zubewegen zu müssen. Das war kompletter Quatsch, aber ich nickte freundlich, nahm das Rezept für die schwachen Antidepressiva (»Die haben keine Nebenwirkung, ich nehme sie selbst seit Jahren«) in Empfang und warf es draußen in den Mülleimer.

Arzt Nummer zwei war eine Internistin. Sie hieß Frau Dr. Charlotte Löwenich-Harsfeld, und so sah sie auch aus. Sie maß als Erstes meinen Blutdruck, der etwas zu niedrig war, kombinierte haarscharf, dass dieser Unterdruck der Grund für meine Schlappheit sei, verschrieb mir entsprechende Tabletten und schickte mich nach nicht einmal drei Minuten in ihrem Behandlungsraum schon wieder in die Welt hinaus. Ich würde gerne wissen, wie viel sie für diese Nicht-Diagnose bei der Krankenkasse abgerechnet hat.

Vier Wochen lang nahm ich die Tabletten, doch an meinem Zustand änderte sich nichts. Ich fühlte mich genauso schlapp und lustlos wie zuvor. Die Arbeit an *Tod in der Vorstandsetage* beendete ich in einem halbwachen Zustand.

Susann ließ nicht locker und verschaffte mir einen Termin bei Dr. Pommerenke. Einem Urologen. Denn abgesehen von meiner generell trantütigen, ja fast schon koalabärmäßigen Anmutung störte sich Susann zunehmend an meinem fast verschwundenen Sexualtrieb. Ich fand es ja sehr schmeichelhaft, dass meine Frau nach all den Jahren Sex mit mir immer noch zu mögen schien und ihr meine körperliche Zuwendung fehlte, aber ich fühlte mich inzwischen nicht mehr in der Lage, mich dazu auch nur aufzuraffen.

Dr. Pommerenke hörte sich mit erheblich mehr Geduld als Frau Dr. Löwenich-Harsfeld meine Geschichte an, nickte wissend und nahm mir Blut ab. Drei Tage später hatte ich einen zweiten Termin, bei dem er einen Zettel mit den Laborergebnissen hochhielt.

»Sie haben akuten Testosteronmangel«, verkündete er.

»Ich habe was?«, stammelte ich.

»Ihnen fehlt das Hormon, das Männer zu Männern macht«, sagte der Doc und lächelte dabei. »Sie sind derzeit nur ein halber Mann.«

Ich schluckte. »Kann man das auch etwas diplomatischer formulieren?«, fragte ich.

»Nein«, sagte Dr. Pommerenke. Und dann beugte er sich über seinen Schreibtisch zu mir herüber. Verschwörerisch nahezu. »Wenn sich jemand in der Schlange im Supermarkt vordrängelt«, sagte er. »Wie fühlen Sie sich dann?«

Ich zuckte mit den Schultern.

»Haben Sie nicht das Bedürfnis, ihn zu schubsen? Anzupöbeln? Ihm in die Fresse zu hauen?«

»Nein«, antwortete ich wahrheitsgemäß.

»Aber vor zehn Jahren«, fuhr er fort. »Da hätten sie sich so gefühlt, oder?«

Ich dachte nach. Tatsächlich hatte ich in meinem Leben nur selten jemanden geschlagen. Einmal habe ich Sven in einem Wutanfall frontal die Faust ins Gesicht gerammt, was dazu geführt hat, dass wir jahrelang nicht mehr miteinander sprachen. Aber das war eine einmalige und obendrein volltrunkene Ausnahme. Im Normalfall war ich schon immer äußerst unaggressiv. Aber nur in der Realität. Nicht in meiner Phantasie. Da wimmelte es vor Prügeleien, Racheakten, heldenhaften Rettungen. In meinen Tagträumen befreite ich unentwegt wehrlose Frauen in U-Bahnen aus den Klauen brutaler Schläger, als Teenager hämmerte ich den Kopf meines Mathelehrers so lange gegen die Wand, bis ihm das Blut übers Gesicht lief, und während meiner politisch aktiven Phase habe ich gefühlte Hunderte von Politikern und Wirtschaftsbossen in ihre blutigen Einzelteile zerlegt. Ich schluckte. Wenn ich es mir eingestand, war ich in meiner Phantasie bis vor kurzem ein wahrer Dirty Harry gewesen. Gegen die Gewaltphantasien, die ich so mit mir herumschleppte, war CIA-Folterknecht Jack Bauer aus der TV-Serie *24* ein jammerlappiger Sozialpädagoge.

Als hätte Dr. Pommerenke meine Gedanken gelesen, sagte er: »Da brauchen Sie kein schlechtes Gewissen zu haben. Im Gegenteil, das ist völlig normal. Das geht nahezu jedem Mann so. Testosteron ist ein Hormon, das den Krieger im Mann heraufbeschwört. Es aktiviert unsere Wut, unsere Energie, unseren Kampfgeist. Und unseren Sexualtrieb. Und wenn man zu wenig davon hat – und das kann in Ihrem Alter durchaus mal passieren –, dann wird man ein wenig ...« Dr. Pommerenke rollte mit den Augen und machte eine ulkige, schwabbelige Bewegung mit den Armen. Er sah ein bisschen aus wie dieser hessische Komiker, den wir ein paar Wochen zuvor im Quatsch Comedy Club gesehen hatten: Maddin Schneider. »... man wird ein wenig ... ladidadi«, beendete Dr. Pommerenke den Satz.

Das war kein medizinischer Fachausdruck, aber ich wusste, was er meinte. Ich fühlte mich seit einigen Monaten tatsächlich mächtig ladidadi.

»Und was kann man da machen?«, fragte ich.

»Doping«, lächelte der Doc.

Nachdem ich meine gekränkte Eitelkeit überwunden hatte, versuchte ich, mich davon zu überzeugen, dass gelegentliche Testosteronspritzen bei weitem nicht so peinlich waren wie eine Penisverlängerung, Muskelaufbaupräparate oder ein knallroter Porsche. Und doch war es mir unangenehm, dass ich mit medizinischer Hilfe zu einem »echten

Mann« hochgepäppelt werden musste. Also versuchte ich, die Prozedur vor Susann zu rechtfertigen.

»Ich muss nur einen aus den Fugen geratenen Hormonspiegel neu justieren«, erklärte ich ihr.

»Genau«, stimmte sie meiner Argumentation zu. »Wie eine Frau in den Wechseljahren.«

Ich verzog das Gesicht. »Das ist keine hilfreiche Bemerkung«, maulte ich.

Susann grinste.

Tatsächlich verwandelte mich die Testosteronbehandlung weder in einen Schwarzenegger noch in einen Kneipenschläger. Dafür nahm meine Energie aber wieder spürbar zu. Und wenn eine attraktive Frau an der Supermarktkasse vor mir stand, beobachtete ich nun nicht mehr, wie viel Zeug sie aufs Fließband lud, oder fragte mich, wie lange es dauern würde, bis ich endlich drankäme, nein, ich schaute ihr wieder auf den Hintern. Wie das Männer eben tun. Und wenn sich einer vordrängeln und sich zwischen mich und diesen tollen Hintern stellen würde, dann würde ich kurzentschlossen eine Palette »Kleiner Feigling« aus dem Quengelware-Regal reißen und dem unverschämten Drängler über den Schädel ziehen. Nicht in Wirklichkeit natürlich, aber in meiner Phantasie. Unglaublich, was so ein paar Hormone bewirken können. Ich war wieder voll da. Und wenn Männer voll da sind, sind sie bekanntlich auch immer etwas daneben. Ich jedenfalls war so daneben, dass ich mich von Dille zu einer echt bescheuerten Aktion überreden ließ …

* * *

»Okay«, begann Dille mit seiner Rede, und seine Augen funkelten vor Aufregung. »Das Ganze ist eine total ausgeklügelte Simulation. Es gibt zwei Einheiten. Das eine Team verkörpert eine Gruppe von Terroristen, die eine Geisel genommen haben. Das andere Team ist eine Elitetruppe, die die Geiseln befreien soll.«

Piet und Jörn schauten einander amüsiert an. Sie hatten nicht gewusst, was Dille ihnen vorschlagen wollte, als er sie in die Kneipe einlud und ihnen die Aussicht auf ein »Abenteuer« versprach. Aber es war schon klar, dass es irgendein Blödsinn sein würde. Dille war einfach ein Spielkind. Er hatte sich im Jahr zuvor beim Bungeespringen ein Schleudertrauma geholt und traf sich einmal im Monat mit zwei Arbeitskollegen auf der Kartbahn, um dort stundenlang in stinkenden Buggys durch Hindernisparcours zu knattern. Er wurde einfach nicht erwachsen. Und jetzt wollte er Terroristenjäger spielen. Alles klar.

Sven hatte gleich abgewunken, als Dille angekündigt hatte, »voll den geilen Wochenendtrip« im Angebot zu haben. Sven war viel zu sehr mit den Vorbereitungen für seine neue Inszenierung beschäftigt und hatte an Dilles infantiler Art der Unterhaltung ohnehin herzlich wenig Interesse. Doch Jörn, der sich jeden Tag seiner Arbeitslosigkeit mehr langweilte, und Piet, der seit ein paar Monaten von neuem Tatendrang beseelt war, wollten durchaus hören, was Dille jetzt wieder aufgetan hatte. Und sei es nur, um sich darüber zu amüsieren.

»Also, das Ganze geht drei Tage«, strahlte Dille. »Das eine Team versucht, die Geiseln zu befreien, das andere setzt alles daran, die Angreifer abzuwehren.«

»Also im Prinzip Cowboy und Indianer spielen?«, fasste Jörn zusammen.

Dille war empört. »Quatsch! Das ist eine hochkarätige Langzeitsimulation, die extra für Erwachsene konstruiert wurde. Authentische Combat-Situationen. Zweiundsiebzig Stunden. Mit Camps im Wald, elektronischen Waffen, GPS …«

»Dschiepiewas?«, fragte Piet.

»GPS! Satellitenradar. Das, was auch im Navigationssystem im Auto steckt«, erklärte Dille und rollte angesichts der Ahnungslosigkeit seines Freundes mit den Augen.

»Ich hab kein Navigationssystem«, lächelte Piet stolz. »Ich hab einen ADAC-Atlas.«

Dille seufzte.

»Also kein Cowboy und Indianer, sondern Zelten und Verstecken spielen«, fasste Jörn diebisch lächelnd zusammen. Es machte ihm sichtlich Spaß, Dille zu provozieren.

»Und nicht zu vergessen: Pfad finden«, ergänzte Piet augenzwinkernd. »Wie Tick, Trick und Track beim Fähnlein Fieselschweif.«

Dille zwang sich zu einem Grinsen. »Witzig. Haha. Nee, im Ernst. Das wird voll der Spaß! Campen mit Action. Ist doch geil! Also? Seid ihr dabei?«

Jörn und Piet schauten einander an. Dann nickten beide. »Klar, wieso nicht?«

Sechs Wochen später hupte es vor Piets Haus auf der Straße.

Susann schaute aus dem Fenster. »Rambo ist da«, sagte sie zu Piet. »Und er hat ein Schlachtschiff dabei.«

Piet schaute auch zur Straße hinaus, wo Dille am Lenkrad eines Land Rover saß. Jörn saß auf dem Beifahrersitz. Piet schüttelte angesichts dieses motorisierten Ungetüms ungläubig den Kopf, dann zog er seine Schuhe an.

»Ich kann immer noch nicht glauben, dass du zu diesem Macho-Quatsch mitfährst«, sagte sie.

»Ich kann doch die Geiseln nicht im Stich lassen«, grinste Piet. »Die brauchen mich.«

Dille hupte erneut.

Piet gab Susann eine Kuss. »Falls ich es überlebe, sehen wir uns am Montagabend wieder.«

»Pass auf dich auf«, sagte Susann, und sie klang aufrichtig besorgt.

Als Piet auf der Rückbank Platz nahm und seinen Rucksack neben sich legte, drehte sich Dille zu ihm und strahlte ihn stolz an. »Geile Karre, oder? Hab ich mir von einem Kumpel ausgeliehen. Wir können ja nicht mit einem Ford Escort ins Kriegsgebiet fahren.«

»Was verbraucht der denn so?«, fragte Jörn.

Dille antwortete nicht, sondern gab Gas. »Habt ihr alles mitgenommen, was auf der Liste stand?«, fragte er.

»Das meiste«, sagte Piet.

»Na ja, mehr oder weniger«, sagte Jörn.

Dille verzog das Gesicht. »Jungs, es ist total wichtig, dass wir vernünftig ausgerüstet sind. Das ist kein Kindergeburtstag, zu dem wir hier fahren. Die Waffen und Zelte gibt's da, aber die Vorräte, Messer, Kompass …«

»Tja, Kompass«, unterbrach ihn Piet. »Da fängt es schon mal an. Ich meine, so ein Kompass zeigt mir, wo Norden ist. Das hab ich schon verstanden. Aber was hab ich davon? Ich meine, wenn ich mich verlaufe, dann suche ich so etwas wie ›die Hauptstraße oder ›die Kreuzung‹ oder ›den Gasthof, an dem wir vorhin vorbeigekommen sind‹, aber doch nicht ›Norden‹. Was weiß ich denn, was im Norden ist?«

»Da, wo wir hinfahren, gibt es keine Hauptstraße«, sagte Dille. »Da gibt's überhaupt keine Straßen. Da gibt es nur Wege. Wenn überhaupt.«

»Ich hab jedenfalls eine Taschenlampe dabei«, begann Jörn seine Ausrüstung aufzuzählen, »eine dicke Jacke, ein zweites Paar Socken, falls wir durch einen Bach gehen oder so. Dann hab ich noch Pflaster, Aspirin, ein gutes Buch, Schokolade – die Leckere von Leysieffer. Ich hoffe, ihr mögt Vollmilch-Zimt? Die haben da neuerdings sogar Schokolade mit Pfeffer- und mit Chili-Geschmack. Verrückt, oder? Und …«

»Jungs«, knurrte Dille. »Ich glaube, ihr habt eine völlig falsche Vorstellung von dem, was euch die nächsten drei Tage erwartet …«

Als die Freunde mehrere Stunden später auf einen Parkplatz irgendwo im Niemandsland von Thüringen bogen, dämmerte Piet und Jörn, dass sie sich tatsächlich weit außerhalb ihres sonstigen Erfahrungshorizontes bewegten. Auf dem Parkplatz stand ein rundes Dutzend Autos, die man in Hamburg-Altona eher selten sah: Sieben davon waren Jeeps oder Land Rover, wie Dilles Leihwagen. Auf zweien prangten Scheibenaufkleber von Böhse Onkelz. Ein VW-Bus war auf der einen Seite mit dem Bild einer riesigen Südstaatenflagge dekoriert worden. Knapp zwanzig Männer wimmelten herum, fast die Hälfte davon mit Glatze oder Bürstenhaarschnitt. Sie waren wahlweise mit Bierbäuchen oder mit Muskelpaketen aufgepumpt. Fast alle trugen militärische Tarnanzüge, und nur wenige waren nicht tätowiert.

»Das ist ja mal ein ganz anderes Publikum als beim modernen Tanztheater«, stellte Jörn nüchtern fest.

»Ach, die sehen nur so wild aus«, sagte Dille mit einer wegwerfenden Handbewegung. »Das sind ganz normale Typen.«

»Ja, im Kosovo vielleicht«, sagte Piet.

»Seid nicht so intolerant«, fand Dille und stieg aus dem Wagen.

Jörn und Piet schauten einander an. Dann lachten sie.

Als die Gruppen aufgeteilt wurden, fühlten sich Piet und Jörn wie die beklagenswerten Kinder, die im Sportunterricht immer als letzte ausgewählt werden. Zwar lief es hier erwachsener und nicht ganz so offen demütigend ab wie in schulischen Turnhallen, aber es war schnell klar, dass keiner »die beiden Schwulen« in seinem Team haben wollte. Jörn hatte gleich klare Verhältnisse geschaffen, indem er einem der anderen Männer von seinem Ehemann erzählt hatte. Der Typ (er hieß Sandro und hatte einen Dolch auf den Arm tätowiert, der angeblich das Symbol der Navy-Seals-Elitetruppe war, die er sehr bewunderte) hatte die Kunde vom homosexuellen Teilnehmer eiligst weitergetratscht. Wie ein Mädchen. Piet war halb pikiert und halb amüsiert, dass er offenbar automatisch und ohne jeden Zweifel als Jörns Lebensgefährte eingeordnet wurde. Er machte keinerlei Anstalten, den Irrtum richtigzustellen.

Dille dagegen nervte es, durch seine beiden Freunde in eine Außenseiterrolle gedrängt worden zu sein. Er legte Wert auf seine »Männlichkeit« und erwähnte seine Frau und seine Kinder so oft, dass er von den anderen Kriegsspielern zwar als eindeutig heterosexuell, aber auch als eindeutig bescheuert und nervig kategorisiert wurde. Dille, Piet und Jörn waren also auf Anhieb die Dödel im Club und wurden am Ende dem Geiselnehmerteam zugeteilt. Niemand traute den dreien offenbar einen effektiven Angriff zu.

Das Prinzip war folgendes: An diesem Abend würden die Geiselnehmer sich mit ihren Geiseln (drei Schaufensterpuppen, die jemand mitgebracht hatte) aufmachen und ein Versteck in dem weitläufigen Waldgebiet suchen. Dort würden sie zelten und übernachten. Die Angreiftruppe dagegen würde die Nacht am See nahe dem Parkplatz verbringen und erst am nächsten Morgen mit der Suche nach den anderen beginnen. Den Geiselnehmern stand es frei, ob sie das komplette Wochenende am selben Ort verharrten und sich dort eine Verteidigungsstrategie überlegten oder ob sie mit ihren Geiseln permanent in Bewegung blieben, um nicht entdeckt zu werden. Das Gebiet war allerdings nicht so verwildert und weitläufig, wie Dille es angekündigt hatte. Es war ein hübsches Naherholungswaldgebiet, in dem es sehr wohl Wege gab. Und Mülleimer. Und Sitzbänke. Und einen verwitterten, halb verfallenen Trimm-dich-Pfad.

Die drei Freunde erfuhren, dass solche Action-Wochenenden öfter im Jahr durchgeführt wurden und dass es eine Art Turnier war. Das Team, dem sie zugeteilt waren, hatte zwei von drei Einsätzen gewonnen und würde den Pokal als beste Einsatzgruppe Thüringen/Sachsen erhalten, wenn es auch diesmal wieder siegreich wäre. Die Aussicht auf eine derartige Ehrung war für die erfahrenen Kämpfer ganz offensichtlich eine ziemlich große Sache. Piet, Jörn und Dille waren sozusagen ins Endspiel der beiden besten Macho-Truppen geraten. Eigentlich hätten sie gar nicht hier sein dürfen, aber einer der Leute, die die Teilnahmeanträge bearbeiteten, hatte die drei Hamburger Jungs irrtümlich für registrierte Profikämpfer gehalten und fürs Wochenende eingetragen. Als der Irrtum bemerkt wurde, hatte Dille die Teilnahmegebühr bereits überwiesen, und es gab kein Zurück mehr – sehr zum Leidwesen der versierten Kriegsveteranen, die die unbedarfte, frontunerfahrene Unterstützung aus Hamburg eher lästig fanden.

Piet und Jörn war es nur recht, zu den Bösen zu gehören. Es klang erheblich bequemer, sich mit seinen Schaufensterpuppen irgendwo im Gebüsch zu verstecken, als stundenlang durch die Gegend zu latschen. Doch auch sie mussten am Anfang natürlich wandern und ein gutes Versteck auskundschaften. Gelegentlich auftauchende Spaziergänger mit Kindern und Hunden, die die ausgewachsenen Möchtegernmachos und ihre Schaufensterpuppen kopfschüttelnd musterten, trübten die Illusion eines lebensgefährlichen Dschungeleinsatzes allerdings erheblich.

Je zwei Männer trugen eine Schaufensterpuppe. Piet und Dille trugen eine männliche Geisel, der Piet zum Spaß eine Augenbinde um den Kopf gewickelt hatte. Jörn trug gemeinsam mit einem bulligen Glatzkopf namens Armin eine weibliche Plastikgeisel.

»Was sind das eigentlich für Geiseln?«, fragte Jörn Armin, während sie durch den Wald wanderten.

»Was meinst du?«, fragte Armin.

Jörn plapperte los: »Na, sind das Franzosen, Amis, UN-Blauhelme, christliche Missionare oder Rucksacktouristen? Und sind wir politisch motiviert oder nur auf Geld aus? Und wenn wir Südamerikaner sind, dann möchte ich bitte gern Miguel heißen. Das ist ein toller Name. Miguel. Hossa!«

Armin schüttelte irritiert den Kopf. Was redete dieses Würstchen da?

»Nee, im Ernst …«, hakte Jörn nach. Er hatte längst beschlossen, dieses Wochenende als Aktiv-Comedy zu betrachten. »Ich brauche eine Backgroundstory. Um mich in die Situation einzufühlen. Klar?«

»Okay«, sagte der Vierkantschädel mit den Tarnfarbenklamotten widerwillig. »Du bist Miguel, und ich bin Jean-Claude. Wie Van Damme. Alles klar?«

»Glasklar«, nickte Jörn.

»Und wir sind in Honduras und gehören einer Guerillatruppe an, die für die Rechte der unterdrückten Landbevölkerung kämpft. Und die drei hier …«, Armin wies auf die eigene und dann auf die anderen Puppen, die weiter vorn getragen wurden.

»… heißen James, Dave und Tiffany und sind Undercoveragenten der CIA«, spann Jörn die Geschichte fort.

»Ja, von mir aus«, sagte Armin. »Wir verlangen zwei Millionen Dollar Lösegeld, die Freilassung unserer inhaftierten Genossen …«

»… und das offizielle Verbot aller Telenovelas. Denn mit Telenovelas versucht unsere Regierung, das Volk dumm zu halten«, schloss Jörn.

»Wie auch immer. Wir sind jedenfalls die Guten«, knurrte Armin.

»Heilig nahezu«, pflichtete Jörn ihm bei.

Armin warf Jörn einen irritierten Blick zu, dann gingen sie schweigend weiter.

»Und was passiert, wenn wir das Lager aufgebaut haben?«, fragte Jörn nach einer Weile. »Machen wir dann ein Lagerfeuer, rösten Marshmallows, jemand holt seine Gitarre raus, und wir singen alle ›Puff, the Magic Dragon‹?«

»Oder wir foltern die Geiseln«, schlug Armin vor. »Ich finde, wenn man schon mal Geiseln hat, sollte man sie auch foltern.«

Ein paar Stunden später schliefen die unversehrten Geiseln ruhig und friedlich in ihrem Zelt. Die Kriegsspieler waren nicht so sehr in ihrer Traumwelt gefangen, als dass sie tatsächlich Plastikpuppen mit Waterboarding und Elektroschocks quälten. Sie nahmen den realistischen Anspruch an ihre Militärsimulation aber doch so ernst, dass sie den drei Schaufensterpuppen tatsächlich ein eigenes Zelt aufgebaut und sie darin verstaut hatten.

»Wenn das Angreifteam kommt, um die Geiseln zu befreien, müssen die Geiseln ja irgendwo sein, wo es Sinn macht«, erklärte Armin todernst, als Jörn sich über das Puppenzelt amüsierte. »Geiseln schlafen in Zelten. Das ist einfach realistisch.«

Jörn nickte, und nur Piet sah, wie schwer es ihm fiel, ernst zu bleiben. Das alles hier war einfach total albern.

Während James, Dave und Tiffany also in ihrem Privatzelt ihre Plastikträume träumten, wurde ein Lagerfeuer entzündet und eine stolze Menge von Bratwürsten, Koteletts und Bierflaschen hervorgezaubert.

»Müssen wir nicht nüchtern sein, falls die Soldaten angreifen?«, fragte Piet unschuldig.

»Die kommen erst morgen«, knurrte einer der Männer und nahm einen stolzen Schluck aus der Pulle.

»Ja, das weiß ich«, antwortete Piet. »Aber in Wirklichkeit, also wenn wir echte Geiselnehmer wären, dann wüssten wir das ja nicht. Dann müssten wir jederzeit mit einem Angriff rechnen. Und es könnte uns doch das Leben kosten, wenn wir dann betrunken wären. Verminderte Reaktionszeit, mangelnde Zielgenauigkeit und so. Es ist nicht gerade realistisch, wenn wir jetzt vorsätzlich unsere Sinne trüben, während eine tödliche Gefahr womöglich direkt um die Ecke von uns lauert.«

Der Mann schaute Piet an, als würde er ihn am liebsten erwürgen.

Jörn verkniff sich ein Lachen, aber Dille war es sehr unangenehm, dass sich seine Freunde so offen über die ganze Aktion lustig machten. Dille lebte immer noch in der irrigen Annahme, er wäre ein Teil des kämpferischen Alphatier-Bundes und nicht eine der drei Knalltüten, die die anderen so gut wie möglich zu ignorieren versuchten.

»Sei nicht albern«, knurrte Dille Piet daher an, und Piet beschloss, seine Frotzeleien erst einmal einzustellen. Es machte sowieso wenig Spaß, jemanden zu triezen, der zu tumb war, um auch nur eine ansatzweise gute Retourkutsche abfeuern zu können.

»Wir sollten rund um das Lager herum Fallen aufstellen«, schlug Dille dem Männerbund vor.

»Morgen«, brummelte einer der Kerle und drehte Dille demonstrativ den Rücken zu.

»Könnt ihr mal ein bisschen Platz auf dem Rost machen?«, fragte Jörn. »Ich würde auch gern mein Essen auf den Grill legen.«

»Nimm dir doch erst mal von dem Scheiß, der da ist, und dann grillen wir deins«, sagte Armin.

»Ich bin Vegetarier«, lächelte Jörn und wedelte mit einer Packung Kräutertofu, die er im Reformhaus gekauft hatte.

Der fassungslose Blick, den ihm die pseudolateinamerikanischen Guerillakämpfer zuwarfen, war Gold wert. Allerdings machte niemand Anstalten, Platz auf dem Grill zu schaffen.

Jörn zuckte mit den Schultern und griff nach seinem Rucksack. »Egal«, sagte er. »Kein Problem. Möchte vielleicht jemand Schokolade? Ist ganz was Leckeres! Vollmilch-Zimt.«

* * *

Susann schaute Petra zu, wie sie ihren Sohn stillte. Der kleine Adrian war vor zehn Minuten aufgewacht und hatte plärrend nach Milch verlangt. Es kam Susann vor wie gestern, dass ihre Nele ein Baby war und gestillt wurde. Und jetzt ging ihre Tochter schon zur Schule. Nichts machte einem das rasche eigene Altern bewusster als ein Kind.

»Was unsere Männer jetzt wohl machen?«, überlegte Susann.

»Saufen«, sagte Petra. »Was sonst sollte ein Dutzend Kerle beim Camping schon machen?«

»Kannst du dir Jörn vorstellen, wie er Soldat spielt?«, lachte Susann.

»Ich kann mir nicht mal Piet vorstellen, wie er auf Macho macht. Und Dille? Der schießt sich bestimmt mit einer Armbrust ins Bein oder so 'n Scheiß«, knurrte Petra. »Idioten.«

»Ach, komm schon, du kennst sie doch. Hin und wieder müssen sie ihren Spieltrieb ausleben«, beschwichtigte Susann.

»Hin und wieder wäre ja auch völlig okay«, sagte Petra. »Aber ich sehe Dille ja kaum noch. Der ist fast jeden Abend weg. Erst zwingt er mich, dieses Kind zu bekommen, und dann guckt er's mit dem Arsch nicht an!«

»Er hat dich gezwungen?«, wunderte sich Susann.

Petra verzog den Mund. »Ach … Nee. So meinte ich das nicht. Es ist nur … natürlich liebe ich den kleinen Scheißer, aber … na ja, der Plan war eigentlich, endlich mal ein bisschen Zeit für mich zu haben. Für Dille und mich, verstehst du? Wir waren nie einfach nur ein Paar. Wir waren von Anfang an Eltern. Mir fehlt einfach das, was ihr alle schon hattet. Der Bauchkribbel-Teil, der Romantik-Teil, der Leidenschafts-Teil.«

Susann verkniff sich den Kommentar, dass Dille und Romantik ein Widerspruch in sich war. »Er liebt dich«, sagte sie stattdessen. »Aber er ist halt ein Mann. Da muss man sich den Teil, der fehlt, einfach dazudenken.«

Petra lachte. »Tolle Einstellung. Gediegen unterwürfig. Wo haste denn diese Weisheit her? Aus einem Buch übers frühe Mittelalter?«

Susann musste grinsen. »Du hast recht. So formuliert, klingt das sehr nach Hausmütterchen, aber du weißt schon, wie ich es meine …«

»Nee«, sagte Petra. »Weiß ich nicht. Erklär's mir.« Sie legte Adrian an ihre Schulter und klopfte ihm auf den Rücken. Er rülpste.

»Ich meine …«, begann Susann, »… nimm Piet. Der braucht hin und wieder einfach seine Inseln. Sein Vakuum. Der muss manchmal einfach für sich allein sein.«

»Ja«, sagte Petra. »Wenn er auf dem Scheißhaus einschläft.«

Susann ignorierte die Bemerkung. Sie hatte Piet versprochen, mit niemandem über seine »Männlichkeitsspritzen« zu sprechen.

»Dille braucht keine Insel«, fuhr Petra fort. »Der muss nicht allein sein. Er kann den ganzen Tag reden, das weißt du ja. Aber nur mit seinen Kumpels. Das reicht ihm nicht, hier bei uns zu Hause. Wir sind ihm nicht genug.« Petra hob den kleinen Adrian hoch und schaute ihm in die hellen blauen Augen. »Nicht wahr, mein Süßer?«, sagte sie. »Papa ist ein Flüchtling.«

»Ach was«, wiegelte Susann ab. »Der will nur spielen.«

»Ja. Aber nicht mit uns«, sagte Petra leise.

* * *

Inzwischen hatte auch Dille eingesehen, dass er keinen Anschluss an die Böhse-Onkelz-Guerilla finden würde, sosehr er es auch versuchte. Er saß mit seinen Freunden abseits der großen Gruppe und schaute hin und wieder wehmütig zu den Stiernacken hinüber, die mittlerweile größtenteils betrunken waren, derbe Zoten rissen und gelegentlich röhrend und keuchend lachten wie Braunbären mit Asthma.

Zu gern hätte Dille dazugehört. Doch stattdessen saß er hier mit einem antriebsarmen, sarkastischen Schriftsteller und einem schwulen Feingeist mit Zimtschokolade. Tolle Idee, die Jungs zu diesem Männerwochenende mitzunehmen! Und während sich die Kriegsspieler zehn Meter weiter prächtig amüsierten, diskutierten Jörn und Piet über das Leben. So Beziehungsscheiß und grundlegende Fragen der Existenz. Weiberkram.

»Ich kann mir das überhaupt nicht vorstellen«, sagte Piet gerade zu Jörn. »Ich kenne Sven seit der Sandkiste. Er ist einer der feinfühligsten und loyalsten Menschen, die es gibt. So wie du ihn beschreibst …«

»Du, ich übertreibe nicht«, unterbrach ihn Jörn. »Er rutscht mir zwischen den Fingern durch. Ich kriege ihn nicht mehr zu fassen. Alles, was ich sage, scheint nicht mehr wichtig. Ist doch auch logisch: Ich sitze den ganzen Tag zu Hause, und das Spannendste, was ich ihm erzählen kann, ist, dass die Geschirrspülmaschine kaputtgegangen ist.«

»Ja, das nervt. Diese ganze Kleinkacke«, mischte sich Dille ein. »Ist bei mir dasselbe. Ich komm nach zehn Stunden aus dem Supermarkt nach Hause, und Petra rennt sofort mit diesem ganzen öden Spießerkram auf mich zu: dass ich vergessen hab, den Plastikmüll rauszubringen, und dass ich noch den Wisch für die Krankenkasse abschicken muss … bla bla bla. So hab ich mir mein Leben auch nicht vorgestellt. So läppisch.«

Jörn schaute Dille nachdenklich an. »Immerhin hat Petra Adrian«, sagte er. »Sie hat eine Aufgabe. Aber ich hab nichts. Wahrscheinlich bin ich deshalb so bedürftig. Ich bettle ja schon fast um Svens Aufmerksamkeit.«

»Nee, Gott sei Dank«, sagte Dille, »betteln tut Petra nicht. Ich bin ja auch aufmerksam. Ich liebe sie ja. Volle Kanne sogar und so. Aber ich kann doch nicht die ganze Zeit zu Hause diesen Kleinscheiß runterreißen. Das ist doch kein Leben.«

Piet schaute die beiden gedankenverloren an. Ob sich Frauen auch permanent die Frage stellen, ob da noch mehr ist, ob man etwas verpasst, wo das Abenteuer bleibt, die Überraschung, die Action? Oder sind es wirklich nur die Männer, die unentwegt das Gefühl haben, nicht alles auszuschöpfen, was das Leben ihnen offeriert? Kann der Jäger niemals ein glücklich domestizierter Höhlenbewohner werden, weil die Jagd einfach zu sehr in ihm steckt?

»Ich denke …«, hob Piet an, als ihm plötzlich etwas Zappelndes und Kaltes auf den Rücken klatschte. Er sprang erschrocken auf und kreischte: »Ah, was ist das?! Auf meinem Rücken! Macht das weg!«

Er hüpfte wie wild hin und her, schüttelte sich und schlug mit den Armen auf seinen Rücken. Dille und Jörn sprangen auf, um ihm zu helfen, da erklang das schallende, dröhnende Gelächter von sieben betrunkenen Männern.

»Ey, hast du gesehen, wie die Schwuchtel gesprungen ist?«, rief einer prustend.

»Und kreischt wie ein kleines Mädchen!«, lachte ein anderer.

Dille hatte inzwischen zur Taschenlampe gegriffen und fing mit dem Lichtschein gerade noch eine etwa zwanzig

Zentimeter lange Schlange ein, die eilig ins Unterholz entschwand.

Die Männer kriegten sich nicht mehr ein vor Lachen.

»Guter Wurf!«, lobte Armin einen der Typen. Armins Sprache war schwer und schleppend. Er war total betrunken.

»Seid ihr verrückt?!«, schrie Piet. »Was ist, wenn die giftig war?!«

»Das war 'ne harmlose Natter, du Schisser«, lachte der Mann, der die Schlange geworfen hatte.

»Echt, was wollt ihr hier überhaupt?!«, grölte Sandro, der Navy-Seals-Fan. »Geht doch in ein Musical oder macht Pilates oder was ihr Typen so treibt …«

»Ja, verpisst euch!«, donnerte ein anderer.

Piet kochte vor Wut, das Testosteron pumpte ganz von selbst durch seinen Körper. Doch er war zu nüchtern und zu vernünftig, um einen direkten Konflikt mit den betrunkenen Bullys zu riskieren.

»Schwachköpfe«, zischte Jörn.

Doch die vermeintliche Beleidigung erheiterte die Möchtegernguerillas nur noch mehr. Der Vorwurf mangelnder Intelligenz schien ihnen nicht gravierend. Sie drehten sich wieder weg, feixten und öffneten neue Bierflaschen, lachten und laberten und schenkten den drei ausgestoßenen Ex-Guerillas keinerlei Aufmerksamkeit mehr.

Dille fühlte sich saublöd. Was für Vollpfosten warfen denn mit Schlangen? Nach dieser Aktion wurde ihm klar, wie sehr er sich zum Affen gemacht hatte, als er versucht hatte, sich bei diesen geistig tiefergelegten Primaten anzubiedern. Er stand nicht auf deren Seite, sondern auf der seiner Freunde. Wie hatte er das aus den Augen verlieren können? Dille wandte seine Aufmerksamkeit also wieder

Piet und Jörn zu, die gerade beratschlagten, wie sie möglichst schnell möglichst viel Abstand zwischen sich und die Idioten bringen konnten. Dille hatte eine Idee, und die drei tüftelten flüsternd einen Plan aus, wie sie sich unauffällig absetzen und diesen Arschlöchern obendrein auch noch eins auswischen konnten.

Um ein Uhr nachts hatten sich die sieben Kämpfer betrunken in ihre Zelte verkrümelt. Sie schliefen offenbar, mindestens drei von ihnen schnarchten ohrenbetäubend. Piet, Dille und Jörn schlichen vorsichtig zwischen den Zelten hindurch, bis sie vor dem Zelt standen, in dem sich die Geiseln befanden. Piet öffnete den Reißverschluss und kletterte hinein. Nacheinander reichte er die drei Schaufensterpuppen nach draußen. Die Puppen waren groß und die Zeltöffnung relativ klein, weswegen das Ganze nicht ohne Poltern und Scheppern vonstattenging.

»Hey«, knurrte einer der Männer aus einem Zelt. »Was ist da los, da draußen?!«

»Hoppala, tschuldige. Bin nur gestolpert«, säuselte Dille mit übertrieben femininem Tonfall. »Ich musste mal Pipi.«

»Schwuchteln«, knurrte der Mann, ließ die Sache dann aber auf sich beruhen.

Wenige Minuten später stolperten die drei Freunde durch die tiefe Nacht. Die Waldwege waren in der Dunkelheit nicht leicht auszumachen, und da jeder neben seinem Rucksack auch noch eine Schaufensterpuppe schleppte, kamen sie nur langsam voran.

»Wo lang?«, fragte Piet.

»Da lang, glaube ich«, sagte Dille.

»Wo?«, fragte Jörn.

»Da«, sagte Dille.

»Ich vermute mal, du zeigst mit dem Finger irgendwo hin«, sagte Piet. »Aber dir ist schon klar, dass es dunkel ist und niemand deinen Finger sehen kann, oder?«

»Mach doch die Taschenlampe an«, schlug Dille vor.

»Dann kann ich Tiffany nicht mehr halten«, erklärte Piet. »Und sie braucht mich. Sie hat mich angefleht, sie nicht alleinzulassen.«

»Ja, ja«, maulte Dille. »Folgt mir einfach. Folgt meiner Stimme.«

Sie liefen und liefen. Hin und wieder stolperte einer von ihnen, und einmal rammte Piet seine Schaufensterpuppe versehentlich frontal gegen einen Baum.

»Ups«, sagte er. »Ich fürchte, Tiffany hat morgen früh ein blaues Auge.«

»Wieso darfst du eigentlich Tiffany tragen?«, fragte Dille.

»Da musst du Tiffany fragen«, antwortete Piet. »Sie hat mich extra gebeten, sie nicht an dich weiterzugeben. Sie sagt, du hast sie so komisch angeschaut.«

»Ha, ha«, knurrte Dille.

»Ich bin sehr zufrieden mit meinem Dave«, verkündete Jörn. »Er hat mir schon seine ganze Lebensgeschichte erzählt. Er ist auf einer Farm groß geworden. Irgendwo in Iowa.«

»James macht sich total schwer«, beklagte sich Dille. »Er hilft überhaupt nicht mit. Keinerlei Körperspannung.«

»Ich hab Tiffany eben zwischen die Beine gefasst«, kicherte Piet.

»Wie lange laufen wir jetzt eigentlich schon?«, wollte Dille wissen.

Jörn hielt kurz inne und schaute auf die Leuchtziffern seiner Uhr. »Drei Stunden.«

»Müssten wir nicht langsam da sein?«, fragte Piet.

»Ich bin mir, ehrlich gesagt, nicht hundertprozentig sicher, ob wir auf dem richtigen Weg sind«, sorgte sich Dille.

»Hier gibt's überhaupt keine Wege, du erinnerst dich?«, neckte ihn Piet.

»Ein Kompass wäre jetzt gut«, sagte Jörn mit todernster Stimme, und die drei Männer fingen an zu lachen.

Auch wenn der Marsch beschwerlich war, lachten und feixten sie die meiste Zeit. Die Vorstellung, wie diese Vollidioten am nächsten Morgen aus ihrer vermutlich nicht sehr wohlriechenden Wäsche glotzen würden, war einfach zu schön.

Kurz vor sechs – es wurde bereits hell – erreichte das inzwischen mächtig erschöpfte Trio endlich den Parkplatz. Sie drapierten die Puppen, hinterließen noch eine Nachricht, stiegen ins Auto und fuhren davon.

»Viel Spaß noch im Krieg, ihr Klotzköpfe«, lästerte Jörn.

Dille hielt seinen ausgestreckten Mittelfinger aus dem Fenster der Fahrerseite, obwohl ihn nur die Glasaugen der Schaufensterpuppen sehen konnten.

Als die Männer des gegnerischen Teams um 7.30 Uhr auf den Parkplatz kamen, von wo aus sie die Suche nach den Geiseln starten wollten, staunten sie nicht schlecht über das, was sie dort erwartete: Dave und Tiffany saßen eng umschlungen und einander offenbar küssend auf der Motorhaube eines Land Rover, während James an dem Wagen von Armin stand. Es sah aus, als würde er gegen die Fahrertür pinkeln. Unter dem Scheibenwischer hing ein Zettel. Darauf stand: »Miguel, Pietro und El Dilletanto haben uns gerettet! Ein dreifach Hoch auf die Undercover-Waschlappen!«

Drei Tage später entdeckte Dille auf der Webseite der Kriegsspieler mit großer Freude einen kurzen Bericht: Das Geiselbefreierteam war offiziell zum Sieger gekürt worden, während Armin, Sandro und ihre Mannschaft trotz lautstarker und angeblich sogar handgreiflicher Proteste auf Platz drei der deutschen Rangliste abgerutscht waren.

* * *

»Ich möchte, dass wir ein Kind adoptieren«, sagte Jörn und schaute Sven erwartungsvoll an.

Sven erstarrte in seiner Bewegung. Das Croissant, das er sich gerade in den Mund gesteckt hatte, hing halb zwischen seinen Lippen hervor. Seine Augen waren weit aufgerissen.

Schweigen.

»Was meinst du dazu?«, fragte Jörn aufgeregt. »Du, ich und ein Kind?«

Sven nahm das Croissant aus dem Mund und schaute Jörn sehr lange an. Sehr, sehr lange.

»Sag was«, bat Jörn.

»Darüber habe ich tatsächlich auch schon nachgedacht«, sagte Sven schließlich.

Jörn strahlte.

Es war eine Lüge. Sven hatte bislang nicht einen einzigen Gedanken darauf verschwendet, wie es wäre, Vater zu sein. Er hatte nie das Bedürfnis verspürt, ein Kind großzuziehen. Deswegen hatte er sich auch nie schlaugemacht, wie und ob es für ein homosexuelles Paar überhaupt möglich war, zu adoptieren.

Doch als Jörn ihn mit dieser Idee überraschte und Sven in Jörns erwartungsvolle, fast flehende Augen blickte, zögerte er nur eine Weile. Warum eigentlich nicht?, sagte er sich dann. Vielleicht war es genau das, was ihrer Beziehung fehlte: eine gemeinsame Aufgabe, ein Fixpunkt in ihrer beider Leben.

Die vergangenen Monate hatte sich Sven immer wieder miserabel gefühlt, er wusste, dass er sich seinem Mann gegenüber unsensibel verhielt. Dass er ihn grausam auf Abstand hielt. Und manchmal fehlte sie ihm selbst, diese unbeschwerte Leichtigkeit, die Unaufgeregtheit und Gelassenheit, mit der sie am Anfang ihrer Beziehung miteinander umgegangen waren. Damals, als Sven noch kein Jemand war, sondern einfach nur am Leben. Doch diese Zeiten waren vorbei. Sven war inzwischen gefangen in einem Netz aus Erwartungshaltungen und Ehrgeiz, aus Bewunderungen, Eitelkeiten und reizvollen Aufgaben. Manchmal quälte es ihn, und er spürte einen großen Druck, aber gleichzeitig war es auch aufregend, ja, regelrecht berauschend. Der kleine Junge, der früher so schüchtern war, dass ihn alle übersahen, der Junge, der sich von seinem Freund Piet auf dem Spielplatz herumkommandieren ließ und jahrelang Angst hatte, sein Schwulsein zuzugeben – dieser Sven war endlich auf die andere Seite gewechselt. Auf die Seite der Sieger. Er wusste, dass er sich derzeit in der spannendsten Phase seines Lebens befand. Sie waren endlich da, die »großen Jahre« seiner Existenz. Und die wollte er ausleben. Mit voller Energie und absolutem Einsatz. Doch er wollte auch Jörn nicht verlieren. Und ein Kind? Ja, ein Kind könnte die Lösung sein. Es könnte sie zusammenschweißen. Auf einer anderen Ebene als früher vermutlich, aber immerhin. Und selbst wenn der Plan nicht aufging: Zumindest hätte Jörn dann eine Aufgabe.

Silvester 2003

Wer hatte eigentlich die blöde Idee, hier zu feiern?«, fragte Petra und schubste einen betrunkenen Mann zur Seite.

»Du, mein Schatz«, grinste Dille. »Erinnerst du dich nicht an deine eigenen Worte: Ich muss mal raus. Mir fällt zu Hause die Decke auf den Kopf. Lass uns am Hafen feiern.«

»Und warum ignorierst du das nicht einfach, wenn ich so etwas sage?«, fragte Petra. »Du hörst doch sonst auch nicht auf mich.«

Das Gespräch fand schreiend statt, denn es herrschten ein Lärm und ein Gedrängel, die jede normale Kommunikation unmöglich machten. Mehr als hunderttausend Menschen schoben und quetschten sich durch die Straßen und auf den Gehwegen. Viel aufgekratztes Partyvolk und Unmengen von Touristen. Und mindestens die Hälfte von ihnen war betrunken, was die Sache nicht angenehmer machte. Ständig hatte man einen Ellenbogen in den Rippen, eine Schulter im Gesicht oder einen Fuß auf dem seinen. Und selbst wenn man den ganzen Abend lang nur Pfirsich-Maracuja-Schorle trinken würde, so stänke man am nächsten Morgen trotzdem nach Bier und Schnaps. Der Alkohol schwappte nämlich von allen Seiten, stob förmlich durch die Luft, als wäre er natürlicher Niederschlag. Piet hatte vorhin einen vollen Becher Bier auf den Kopf bekommen, der einer kreischenden Blondine auf der U-Bahn-

Brücke über ihm aus der Hand gefallen war, als sie nach ihrem Handy griff. Wie sie bei diesem Lärm das Klingeln überhaupt hatte hören können, war ihm schleierhaft.

Der kleine Adrian befand sich bei Oma und Opa. Petras Eltern wohnten inzwischen etwas außerhalb, in Sasel, wo der Lärm der Böller sich in Grenzen hielt und das Kind hoffentlich nicht zu sehr ängstigte. Nele war diesmal bei Susanns Eltern untergebracht worden. Die beiden waren verrückt nach ihrer Enkelin und würden ihr ganz sicher eine kindgerechte Bespaßung bieten – mit Knallerbsen, Bleigießen und Tischfeuerwerk.

Hier an den Landungsbrücken allerdings gab es mehr besoffene Knallköpfe als Knallerbsen. Hier goss man kein Blei, sondern sich mächtig einen hinter die Binde. Und spätestens seit sie diesen komischen Typen mit dem Hells-Angels-T-Shirt gesehen hatten, der bedrohlich mit einer Leuchtpistole herumfuchtelte, hätte die Kirschkernspuckerbande ein harmloses Tischfeuerwerk eindeutig bevorzugt.

Es war zwanzig vor zwölf. Bald würde das große Feuerwerk über dem Hafen funkeln. Und so nervig, so kalt, so blöd es hier auch sein mochte, es wäre Schwachsinn gewesen, jetzt den Rückzug anzutreten. Die paar Minuten bis zur großen Show würden die Freunde schon noch durchhalten.

»Ein Pflegekind?!«, brüllte Petra gerade Jörn entgegen.

»Ja«, bestätigte der. »Eine Adoption ist für Schwule in Deutschland de facto unmöglich. Aber es gibt so viele Kinder, die eine vorübergehende Heimat brauchen, dass die Typen in den Behörden sogar dubioses Volk wie uns eines aufnehmen lassen.«

»Was sind das denn für Kinder?«, wollte Petra wissen.

»Ganz unterschiedlich«, rief Jörn gegen den Krach der Hunderttausend an. »Oft sind es Kinder von Alkoholikern und Drogensüchtigen. Kinder, die vernachlässigt wurden, oder Kinder, deren Mutter in den Knast muss und deren Vater unbekannt ist. Manchmal auch Waisenkinder, die noch nicht zur Adoption vermittelt wurden. Auf jeden Fall steckt immer ein echt großes Schicksal dahinter.«

»Das könnte ich nicht!«, mischte sich Dille brüllend ein. »Mich um so ein Problemkind kümmern.«

»Du kannst dich ja nicht mal um dein eigenes richtig kümmern«, murmelte Petra. Doch das hörten weder Jörn noch Dille.

»Und wisst ihr schon, wann ihr so ein Pflegekind bekommt?«, fragte Susann, die mit Piet zusammen sechs Becher Glühwein von einem Getränkenstand geholt hatte und an alle verteilte.

Sven schüttelte den Kopf: »Es kommt, wenn's kommt. Da muss man flexibel sein.«

»Kinder sind toll!«, rief Susann, während eine gackernde dicke Frau sie anrempelte, die ein Papphütchen trug und eine Schinkenwurst so ausladend schwenkte, als wäre es ein Zauberstab. »Eine einmalige Erfahrung! Wirklich! Ohne Kinder fehlt einem etwas im Leben.«

Petra warf einen Blick zu Dille hinüber, um dessen Reaktion auf Susanns Grundsatzerklärung zu beobachten. Doch ihr Mann hatte scheinbar gar nicht zugehört. Er kniff die Augen zusammen, blickte in die Ferne und schien dort etwas sehr Interessantes auszumachen.

»Apropos Kinder«, rief er. »Ich glaube, da hinten kommen gerade zwei von unseren.«

Alle Köpfe drehten sich in die Richtung, in die Dille schaute. Und richtig: Da waren Lucy und Florian, die mit einem Pulk ihrer Freunde ziemlich genau in ihre Richtung walzten. Lucy zog gerade an einem Joint.

Petra wedelte mit den Armen. »Hey!«, brüllte sie so laut, dass sie selbst in diesem Tumult auffiel und sich mindestens fünfzig Menschen zu ihr umdrehten. Darunter auch ihre Zwillinge. Als Lucy ihre Mutter erkannte, ließ sie hastig den Joint fallen und versuchte, harmlos dreinzuschauen. Florian winkte, die Truppe vollzog eine leichte Kursänderung und kam auf sie zu. Einer der Kumpels ihrer Sprösslinge fing plötzlich begeistert zu winken an. Er strahlte über das ganze Gesicht und rief: »Huhu, Mama!«

Mama?

Petra erkannte Adolf, ihren sonderbaren Geburtshelfer. Vermutlich hatte er keine Ahnung, wie sie mit Vornamen hieß. Sie war einfach Mama für ihn. Die Mama ihrer Mitbewohner und die Mama des Babys, das er geholfen hatte auf die Welt zu bringen. Er strahlte Petra an, als gäbe es niemanden sonst, den er in diesem Moment lieber sehen würde. Petra fand das lustig. Und seltsam rührend. Auch wenn sie es nach wie vor irritierend fand, dass einer der ganz wenigen Männer dieser Welt, die ihre Vagina gesehen hatten, Adolf hieß und, diplomatisch ausgedrückt, nicht der Hellste war, waren die gemeinsam durchlittenen Presswehen doch tatsächlich etwas, was sie miteinander verband. Also winkte sie zurück. Adolf strahlte.

»Ihr kommt ja gerade rechtzeitig zum Feuerwerk!«, rief Dille seinen Kindern zu, als sie kurz darauf neben ihm standen.

»Nee, wir sind auf dem Weg zur U-Bahn. Wir boykottieren das Feuerwerk«, antwortete Florian.

»Wie kann man denn ein Feuerwerk boykottieren?«, rief Piet.

»Indem man nicht hinguckt«, erklärte Florian.

»Und warum boykottiert ihr es?«, wollte Dille wissen.

»Mensch, ist doch klar! Das kostet ein Schweinegeld! Damit könnte man Brunnen bauen in Afrika oder Obdachlosenprojekte finanzieren oder …«, rief Lucy.

»Oder Haschisch kaufen«, unterbrach Petra.

»Das war eine Zigarette«, behauptete Lucy.

Petra lachte.

Lucy grinste.

»Deine Mama ist doch nicht blöd«, sagte Adolf tadelnd zu seiner Mitbewohnerin. »Wie geht's unserem Sohn?«, fragte er dann Petra.

»*Unserem* Sohn?«, staunte Petra.

»Na ja, ich hab doch schon irgendwie mitgemacht dabei«, sagte Adolf. »Ein ganz klein bisschen ist es doch auch mein Kind. Ich sach mal so null Komma fünf Prozent.«

Petra schüttelte amüsiert den Kopf. »Du hast dich ausgesperrt, Adolf! Ich musste wegen dir zur Tür kriechen, während der Kopf meines Babys schon zwischen meinen Beinen herausguckte.«

»Ich heiße nicht mehr Adolf«, rief er stolz. »Ich hab jetzt einen neuen Namen.«

»Okay, gut«, lachte Petra. »Und der wäre?«

»Josef!«, strahlte der Geburtshelfer. »So hieß mein anderer Opa. Der, bei dem ich groß geworden bin. Der war immer voll gut zu mir.«

»Josef?«, staunte Petra.

The Josef formely known as Adolf nickte begeistert.

»Mit f wie Stalin oder mit ph wie Goebbels?«, fragte Petra.

»Hä?«, wunderte sich Josef.

»Josef Stalin oder Joseph Goebbels?«

Adolf/Josef schaute Petra erstaunt an. Dann begriff er. »Ach, Scheiße«, seufzte er.

Petra wollte gerade Vorschläge für klangvollere und weniger zweifelhafte Namen machen, als urplötzlich eine Faust wie aus dem Nichts geschossen kam und mit voller Wucht auf Jörns Nase traf!

Jörn schrie laut auf. Blut spritzte.

Alle drehten sich in die Richtung, aus der der Schlag gekommen war. Dort standen drei bullige Männer mit Stoppelhaarfrisur: Armin, Sandro und ein weiterer der Möchtegernguerillakämpfer aus dem Thüringer Trimm-dich-Dschungel.

»Jetzt sind wir quitt!«, dröhnte Armin.

»Geiler Zufall, dass wir euch hier treffen, ihr Wichser«, knurrte Sandro.

»Hamburg ist 'ne Reise wert. Und kleiner, als man denkt, höhö«, freute sich der dritte Primat.

»Ihr habt uns um unseren Titel gebracht«, pöbelte Armin.

»Lasst euch das eine Lehre sein, und lasst euch nie wieder bei uns blicken!«, knurrte der dritte Teilzeitsoldat.

Nach einer letzten Drohgebärde, mit der sie die Ernsthaftigkeit ihrer Forderung unterstreichen wollten, wandten sich die drei ab, um davonzugehen.

Sven machte Anstalten, Jörns Nase zu untersuchen, als Petra plötzlich rief: »Hey!«

Die drei Bullys drehten sich wieder um, und Petra kippte Armin, der Jörn geschlagen hatte, ihren halbvollen Becher Glühwein ins Gesicht. Er war zwar nicht mehr richtig heiß, brachte Armin aber immerhin so sehr aus dem Konzept, dass Petra ausreichend Zeit hatte, um ihm auch noch mit voller Wucht zwischen die Beine zu treten. Armin krümmte sich mit einem Aufschrei zusammen. Sandro und der andere Typ starrten Petra verwirrt an. Was war denn hier los? Ihr natürlicher Instinkt, einfach zuzuschlagen, setzte bei den Männern nicht ein. Sie schlugen schließlich keine Frauen. Normalerweise.

»Niemand schlägt meine Freunde!«, schrie Petra, und Dille wäre vor Scham fast im Boden versunken.

Armin wimmerte vor Schmerzen, woraufhin die beiden ratlosen Machos nun doch Körperspannung annahmen, offenbar bereit, eine handfeste Schlägerei vom Zaun zu brechen.

Genau in diesem Moment schrie Piet los. Es konnte schließlich nicht sein, dass eine Frau den Kampf führen musste – auch nicht, wenn es eine starke Frau wie Petra war, die Pumps eher als Waffe denn als Kleidungsstück benutzen würde. Und so schrie Piet los. Schließlich weiß selbst der moderne Mann um seine atavistische Berufung. Da Piets Schrei jedoch kein heldenhaft männlicher Urschrei war, sondern eher einem irritierenden Quieken glich, setzte er einen nach und schlug mit seiner Stirn gegen die Stirn von Sandro. So hatte er es oft genug in Kinofilmen gesehen. Ein Headbutt. Eine Kopfnuss. Die ultimative Macho-Attacke. Doch was bei Bruce Willis stets fabelhaft funktionierte, ging bei Piet nach hinten los: Ein bestialischer Schmerz durchschoss seinen Schädel, und Piet heulte auf. Er stolperte zwei Schritte zurück und wäre gefallen, wenn innerhalb dieser Menschenmassen Platz zum Fallen gewesen wäre. Sandro schaute Piet kurz verblüfft an, dann fing er bellend an zu lachen. Piet war an dem Guerilla-Dickschädel einfach abgeprallt, als wäre der eine Mauer.

Dann trat eine bedrohliche Stille ein. Alle starrten sich

an. Lauernd. Die Stimmung stand auf der Kippe. Sorgte die Absurdität, die die Situation inzwischen angenommen hatte, für Entspannung, oder würden gleich ernsthaft die Fetzen fliegen? Adolf / Josef atmete tief ein, Dille und selbst Lucy (ganz die Tochter ihrer Mutter) ballten die Fäuste, Sven tippte auf seinem Handy die Nummer des Notrufs ein – da machten plötzlich hunderttausend Menschen gleichzeitig: »Aaaaaaah!« Das Feuerwerk hatte begonnen. Es funkelte und strahlte, explodierte und tanzte in den prächtigsten Farben am Himmel. Alle schauten nach oben – sogar Lucy und Florian, die dieses kostspielige Spektakel eigentlich boykottieren wollten –, und auf wundersame Weise entspannte sich die Lage. Thüringer Waldmänner und Hamburger Weicheier starrten in schweigender Eintracht in den Himmel. Und die Fäuste wurden wieder Hände.

Irgendwann trollten sich die stoppelköpfigen Drittplazierten der Kriegsspieler-Liga ohne ein weiteres Wort, nicht unglücklich darüber, keine Prügelei mit diesem völlig unkalkulierbaren Haufen von wilden Frauen und pseudoschwulen Möchtegernmachos ausfechten zu müssen.

Arme legten sich über Schultern, Lippen trafen sich.

»Alles Gute für das neue Jahr«, sagte Petra zu Dille und küsste ihn.

»Ich liebe dich«, sagte Sven zu Jörn und Jörn zu Sven, und beide wussten, dass es ehrliche Worte waren. Trotz allem.

Susann blies einen warmen Atemhauch auf Piets Stirn, so wie man auf das aufgeschlagene Knie eines kleinen Kindes pustete, und sagte lächelnd: »Vielleicht sollten wir die Testosterondosis langsam mal ein wenig senken.«

Piet, dem sein missglückter Versuch, seine Heldenphantasien auszuleben, ausgesprochen peinlich war, rollte nur mit den Augen.

»Weißt du was«, sagte Susann. »Das war cooler, als wenn du diesen Typen aus den Schuhen gehauen hättest. Das kann schließlich jeder. Na ja, jeder … außer dir.«

Piet überlegte kurz, ob er beleidigt sein sollte, doch dann musste er lachen und sagte: »Tut mir leid, dass ich nicht so ein richtiger Kerl-Kerl bin.«

»Ein was?«

»Ein Kerl-Kerl.«

Susann sah ihren Mann fragend an.

»Na ja, ein Kerl bin ich ja automatisch. Genetisch. Du weißt schon: Bartwuchs, Hoden, dieser Kram.«

Susann grinste.

»Aber ein Kerl-Kerl«, fuhr Piet fort, »das ist einer, der den Weg von Flensburg nach Augsburg ohne Navi findet. Einer, der ein Regal andübeln kann, ohne dass es nach zwei Stunden wieder runterkracht oder er sich dabei die Hand an die Wand schraubt. Einer, der weiß, wie man den Ölstand im Auto misst, einer, der weiß, wozu ein, äh … Achtkantschraubendreherdingsbums gut ist. Also … na ja, eben einer, der andere Kerl-Kerle mit einer Kopfnuss k. o. schlagen kann.«

»Ich liebe dich so, wie du bist«, sagte Susann. »Und ehrlich gesagt glaube ich nicht, dass es so etwas wie einen Achtkantschraubenbumsdreher überhaupt gibt.«

Und dann küssten sie sich auch.

Währenddessen schaute Adolf in den Himmel, von dem ein Goldregen prasselte, und fragte sich, ob Jack ein guter Name wäre.

Jack Klöbner. Klang nicht übel …

2004

Ich heulte. Ich saß vor dem Fernseher, schaute das *heute-journal* und wehrte mich nicht gegen die Tränen, die über meine Wangen liefen.

Es war der 4. Januar, und der Grund für meine Traurigkeit waren verschwommene, körnige Bilder der Marsoberfläche: Die Raumsonde Spirit glitt über den felsigen Boden und sammelte Sternenstaub ein.

Sternenstaub!

Ich konnte nicht anders, ich musste an Bernhard denken. An Bernhard, dem das Leben von seiner Geburt an immer nur übel mitgespielt hatte und der davon geträumt hatte, auf einem fernen Planeten zu leben. Ich erinnerte mich, wie er mir damals erzählt hatte, dass er die Mondlandung im Fernsehen gesehen habe. Er war ein kleiner Junge gewesen, neun Jahre alt. Er hatte sich mitten in der Nacht den Wecker gestellt, hatte sich ins Wohnzimmer geschlichen und vor den Fernseher gesetzt. Seine Eltern hatten geschlafen. Besoffen. Wie üblich. Bernhard war allein gewesen, mutterseelenallein, als er die fremde Welt in dem Schwarzweißfernseher bestaunte. Bernhard hatte den Astronauten gesehen, der federleicht auf dem Mond herumsprang. Schwerelos. Und Bernhard war unsagbar neidisch gewesen. Auf diese wunderbare Welt, in der einen nichts nach unten zog.

Dreißig Jahre später war Bernhard tot. Ausgemergelt, mit ruinierter Leber und alptraumhaften Blutwerten. Ein Träumer, der sich totgesoffen hatte. Weil die Schwerelosigkeit sich in seinem Dasein niemals einstellte. Weil man sich seine Welt nun mal nicht aussuchen kann. Selbst Neil Armstrong hatte irgendwann auf die Erde zurückkehren müssen.

Was wäre aus Bernhard geworden, wenn wir sein Geheimnis früher entdeckt hätten? Hätten wir Kirschkernspucker ihn retten können? Oder hätten wir all unsere Kraft gebraucht, um uns selbst der Schwerkraft zu widersetzen?

Ich war – bemessen an der Tatsache, wie oft und ausgiebig ich mir selbst leidtat – vielleicht sogar der Schlimmste. Auch wenn ich die Gründe nicht greifen konnte, erging ich mich immer wieder in dem Gefühl, unter meinen Möglichkeiten zu bleiben. Das musste sich ändern. Und so fasste ich an diesem 4. Januar, dem Tag des Sternenstaubs, einen Entschluss: Ich hatte fortan nur noch dann das Recht, mich zu beklagen, wenn ich gleichzeitig versuchte, das, was mich in meinem Leben störte, zu ändern. Tatenloses Jammern war zukünftig verboten. Es war respektlos all denen gegenüber, die wirklich große Probleme hatten. Den Bernhards dieser Welt gegenüber. Ich war nicht Bernhard. Ich war Piet. Und Piets Probleme waren lösbar. Ich würde sie in Angriff nehmen und mein Leben selbst justieren, anstatt darauf zu warten, dass das Schicksal es für mich übernahm!

Bereits ein paar Tage später bekam ich die Möglichkeit, meinen wackeren Vorsatz in die Tat umzusetzen. Ich hatte eine Lesung, meine allererste Lesung, die im Rahmen der

»Bad Harksdorfer Krimitage« stattfand. Ich war hocherfreut gewesen, als mein Verlag mir die Einladung weitergereicht hatte. Leute wollten ernsthaft Geld dafür bezahlen, dass ich ihnen vorlas. Meine *Kirschkerne* hatten sich so schlecht verkauft, dass nicht ein einziger Buchhändler auf die Idee gekommen war, den Autor dieses Flops zu einem öffentlichen Auftritt einzuladen. Doch mein erster Krimi (der zweite – *Tod in der Vorstandsetage* – würde in einigen Monaten erscheinen) war inzwischen in der vierten Auflage lieferbar. Ich hatte mir bereits eine kleine, feine Fangemeinde erobert. So klein, dass ich nicht in München, Berlin, Rio, Paris oder Tokio las, sondern im Kurhaus Bad Harksdorf, aber immerhin.

Um nach Bad Harksdorf zu kommen, fuhr man zuerst mit dem Zug zu einem Ort namens Bardensgmünd. Von dort aus musste man einen Bus nehmen, der quer über Land fuhr. Ich hatte eine relativ frühe Verbindung gewählt und kam nun in den Genuss, die Fahrt im Bus zwischen der kaugummikauenden und gackernden Dorfjugend zu verbringen, die offenbar gerade Schulschluss hatte.

Ich kauerte in der letzten Reihe, eingequetscht neben zwei etwa zwölfjährigen Mädchen, die laut »Veo Veo« sangen und dabei trotz der Enge des überfüllten Busses die Tanz-Gestik der Sängerinnen zu imitieren versuchten und mir im Überschwang ihrer Begeisterung mehrfach die Ellbogen und Hände auf Kopf und Schulter schlugen. Immerhin entschuldigten sie sich. Jedes Mal. Beim vierten Schlag und dem vierten mechanischen »Entschuldigung« sagte ich mit freundlichem Augenzwinkern: »Könnt ihr das bitte mal lassen, Mädels? Das tut nämlich weh-oh-weh-oh.«

Die Mädchen bedachten mich mit einem Halt-den-Mund-alter-Mann-Blick, der mir unmissverständlich zu verstehen gab, dass ich in ihrem Bus nichts zu melden hatte.

Eine gute halbe Stunde und diverse Schläge später stieg ich aus dem Bus. Ich sah sofort den Gasthof, der mir als Schlafstatt avisiert worden war: Zum Ochsen. Ich trat ein. Dunkle Eiche, der Geruch von Gulasch, und im Radio fragten gerade De Randfichten singenderweise, ob denn der alte Holzmichl noch lebt. Ja, hier in Bad Harksdorf lebte er ganz sicher noch! Vermutlich in dem schweren Eichenschrank in meinem Zimmer, über dem drei Geweihe hingen. Das würde das Erste sein, was ich morgen nach dem Aufwachen sah: Knochenskelette von sinnlos getöteten Tieren.

Zwei Stunden vor meiner Lesung traf ich mich mit Frau Lösler von der Buchhandlung im Kurgarten. Eine reizende, dralle Frau in den Fünfzigern, die die Krimitage organisierte und, wie ich schnell feststellte, wahrscheinlich problemlos selbst sachkundig in Leichen herumwühlen und Todesursachen feststellen könnte, so viel, wie sie über Gerichtsmedizin las. Wir saßen zusammen in der Wirtsstube, tranken einen Kaffee und sprachen gegen Yvonne Catterfeld aus dem Radio an.

»Ich finde Ihr Buch ganz toll«, sagte Frau Lösler. »Dieser Taxifahrer mit all seinen Marotten – köstlich. Wurden Sie da von Monk beeinflusst?«

Ich schaute sie fragend an. Der einzige Monk, den ich kannte, war Thelonious Monk, der große Jazzpianist. Doch den konnte sie schwerlich meinen. Mein Taxifahrer-Romanheld war weder schwarz, noch fuhr er ein Piano im Kofferraum herum.

»Die Fernsehserie?« Frau Lösler sah mich fragend an.

Ich schüttelte bedauernd den Kopf. »Ich gucke nicht viel fern.«

»Ach, die Serie ist ja auch viel zu neu. Ihr Buch haben Sie ja schon vor mehr als einem Jahr geschrieben, oder? Aber, toller Zufall! Also, der Monk und Ihr Taxifahrer …«

Frau Lösler hob zu einem längeren Vortrag an, in dem sie die vermeintlichen Parallelen zwischen diesem TV-Detektiv und meinem Roman-Schnüffler aufzählte. Aber genau genommen hatten sie nichts gemeinsam außer der Tatsache, dass beide Hypochonder waren und am Ende einen Mord aufklärten.

Dann zählte Frau Lösler auf, wer sonst noch alles im Rahmen der diesjährigen »Bad Harksdorfer Krimitage« gelesen habe und noch lesen werde. Sie warf die Namen meiner Autorenkollegen so stolz um sich, als hätte sie all diesen Menschen persönlich das Leben geschenkt und ihnen obendrein das Germanistikstudium finanziert.

Ich kannte nicht einen einzigen Namen. Bei den ersten beiden machte ich noch den Fehler, meine Unwissenheit zu offenbaren. Frau Lösler ratterte daraufhin ausgiebige Biographien der beiden Literaten runter: »… das ist jetzt also der vierte paranormale Kriminalroman von Gesine Lord. Aber sie hat mir erzählt, dass sie demnächst etwas ganz anderes machen möchte. Etwas mit Vampiren und Werwölfen. Also, das ist ja nicht so mein Ding. Ich liebe meine Krimis. Und dann ist da noch Holger von Herbst. Der ist im Osten aufgewachsen. Schrecklich, so als Kreativer … in diesem Regime. Das prägt seine Bücher natürlich. Und er heißt auch gar nicht wirklich von Herbst. Das ist ein Künstlername. Witzig, oder? Zumal er nicht mal im

Herbst geboren ist, das habe ich nachgeschlagen. Auf jeden Fall …«

Ich ertappte mich dabei, dass ich das Geträller von Yvonne Catterfeld, der der lokale Radiosender offenbar eine Sondersendung widmete, interessanter zu finden begann als die Viten meiner mir unbekannten Kollegen. Also nickte ich bei den folgenden Namen nun stets anerkennend, sagte »Oh« und »Donnerwetter«, »toller Kollege« und »So ein großer Name hier in Bad Harksdorf? Respekt!« und entging auf diese Weise weiteren biographischen Abhandlungen.

Frau Lösler schärfte mir abschließend noch einmal ein, dass ich genau eine Stunde lesen solle, und versicherte mir, dass alle Zuhörer echte Krimifreaks seien. Die kämen von richtig weit her, teilweise sogar aus Erlangen. Das sei richtiger Krimikult hier. Und ein Nachwuchsautor wie ich – da seien alle sehr gespannt drauf!

Es amüsierte mich, mit dreiundvierzig Lenzen noch zum Nachwuchs gezählt zu werden. Dass ich in einer Stunde vor einer Art kriminalistischem Kongress auftreten würde, machte mich allerdings ein bisschen nervös. Die nahmen ihr Lieblingsgenre hier offenbar sehr, sehr ernst. Das war nicht gut. Zumindest nicht, wenn man wusste, was ich vorhatte …

»So«, sagte ich und klappte mein Buch zu. »Das war's so weit mit meinem Krimi.«

Die rund siebzig Gäste meiner Lesung schauten mich irritiert an. Es waren gerade mal zwanzig Minuten vergangen, seit ich am Pult Platz genommen hatte. Und jetzt sollte schon Schluss sein? Ein leises Rumoren hob an.

»Aber das heißt nicht, dass jetzt schon Feierabend ist«,

sagte ich lächelnd und zog aus der Tasche, die neben mir auf dem Boden stand, ein Exemplar von *Kirschkerne* hervor. »Denn Frau Lösler, die das hier übrigens alles ganz fabelhaft organisiert hat, hat einen kleinen Fehler gemacht, als sie mich eben vorstellte. *Taxi in den Tod* ist nicht mein erster Roman, sondern nur mein erster Krimi. Mein Debüt als Autor habe ich mit diesem Werk hier gegeben.« Ich hielt *Kirschkerne* hoch. »Es ist kein Krimi, und ich weiß, dass Sie alle gekommen sind, um sich an Mord und Totschlag zu ergötzen, aber ich würde Ihnen gern auch noch etwas aus diesem Buch vorlesen. Es geht darin nicht um den Tod, sondern um das Leben, aber das kann ja auch sehr spannend sein, nicht wahr?«

Ich setzte mein charmantestes Lächeln auf, das an mindestens sechzig der siebzig Zuhörer wirkungslos abprallte. Bisher war es sehr gut gelaufen, aber mit meiner angekündigten Programmänderung hatte ich die positive Grundhaltung meines Publikums schlagartig gekillt.

Ich schlug das Buch dennoch auf und las die Passage vor, in der ich beschrieb, wie Susann, Dille, Sven und ich als Zwölfjährige bei der Nachmittagsdisco im Haus der Jugend zum ersten Mal Engtanz tanzten. Es war, wie ich fand, eine sehr süße, amüsante und nostalgische Szene, in der sich jeder, der in den Siebzigern schon gelebt hat, wiederfinden müsste.

Aber das galt offensichtlich nicht für die mordlüsternen siebzig Bad Harksdorfer, die meinem eigentlich auf Lacher ausgerichteten Vortrag mit eiserner Miene folgten und am Ende vereinzelt und unwillig die Hände leicht gegeneinanderschlugen. Dieses halbherzige Höflichkeitspatschen einen Applaus zu nennen wäre so, als würde man einen Schluckauf als Orgasmus bezeichnen.

Zwei Frauen in der vorletzten Reihe erhoben sich und verließen den Saal.

Verdammt!

Ich spürte, wie ich knallrot wurde. Aber jetzt gab es kein Zurück mehr. Ich hatte mich in die Idee hineingesteigert, diesen Leuten das Buch, auf das ich wirklich stolz war, vorzustellen, und musste nun so würdevoll wie möglich damit umgehen, dass alle Anwesenden auf diese Vorstellung gern verzichtet hätten.

Ich schluckte, überlegte kurz und sagte mir, dass ich mit den humorvollen Passagen nicht weit kommen würde. Das war ein Tod-und-Elend-Publikum. Krimifans eben. Also las ich jene Szene, die mir ganz besonders viel bedeutete. Eine traurige Szene. Die, in der der neunjährige Bernhard die erste Mondlandung im Fernsehen sieht.

Als ich mit dem Kapitel fertig war, fiel der Applaus so dürftig aus, dass man ihn getrost als »Rascheln« bezeichnen konnte. Ich war fertig und wäre am liebsten im Boden versunken. Es traf mich, dass Bernhards Schicksal die Leute nicht nur nicht rührte, sondern sogar langweilte. Da saß ich, allein, auf einer Bühne, von einem Scheinwerfer angestrahlt: der blöde Typ, der redliche Krimifans mit seinem sentimentalen Scheißkram vollsülzte.

Ich schaute auf die Uhr. Noch zwanzig Minuten musste ich absolvieren. Sollte ich vielleicht doch noch mal zum Krimi greifen? Ich räusperte mich, schaute mich hilflos um, zögerte … und wurde schließlich von Frau Lösler gerettet, die mit unverhohlen säuerlicher Stimme sagte: »Hat vielleicht noch jemand Fragen an Herrn Lehmann?« Dann wandte sie sich mir zu, und ihre Augen schossen giftige Pfeile auf mich ab. »Fragen zu Ihrem Kriminalroman beantworten Sie doch, oder?«

Ich lächelte hilflos und sagte: »Na klar.«

Aber es kam keine Frage aus dem Publikum. Nicht eine einzige.

Also stellte Frau Lösler mir ein paar Alibifragen, um die peinliche Situation zumindest halbwegs zu retten (»Wer sind denn Ihre Lieblingsschriftsteller? Ich meine, im Krimisektor?« »Äh ... Edgar Wallace und Patricia Highsmith und ... äh ... dieser Schwede.«). Danach wurde die Lesung zur Erleichterung von Publikum und Autor für beendet erklärt. Drei Damen, denen ich offenbar leidtat, ließen sich ihre *Taxi in den Tod*-Exemplare von mir signieren, danach verabschiedete mich Frau Lösler kühl und knapp. Beim Kaffee am Nachmittag hatte sie mir noch erzählt, wie sehr sie es genoss, mit den Autoren ihrer Krimitage nach der Lesung immer noch ein Glas Wein zu trinken und zu »fachsimpeln«. Ganz offensichtlich hielt sie mich für simpel, aber nicht für vom Fach. Ich war nicht der tolle Herr von Herbst. Ich war bloß ein Idiot, der zu bescheuert war, um bei einer Krimilesung aus einem Krimi vorzulesen.

Ich kaufte mir am Kiosk, der sich an der Bushaltestelle gegenüber von meinem Gasthof befand, sechs große Dosen Bier und verkroch mich wie ein geprügelter Hund in mein Zimmer. Es war 21.30 Uhr, als ich den Hirschgeweihen über dem Schrank zuprostete. Ich rief Susann an und wollte getröstet werden, doch es sprang nur der Anrufbeantworter an. Mir fiel ein, dass Susann heute eine Lehrerkonferenz hatte und Nele bei einer Freundin übernachtete. Ich öffnete die nächste Bierdose.

Als ich am nächsten Morgen im Zug zurück nach Hamburg saß, hatte ich mörderische Kopfschmerzen. Ich blätterte lustlos in der Zeitung und stieß auf das Foto eines völlig verknautschten und zerknitterten Saddam Hussein, den man irgendwo aus einem Erdloch gezogen hatte. Genau so, wie der Typ auf dem Foto aussah, fühlte ich mich.

Mein Handy klingelte. Es war die Frau, die in meinem Verlag die Lesungen organisierte. Sie teilte mir mit, dass Frau Lösler angerufen und sich über mich beschwert habe. Sie sei nicht bereit, das vereinbarte Honorar zu überweisen, und ich solle froh sein, dass sie nicht die bereits gezahlten Reisekosten zurückfordere. Und außerdem … An dieser Stelle brach das Gespräch ab. 2004 war es noch verdammt schwierig, länger als eine Minute am Stück in einem fahrenden Intercity zu telefonieren. Das war eine der guten Dinge des Jahres 2004.

Ich schaute aus dem Fenster, während die Landschaft an mir vorbeizog. Eben noch da und dann auch schon wieder weg. Alles verlief in einer atemberaubenden Geschwindigkeit. Alles. Gestern war ich noch im Haus der Jugend engtanzen, jetzt war ich plötzlich dreiundvierzig und hatte eine Tochter, die bald selbst engtanzen würde. Es gab keine Zeit zu verschwenden. Zeit war knapp. Man musste sie nutzen. Und während ein kleiner Ort, den ich nicht kannte und den ich nie wiedersehen würde, am Fenster des Intercitys vorbeirauschte, korrigierte ich meinen lahmen Vorsatz von vor ein paar Tagen: Ich würde Nägel mit Köpfen machen müssen. Eine kleine bockige Variation des Lesungsprogramms brachte nichts, das war Kleinkram, nichts, was wirklich etwas änderte. Ein grundlegender Reboot meines Lebens musste her. Ich befand mich in der zweiten Hälfte meines Lebens – ich würde sie nicht damit verschwenden, etwas zu tun, was mir keine Freude bereitete und woran ich nicht glaubte. Die Zeit der Inkonsequenz war vorbei!

* * *

Susann war stinksauer auf Berg gewesen. Bei der Lehrerkonferenz am Abend hatte er ernsthaft einen Schulverweis für den kleinen Jegor gefordert. Jegor war erst im Sommer an die Schule gekommen und hatte seitdem schon für einige Diskussionen gesorgt. Jegor galt als »verhaltensauffällig«. Da er in keiner von Susanns Klassen war, hatte sie ihn noch nicht selbst unterrichtet. Aber sie hatte die Geschichten gehört. Dass dieser Fünftklässler mit Kraftausdrücken nur so um sich warf, dass er offensichtlich intelligent, aber nicht zu motivieren war, dass er des Öfteren mitten im Unterricht aufstand und einfach hinaus auf den Schulhof ging, wo er sich dann auf den Boden oder eine Bank setzte und ins Leere starrte. Und dann war da noch die Geschichte mit dem Mädchen aus der Parallelklasse. Der hatte er in die Magengrube getreten. Sie hatte ihn provoziert, zugegebenermaßen, hatte ihn »behindert« genannt, aber Jegors Reaktion schien keine Wut gewesen zu sein, sondern eine kühl kalkulierte und unverhältnismäßig brutale Retourkutsche. Er hatte das Mädchen angeschaut, ohne erkennbare Gefühlsregung, hatte kein Wort gesagt und ihr dann, wie er es zweifelsohne in einem nicht für sein Alter geeigneten Film gesehen haben musste, ganz plötzlich mit einer Kung-Fu-artigen Drehung in den Bauch getreten. Das Mädchen hatte geschrien, war hingefallen, und Jegor war ohne ein Wort, ohne Triumph, Reue oder sonstige menschliche Gefühlsregung davongegangen.

Susann hatte die Sandkastenepisode mit Jegor nicht vergessen und erinnerte sich nur allzu gut an die Silvesternacht, als sie den ausgekühlten, vernachlässigten Jungen zu seinen asozialen Eltern zurückgebracht hatten. Es war kein Wunder, dass Jegor so war, wie er war. Der Junge tat ihr leid.

Bergs Mitleid allerdings hielt sich in Grenzen. Er verlangte, den Jungen von der Schule zu werfen, ihn auf eine »spezielle Schule« zu schicken, »wo solche Psychopathen hingehören«. Der Grund für Bergs drastische Forderung war in erster Linie gekränkte Eitelkeit, denn Jegor hatte ihn angespuckt. Mitten im Unterricht und vor den Augen aller, als Berg ihn aufgefordert hatte, die Tafel anzuschauen, anstatt unentwegt aus dem Fenster zu starren.

»Der Junge ist eine tickende Zeitbombe«, hatte Berg gestern Abend gesagt. »Eiskalt! Ein richtiges Horrorkind! Ich weigere mich, diesen kleinen Irren weiter zu unterrichten.«

»Er kommt aus einer sehr problematischen Familie«, hatte Susann das Kind in Schutz genommen. »Er braucht Anteilnahme und nicht noch jemanden, der ihn einfach zur Seite schiebt.«

»Fein«, hatte Berg gesagt. »Dann nimm du den kleinen Scheißer. Meine Schüler und ich sind froh, wenn wir ihn los sind.«

Susann hatte Berg wütend angefahren: »Das ist also deine Auffassung von Pädagogik?! Wenn auch nur das kleinste Problem auftaucht, die Verantwortung einfach weiterzureichen?!«

»Ich kann sehr wohl mit Problemen umgehen, Kollegin«, hatte Berg zurückgeblafft. »Aber ich renne nicht mit blutendem Herzen herum und entschuldige die Taten von Schlägern und Psychopathen mit ihrer traurigen Familiengeschichte. So hat man schon Saddam Hussein zu erklären versucht. Aber erklären heißt nicht entschuldigen.«

»Sag mal, spinnst du? Du vergleichst hier einen zehnjährigen Jungen mit einem Massenmörder!«, hatte Susann geschrien.

Berg hatte sie kühl angeschaut.

»Kollege Berg, das geht nun wirklich zu weit«, hatte sich der stellvertretende Rektor eingemischt.

»Ja, Entschuldigung«, hatte Berg halbherzig gemurmelt. »Blöder Vergleich. Trotzdem, Jegor ist bei uns falsch. Der braucht keinen Lehrer, der braucht einen Therapeuten. Und ich bin nicht bereit, den Frieden in meiner Klasse zu opfern, nur damit so ein ... problematischer Schüler ...«

»Fein!«, hatte Susann gerufen. »Ich nehme ihn. Er kommt in meine Klasse. Ich kümmere mich um ihn.«

Das gesamte Kollegium hatte sie erstaunt angeschaut.

»Wer solche Eltern hat wie Jegor, der soll nicht auch noch mit einem Lehrer wie dir klarkommen müssen«, hatte Susann Berg angegiftet.

Der stellvertretende Rektor hatte bei dieser drastischen Äußerung pikiert eine Augenbraue hochgezogen. Einige männliche Kollegen, die Berg einen arroganten, faulen Kotzbrocken nannten, hatten sich ein Lachen verkniffen. Die meisten Kolleginnen hingegen, die Berg sexy und charmant fanden, hatten über Susanns Frechheit empört den Kopf geschüttelt.

Und Berg hatte nur gegrinst und gesagt: »Na, dann viel Spaß mit dem Jungen. Je früher du ihn mir abnimmst, umso besser.«

»Nächsten Montag kann er wechseln, kein Problem«, hatte Susann schnippisch entgegnet.

* * *

Als Piet am nächsten Tag von der Lesung zurück nach Hause kam, stürmte Nele auf ihn zu. Sie umarmte ihn und fragte: »Hast du mir was mitgebracht?«

»Ich war nur eine Nacht lang weg«, sagte Piet und ließ sich aufs Sofa fallen. »Das ist nicht lang genug für ein Geschenk.«

»Och, menno«, sagte Nele. »Dann erzähl mir wenigstens eine Geschichte.« Sie setzte sich neben ihren Vater aufs Sofa und kuschelte sich an ihn.

Piet legte ihr den Arm um die Schultern, räusperte sich und begann: »In einem kleinen Dorf, da, wo es Berge gibt und der alte Holzmichl wohnt, erlebte ein Mann aus einer großen Stadt ein gruseliges Abenteuer. Stundenlang war dieser Mann in einer Kutsche voll zappelnder Kobolde eingezwängt, bis er endlich das Dorf erreichte. Die Herrin des Dorfes hatte ihm in der Dorfschenke eine Kammer zur Verfügung gestellt, in der drei magische Geweihe hingen. Eines hatte einem Reh gehört, eines einem Elch und eines einer Ente.«

»Aber Enten haben doch kein Geweih!«, kicherte Nele.

»Oh doch«, sagte Piet. »Denn es war eine Bad Harksdorfer Kampfente, die nicht nur ein Geweih trug, sondern auch messerscharfe Zähne im Schnabel versteckte. Und diese Ente hatte einst einen Fluch über das Dorf gelegt: Jeder Dichter, der es wagte, hier etwas anderes vorzutragen als Geschichten über Leid und Tod, der werde sein blaues Wunder erleben!«

»Was ist ein blaues Wunder, Papa?«, fragte Nele. »Kann man da wirklich blau von werden?«

Piet musste lachen, und bemerkte erst jetzt Susann, die amüsiert im Türrahmen stand und die beiden beobachtete. Sie liebte Momente wie diesen. Und sie liebte Piet, wenn er so war wie jetzt. Sie liebte seinen Humor, seine Phantasie, sein Bedürfnis, Spaß zu machen. Im Mittelalter wäre er vermutlich ein Bänkelsänger gewesen, der in der Schenke die Gäste mit spannenden Geschichten unterhielt.

Oder ein Hofnarr.

Früher war Piet oft so gewesen. Ein Quell bester Laune und skurriler Bemerkungen. Mittlerweile kam das nicht mehr so häufig vor. Es war selten geworden. Aber wenn sich Piets alte Ausgelassenheit zeigte, freute sich Susann. Dann wurde sie von tiefen Gefühlen für ihn durchflutet. In letzter Zeit war Piet allerdings zunehmend maulfaul, nachdenklich, auf eine unbestimmte und unerklärliche Art reizbar und abweisend.

Als Nele im Bett lag, berichtete Susann Piet aufgeregt von den Ereignissen um ihren Kollegen Berg und Jegor. Piet nickte, sagte: »So ein Arschloch, dieser Berg«, und dann noch: »Finde ich toll, wie du dich um den Kleinen sorgst.« Aber Susann spürte, dass er nicht wirklich zugehört hatte.

»Ist irgendwas?«, fragte sie schließlich. »Was hast du denn?«

Piet zögerte kurz, dann rückte er mit der Sprache heraus: »Ich kann das nicht. Diesen Krimikram. Da bin ich nicht mit dem Herzen dabei. Das bin nicht ich.«

Susann verkniff es sich, Piet darauf hinzuweisen, dass auch Schuhverkäufer und Klempner, Dachdecker und Versicherungsangestellte, Friseurinnen und Fernfahrer selten mit dem Herzen bei ihrer Arbeit waren. Kaum jemand hatte den Luxus, vierundzwanzig Stunden am Tag uneingeschränkt er selbst sein zu dürfen. Doch sie kannte Piet. Er war nicht der pragmatische Typ, dem es egal war, auf welche Weise er sein Geld verdiente. Er hatte hohe Ansprüche an sich selbst und an sein Leben. Und wenn er so etwas sagte, musste sie es ernst nehmen. Was aber nicht zwangsläufig hieß, dass sie es abnicken musste.

»Aber er wird recht gut bezahlt, dieser Krimikram«, sagte sie daher. »Mit meinem Gehalt allein kommen wir nicht wahnsinnig weit. Kannst du nicht nebenbei, neben den Krimis, etwas finden, was dich erfüllt?«

»Ich weiß, was ich will«, sagte Piet. »Ich habe es gestern beschlossen.«

Susann sah ihn besorgt an. Piets ernster Gesichtsausdruck verhieß eine Ankündigung, die ihr nicht gefallen würde.

»Ich werde ein Buch über Bernhard schreiben«, sagte er. »Nur über ihn. Über sein Leben nach den Kirschkernspuckern. Über seine Zeit in Wuppertal. Seine Lebenslüge. Seine Sucht. Seinen Tod.«

»Eine bittere Geschichte«, sagte Susann. »Bist du sicher, dass du die Kraft dafür hast?«

»Ich muss das machen«, antwortete er. »Es ist wichtig.«

»Ich weiß nicht, ob …«, wandte Susann zaghaft ein.

»Ich werde eine Weile in Wuppertal verbringen. Spurensuche«, unterbrach Piet sie. »Ein paar Wochen. Vielleicht auch Monate. Ich will Leute finden, die ihn kannten. Eintauchen in Bernhards Welt …«

»Was? Ein paar Monate?! Das geht nicht«, rief Susann. »Wir brauchen dich hier. Was ist mit Nele? Was ist mit deinen Verpflichtungen?«

»Ich hab auch Bernhard gegenüber eine Verpflichtung. Und mir selbst gegenüber auch«, antwortete Piet, und seine Stimme nahm einen scharfen Ton an. »Ich muss das machen. Ich hab das Gefühl, mein Leben …«

»Aber du kannst das doch nicht einfach so beschließen! Alleine. Für dich. Das müssen wir doch besprechen. Wir sind eine Familie«, ereiferte sich Susann. »Ich hab ja viel Verständnis für deine ganze Sensibelchen-Nummer, aber irgendwann ist auch mal …« Sie unterbrach sich und biss sich auf die Zunge. Das hatte sie nicht sagen wollen. Sie meinte es nicht einmal. Es waren doch gerade seine Sensibilität, seine Tiefgründigkeit, seine Neugier auf die Welt, die sie so an ihm liebte. Aber manchmal war sein ewiges Hinterfragen einfach zu viel des Guten. Manchmal wollte Susann einfach, dass ihr Leben reibungslos verlief, ohne die Piet-typischen dramatischen Untertöne. Sie wollte, dass sie und Piet auch einmal keine grundlegenderen Dinge diskutieren mussten als Urlaubsplanung und ob sie das neue Auto kaufen oder leasen sollten.

Es war nicht nur Egoismus, dass sie ihm diese Idee ausreden wollte. Sie machte sich auch ernsthafte Sorgen um Piet. Seine Grübelei hatte in den letzten Wochen und Monaten einen selbstzerstörerischen Zug angenommen. Sie spürte das. Etwas brodelte in ihm, was ihm nicht guttat. Steckte er etwa in einer Midlife-Crisis? Aber warum konnte er die nicht so harmlos bewältigen, wie es andere Männer taten? Warum konnte Piet nicht einfach Extremsport machen oder sich ein Motorrad kaufen oder zu junge Frauen anflirten und einen Korb kassieren?

»So siehst du das also«, sagte Piet und ging aus dem Zimmer. Susann eilte ihm hinterher. »Piet«, versuchte sie einzulenken. »Lass uns reden, ja? Es tut mir leid, was ich da eben …«

»Es geht hier nicht um dich. Es geht um Bernhard. Ich schulde es ihm«, sagte Piet.

»Mensch, Piet!« Jetzt reichte es Susann, und sie sprach Tacheles. »Bernhard war ein Schulkind, als du ihn das letzte Mal gesehen hast! Du schuldest ihm gar nichts! Du romantisierst ihn. Er ist eine Fabelgestalt, ein Mythos. Und wegen dieses Mythos willst du unsere Familie jetzt ...«

»Unsere Familie was? Zerstören? Verlassen? So ein Schwachsinn! Ich gehe nur nach Wuppertal, nicht ins Kloster«, zischte Piet. »Und wenn ich zurückkomme, werdet ihr ja wohl noch da sein, oder? Andere Familien sehen ihre Männer manchmal auch monatelang nicht. Und das mit Bernhard ... Das verstehst du nicht! Du hast ja keine Ahnung!«

»Piet ...«, versuchte Susann es noch einmal.

»Ich pack ein paar Sachen, und morgen fahr ich los«, sagte Piet.

»Morgen schon?«, fragte Susann entgeistert.

»Ja, morgen«, sagte Piet.

* * *

Es war ein seltsames Gefühl. Aufregend, beängstigend, schön. Sven und Jörn saßen in der Küche, beide den Blick aus dem Fenster gerichtet, auf die Straße, auf den Eingang zu ihrem Wohnhaus. Gleich würde sie kommen. Gleich würde sie gebracht werden, die kleine Peggy. Ihre Pflegetochter. Vier Jahre alt.

Sven und Jörn hatten das Kind, das von heute an für unbestimmte Zeit bei ihnen wohnen würde, erst zweimal gesehen. Das erste Mal war es nur eine Viertelstunde gewesen, in einem betreuten Wohnprojekt, in dem Peggy vorübergehend untergebracht worden war. Das Treffen hatte unter Aufsicht eines Sozialarbeiters stattgefunden.

Peggy war ein kleines Kind, dünn und zart selbst für ihr Alter, mit braunen Locken und Händen, die unentwegt nervös in Bewegung waren. Ihre Finger zuckten und tippten, als würden sie eine unsichtbare Computertastatur bedienen. Peggy hatte bei diesem ersten Treffen die meiste Zeit nur zu Boden geschaut, ängstlich und scheu. Jörn und Sven waren ratlos gewesen, hatten nicht gewusst, was sie sagen sollten. Hallo, wir sind deine zukünftigen Teilzeitväter? Wie erklärte man einem Kind das Konzept der temporären Fürsorge? Sven und Jörn wollten Peggy zeigen, dass sie für sie da waren – allerdings ohne sie zu bedrängen.

Beim zweiten Treffen hatten sie einen Ausflug mit ihr gemacht. Sie waren in den Wildpark Schwarze Berge gefahren, einen Freilichtzoo, und als Peggy die Tiere dort gesehen hatte, waren ihr fast die Augen aus dem Kopf gefallen. Als die gemütlichen Hängebauchschweine auf sie zugetrottet gekommen waren, hatte sie vor Schreck geweint. Doch nachdem sie gesehen hatte, dass die anderen Leute die Schweine fütterten und streichelten, war ihre Angst vor den Tieren verloschen. Sie hatte die Schweine angefasst, gestreichelt, immer und immer wieder, unermüdlich, und wollte gar nicht mehr aufhören.

Sie ging neben Jörn und Sven. Einmal nahm sie Jörns Hand und hielt sie eine Weile fest. Jörn bekam eine Gänsehaut. Eine gute Gänsehaut. Es war eine der intensivsten Berührungen, die er je in seinem Leben erfahren hatte. Peggy ließ die Hand irgendwann wieder los und ergriff sie nicht noch einmal.

Als sie die Rehe sah, starrte sie sie an, als wären es Aliens. Ihr Mund stand konstant offen, der ganze Tag ein einziges Staunen. Als Sven ihr in der Cafeteria einen Obstsalat kaufte, sah Peggy ratlos aus. Zögernd und skeptisch steckte sie sich ein Stück Ananas in den Mund. Ihre Augen weiteten sich. Begeistert. Das war süß! Sie steckte sich ein zweites Stück Ananas in den Mund. Es schien, als hätte sie in ihrem bisherigen, vierjährigen Leben noch nie ein Stück Obst gegessen. Es war, als käme sie aus einem fernen Land zu ihnen. Ein Mädchen von einem anderen Planeten.

Peggy sagte den ganzen Tag kein Wort. Sven und Jörn sprachen zu ihr, fragten sie vergeblich nach ihren Wünschen, machten kleine Scherze, auf die sie nicht reagierte, erklärten ihr die Tiere, gaben ihr auf dem Spielplatz Schwung an der Schaukel und halfen ihr auf der Toilette. Die meiste Zeit betrachtete sie voller Staunen ihre Umwelt, manchmal lächelte sie, am Ende wurde sie müde, und im Auto, auf dem Weg zurück in die Wohngruppe, schlief sie schließlich ein. In ihrem Kindersitz sah sie aus wie eine kleine Porzellanpuppe.

Der Sozialarbeiter trug die schlafende Peggy ins Haus. Er hatte die beiden zukünftigen Pflegeeltern und das stille Kind die ganze Zeit begleitet, sich aber die meiste Zeit dezent im Hintergrund gehalten, lediglich beobachtet, wie Jörn und Sven sich machten, ihre Tauglichkeit für diese große Aufgabe evaluiert. Nachdem Peggy ins Bett gebracht worden war, setzten sie sich zu dritt in die Küche. Der Sozialarbeiter – er hieß Rolf – hatte Kaffee gekocht. Viel zu schwachen Instantkaffee aus dem Glas. Es gab nur H-Milch, also trank Jörn seinen Kaffee schwarz. Zu Hause hatten Sven und Jörn eine sündhaft teure Kaffeemaschine und bestellten übers Internet mit Vanille aromatisierten Mokka aus Äthiopien.

»Das war ein guter Tag heute«, sagte Rolf. »Vielleicht schon ein bisschen zu viel des Guten. Peggy schien mir etwas überfordert. Sie hatte in ihrem Leben bisher wenig Stimuli.«

Sven und Jörn schauten ihn fragend an.

»Sie war selten draußen. Ihre Mutter ist alleinerziehend. Eine problematische Frau. Sie hat eine klinische Depression, eventuell auch eine leichte Schizophrenie. Da scheiden sich die Gutachter. Bis vor kurzem hat sie es noch halbwegs geschafft, den Alltag zu bewältigen. Sie hat mit Ach und Krach funktioniert. Das Allernötigste hat sie hinbekommen, so dass wir keine Handhabe hatten, ihr Peggy wegzunehmen. Das ist immer nur der wirklich letzte Schritt. Doch Peggys Welt bestand bislang im Wesentlichen aus einer verwahrlosten Wohnung, einem nonstop flimmernden Fernseher und Fertiggerichten aus der Mikrowelle. Und einem gelegentlichen Gang zum Supermarkt.«

»Und der Vater?«, fragte Sven.

Rolf zuckte mit den Schultern. »Unbekannt«, sagte er. »Die Mutter behauptet, sie sei vergewaltigt worden. Sie sagt, sie sei bei einer Feier betrunken eingeschlafen und aufgewacht, als ein Mann auf ihr lag. Gut möglich, dass das stimmt.«

»Oh, mein Gott«, stöhnte Jörn.

»Peggy ist nicht der krasseste Fall, glaubt mir«, sagte Rolf. Er duzte die beiden ganz selbstverständlich, und Jörn und Sven war es recht. »Sie wurde nicht geschlagen oder missbraucht, soweit wir das beurteilen können. Sie ist nicht wirklich unterernährt, hat aber Mangelerscheinungen. Sie braucht Vitamine – auch Vitamin D, also Sonne – und Ballaststoffe. Und sie war nie in einer Krabbelgruppe oder im Kindergarten. Sie hat Angst vor anderen Menschen, vor anderen Kindern. Und es ist nicht leicht herauszufinden, wie intelligent sie ist. Sie spricht kaum, und ihr fehlt Basiswissen. Es hat ihr nie jemand vorgelesen, mit ihr Zahlen- oder Buchstabenspiele gemacht.«

»Was ist passiert, dass ihr sie jetzt doch der Mutter weggenommen habt?«, fragte Sven.

»Ihre Mutter ist im Krankenhaus. Sie hat Abflussreiniger getrunken. Sie sagt, es sei ein Versehen gewesen, doch wahrscheinlich war es ein Selbstmordversuch. Oder die Stimmen in ihrem Kopf haben ihr befohlen, es zu tun. Ihre Organe sind angegriffen, es wird Monate dauern, bis sie wieder einigermaßen hergestellt ist. Außerdem muss sie medikamentös neu eingestellt werden. Mit Psychopharmaka ist heute vieles möglich.«

Jörn staunte, wie nüchtern Rolf die Fakten aufzählte. Wahrscheinlich brauchte man diese Distanz in seinem Job. Ganz sicher brauchte man die. Doch ebenso sicher war Distanz das letzte, was dieses Kind brauchte.

»Ist Schizophrenie ... vererbbar?«, fragte Jörn.

»Ja«, nickte Rolf. »Schizophrenie kann vererbt werden, muss aber nicht. Und es macht sich frühestens in der Pubertät bemerkbar.«

»Das arme Kind«, seufzte Sven.

»Peggy hat den Tag heute genossen. Eure Aufmerksamkeit. Das war unübersehbar. Doch sie schien sich die ganze Zeit zu fragen, warum ihr nett zu ihr seid. Sie ist es einfach nicht gewohnt, versteht ihr? Ihr dürft keine normalen Reaktionen von ihr erwarten. Eine ganze Weile nicht. Ihr dürft nicht glauben, dass sie nach ein paar Wochen in eurer

Obhut, in eurer heilen Welt, einfach auftaut und fröhlich wird und wie andere Kinder ist. So leicht wird es nicht. Sie ist ein beschädigtes Wesen.«

Sven und Jörn nickten.

»Ich bringe Peggy nächste Woche zu euch«, fuhr Rolf fort. »Ich habe ein gutes Gefühl bei euch. Aber bitte, merkt euch: Es braucht Zeit, sie braucht Zeit.«

Rolf erhob sich. Eine klare Geste. Jörn und Sven standen ebenfalls auf.

»Darf ich dich was fragen?«, sagte Sven.

»Sicher«, nickte Rolf.

»Ist es eigentlich Absicht, dass wir ein Mädchen bekommen?«, fragte Sven, und Jörn sah ein wenig von dem Kampfgeist aufblitzen, den er an seinem Mann gleichermaßen bewunderte wie fürchtete. »Kriegen wir ein Mädchen, weil man nie weiß, was zwei Schwule mit einem Jungen anstellen würden?«

»Komm schon, Sven«, versuchte Jörn einzulenken, »das ist doch jetzt völlig …«

»Ja, so ist es«, bestätigte Rolf. Er war gelassen und reagierte auf den Vorwurf mit nüchterner Aufrichtigkeit. »Du hast recht. Es gibt in der Behörde eine Menge Leute, die Homosexuelle als Pflegeeltern am liebsten gar nicht akzeptieren würden. Das ist Schwachsinn, natürlich. Aber so ist es nun mal. Ich habe immer Angst, wenn ich ein Kind zu Pflegeeltern gebe. Und dabei ist es völlig egal, ob sie schwul sind oder nicht. Wir vermitteln schließlich keine Haustiere, wir legen Leuten, die wir kaum kennen, das Schicksal hilfloser kleiner Menschen in die Hände. Es ist eine große Verantwortung.«

Jörn und Sven schauten Rolf an. Sie waren beeindruckt von seiner Offenheit.

»Das ganze Thema … das wäre ein interessantes Theaterprojekt«, dachte Sven laut.

»Euer Projekt liegt im Zimmer nebenan und schläft«, sagte Rolf. »Das ist ein Mensch, kein Konzept.«

Sven wurde rot. Ertappt.

»Da sind sie«, sagte Jörn und zeigte aus dem Fenster.

Rolf kam den Weg entlang. In der einen Hand trug er eine Reisetasche, an der anderen hielt er Peggy, die neben ihm ging. Den Kopf, wie üblich, gesenkt.

»Hallo, Peggy«, sagten Jörn und Sven, als sie die Wohnungstür öffneten. »Schön, dass du da bist.«

Peggy blickte auf den Boden.

»Komm, ich zeig dir dein Zimmer«, sagte Jörn und hielt seine Hand ausgestreckt. Er hoffte, dass Peggy danach greifen würde, doch sie machte keine Anstalten. »Komm mit«, sagte Jörn lächelnd und ging ein paar Schritte.

Peggy folgte ihm. Er öffnete die Tür zu dem Zimmer, das sie für sie vorbereitet hatten.

Sie hatten ein komplettes Mädchenzimmer ausgestattet, obgleich sie nicht wussten, wie lange sie Peggy bei sich behalten würden. Sie wollten ihr ein Nest bauen. Sie wollten ihr die Geborgenheit schenken, die ihr immer gefehlt hatte.

Peggy hob den Kopf, musterte das Zimmer, begutachtete das Regal, auf dem ein Teddy saß und einige Bilderbücher standen, den kleinen Schreibtisch, auf dem Papier und Filzstifte lagen. Ihr Blick huschte auch über die Bilder an den Wänden, über Löwenbabys, ein Einhorn, eine Phantasielandschaft mit Regenbogen, und über das Bett mit dem Baldachin.

Und dann lächelte Peggy. Sie zeigte auf die buntbedruckte Comic-Bettwäsche. »SpongeBob«, sagte sie.

Das war das erste Wort, das Jörn und Sven von ihrer Pflegetochter hörten. SpongeBob.

* * *

Ich hatte mich in Wuppertal in einem billigen und nicht besonders sauberen Hotel in der Nähe des Hauptbahnhofs eingemietet. Es war nicht weit von dem Hochhaus entfernt, in dem Bernhard gelebt hatte. Als Bernhard vor vier Jahren gestorben war, hatte ich seinen mehr als bescheidenen Nachlass geregelt, hatte in seiner Wohnung nach Spuren seines Lebens gesucht, hatte Menschen finden wollen, die ihn kannten. Mehr oder weniger vergeblich. Ich hatte herausgefunden, dass er eine bescheidene Arbeitsunfähigkeitsrente bezog, dass er zweimal die Woche in einem kleinen Büro putzte, um sein mageres Einkommen aufzubessern, dass er viel Zeit mit Internetsurfen verbrachte und dort alles über fremde Länder las. Und dass er trank. Exzessiv. Und dass niemand ihn zu kennen schien. Dass er bei seinen Nachbarn als scheuer Säufer galt, um den man einen Bogen machte – weil er deprimierend war und so sehr stotterte, dass man nicht mal mit ihm hätte reden können, wenn man es gewollt hätte. Doch das konnte nicht alles gewesen sein. Mein Freund Bernhard war mehr als Alkohol und Einsamkeit. Er musste einfach mehr gewesen sein!

Es war Mai. Ich war nicht gleich am Tag nach dem Streit mit Susann gefahren, wie ich theatralisch angekündigt hatte. Susann hatte mich überzeugt, noch eine Weile in Hamburg zu bleiben, von dort aus alles in Ruhe zu organisieren und zu recherchieren und auch noch schnell einen dritten

Krimi herauszuhauen, bevor ich mich an die Arbeit an Bernhards Buch machte.

Es herrschte eine fast schon eisige Stimmung zwischen uns in dieser Zeit. Susann unternahm noch ein paar zaghafte Versuche, mich von diesem Projekt abzuhalten, doch ich blieb stur. Und ich war nachhaltig gekränkt, als naives »Sensibelchen« abgekanzelt worden zu sein. Das nahm ich ihr wirklich übel. Außerdem war ich empört über Susanns völlig falsche Einschätzung der Dinge: Mein Buch über Bernhard würde eines der wichtigsten Ergebnisse meines Lebens sein – kein romantisches Hirngespinst. Doch sosehr es mir auch widerstrebte, musste ich meiner pragmatischen Frau in einem Punkt dann doch recht geben: Geld musste verdient werden.

Tod in der Vorstandsetage war inzwischen erschienen und verkaufte sich prächtig. Bei einem Krimi-Special im *Stern* wurde mein Buch blumig als »grimmig-lakonischer Abgesang auf die Subkultur der Gier« gepriesen, und eine Produktionsfirma, die vorwiegend für das Fernsehen arbeitete, hatte sich die Option auf eine Verfilmung gesichert. Das hieß, diese Firma hatte ein bescheidenes Sümmchen bezahlt, um ein Jahr lang an einer eventuellen TV-Version meines Stoffs zu arbeiten, ohne dass jemand anderes ihnen die Story wegschnappen konnte. Auch wenn ich nach wie vor bloß handwerklichen und mäßigen Stolz auf meine Krimis verspürte, fand ich die Vorstellung, verfilmt zu werden, doch sehr aufregend. Mein Verlag erklärte mir allerdings, dass so eine Option noch nicht allzu viel zu bedeuten hätte. Optioniert wurde viel, verfilmt am Ende wenig. Meistens verstrich das Jahr, ohne dass etwas geschah.

Die Verkaufszahlen und das Interesse des Fernsehsenders hatten mich allerdings im Verlag zu einer festen Größe gemacht, und so erhielt ich für meinen dritten Krimi doppelt so viel Honorar wie für den ersten. Ich haute den Schmöker in wenigen Wochen heraus. Er handelte von einer Mordserie während einer Klimakonferenz und hieß *Tod auf der Klimakonferenz.* Originell, was?

Doch jetzt waren mir Klima und Krimi egal. Ich war in Wuppertal, um endlich herauszufinden, wie mein Freund Bernhard – der Freund, von dem ich nichts wusste – gelebt hatte.

In Bernhards Wohnhaus herrschte eine beachtliche Fluktuation. Kaum jemand schien hier länger als drei oder vier Jahre zu leben. Eine Menge Leute wussten überhaupt nicht, wer Bernhard war. Selbst die, die schon hier wohnten, als Bernhard noch lebte, kannten ihn nicht. Es war ein anonymes Haus. Und Bernhard hatte zurückgezogen gelebt. Ich sprach mit etlichen Nachbarn, stellte Fragen, hakte nach – bis mir irgendwann ein bulliger Typ mit tätowierten Handrücken mitteilte, dass ich »nerve« und mich »verpissen« solle. Ich war versucht nachzufragen, ob er vielleicht Verwandte habe, die manchmal in Thüringen im Wald Krieg spielten, dachte mir dann allerdings, dass eine gebrochene Nase meine Recherche nur erschweren würde. Ich sprach mit einem Mann an einer Tankstelle, der Bernhard manchmal Schnaps verkauft hatte, sonst aber auch nichts über ihn wusste. Ich versuchte herauszufinden, wer Bernhards Hausarzt war, dachte mir, dass jemand, der so exzessiv trank wie Bernhard, bestimmt oft medizinische Hilfe gebraucht hatte. Doch in dem Krankenhaus, in dem Bernhard gestorben war, behielt man diese Information für sich. Datenschutz galt auch nach dem Tod. Ich war ratlos und enttäuscht und sah meine Nachforschungen schon beendet, bevor sie überhaupt begonnen hatten – bis ich dann doch noch jemanden traf, der Bernhard kannte. Und zwar viel besser als all wir Kirschkernspucker zusammen. Ihr Name war Anita.

* * *

Dille konnte es nicht fassen. Er war noch nicht einmal eine Viertelstunde auf dem Crosstrainer und schwitzte und keuchte bereits, als hätte er einen Achttausender ohne Sauerstoffgerät bestiegen. Dabei war das Gerät nur auf Stufe 3 eingestellt, dem »Einsteigermodus«, wie der Trainer ihm erklärt hatte.

»Gehen Sie es ruhig an«, hatte der Trainer gesagt. »In Ihrem Alter, untrainiert, da zerrt man sich schnell etwas. Und die Pumpe muss sich auch erst mal daran gewöhnen, dass sie plötzlich etwas zu tun bekommt.«

Dille war pikiert gewesen. Es war eine Unverschämtheit von diesem waschbrettbauchigen Jüngling, ihn als halbvergammelte Couch-Potato hinzustellen. Dille hatte schon erklären wollen, dass er in seinem Job viel auf den Beinen und in Bewegung war, hatte es sich aber doch verkniffen. Denn es stimmte einfach nicht. Er war stolz darauf, kein normaler Angestellter im Supermarkt zu sein, sondern Marktleiter. Und die, da musste man ehrlich sein, saßen die meiste Zeit am Schreibtisch. Und genau deshalb war er ja auch hier. Um fitter zu werden, um die stetig größer werdenden Röllchen an der Hüfte in Angriff zu nehmen, um sich nicht wie ein alter, müder Mann zu fühlen.

Die Mitgliedschaft in dem Fitnesscenter war nicht gerade günstig. Knapp achtzig Euro kostete sie pro Monat. Es wäre billiger gewesen, wenn er sich gleich auf eine jährliche Mitgliedschaft verpflichtet hätte, doch Petra hatte ihm geraten, vorerst eine monatliche Mitgliedschaft zu wählen. Die Wahrscheinlichkeit, dass er auch diese Aktivität in ein paar Wochen wieder einstellen würde, wie alles, was er in einem plötzlichen Begeisterungsrausch in Angriff nahm, sei schließlich sehr hoch. Auch hier war Protest aussichtslos: Dille war zwar fest entschlossen, diesen Kraft- und Ausdauersport eisern durchzuziehen, aber er musste zugeben, dass er auch beim Paragliding, beim Geosearching, beim Schlagzeugunterricht und beim Motocross fest entschlossen gewesen war, es bis zur Meisterschaft zu bringen. Jetzt lagen ein GPS-Gerät und zwei Helme auf dem Dachboden, und das fast neuwertige elektronische Schlagzeug hatte er mit beträchtlichem Verlust bei Ebay verkauft.

Auf dem Laufband neben Dille joggte eine ältere Dame, die einen gewaltigen Busen und rund zwanzig Kilo Übergewicht mit sich herumtrug. Sie trabte gleichmäßig, völlig gelassen und ruhig atmend. Dille verrenkte sich den Kopf, um einen Blick auf das Display ihres Trainingsgeräts werfen zu können. Sie lief auf Stufe 5. Als sie bemerkte, dass der nette Mann neben ihr sie beobachtete, drehte sie sich zu Dille um und lächelte ihn an. Dille grinste unbeholfen und nickte der Frau zu. Dann stellte er seinen Crosstrainer ebenfalls auf Stufe 5. Das wäre doch gelacht!

Drei Minuten später schaltete Dille das Gerät aus und stieg ab. Er versuchte, locker und nicht einmal ansatzweise erschöpft zu wirken, doch sein hochroter Kopf und sein schnaufender Atem, den er einfach nicht in den Griff bekam, verrieten die Wahrheit.

Die nächste Dreiviertelstunde verbrachte er tapfer an anderen Geräten, trainierte die einzelnen Muskelgruppen und stieg dann für fünfzehn Minuten aufs Trainingsfahrrad. Stufe 4. In der Mitte liegt die Lösung. Danach schlurfte er in die Sauna. Sein Herz pochte noch eine ganze Weile, und er wusste, dass er am nächsten Tag ein einziger riesiger Muskelkater sein würde. Doch er fühlte sich gut. Richtig gut. Gleich am nächsten Tag würde er wiederkommen, beschloss Dille.

Er ahnte nicht, dass dieser vermeintlich harmlose Beschluss weitreichende Konsequenzen haben würde.

* * *

Anita war Putzfrau. Sie hatte mit Bernhard zusammengearbeitet. In einem Büro in der Wuppertaler Innenstadt hatten sie gemeinsam Schreibtische gewischt, Böden gesaugt und Toiletten geschrubbt. Es war irgendein Import-Export-Laden, ein ganz normales Büro. Doch Anita war alles andere als eine ganz normale Putzfrau. Sie war schlichtweg der eigentümlichste und faszinierendste Mensch, dem ich in meinem ganzen Leben je begegnet bin. Noch nie habe ich einen Menschen kennengelernt, der sich so vollständig allen Konventionen und Spielregeln verweigert.

Die Sekretärin der Import-Export-Firma war nicht bereit gewesen, mir den Namen von Bernhards Putzkollegen zu nennen. Aber ich hatte immerhin erfahren, dass die Büros vorwiegend am Wochenende gereinigt wurden, weil der eigentliche Betrieb in der Woche wegen der internationalen Geschäftspartner und der Zeitverschiebung oft bis in die Nacht ging. So legte ich mich am Freitagabend vor dem Gebäude auf die Lauer. Ich musste einfach wissen, wer Bernhards Arbeitskollege war. Wenn man längere Zeit zusammenarbeitete, kam man doch zwangsläufig irgendwie ins Gespräch, oder? Dieser Kollege musste einfach etwas über Bernhard wissen.

Am zweiten Abend, einem Samstag, wurde mein detektivischer Einsatz belohnt. Der Kollege war eine Kollegin. Ich hatte Anita schon von der Straße aus durch die Fenster beobachtet, wie sie ihrer Arbeit nachging. Tanzend. Zumindest sah es so aus, als würde sie tanzen. Schwungvoll und rhythmisch rotierte sie in den Räumen. Sie hatte keine Ohrstöpsel drin, zumindest sah ich keine. Ich weiß nicht, ob es in dem Büro eine Stereoanlage oder ein Radio gab, das sie einschaltete. Nach allem, was ich heute über sie weiß, gehe ich nicht davon aus. Anita ist ein Mensch, der zum Tanzen keine Musik braucht.

Als sie nach vollbrachter Putzarbeit aus dem Gebäude trat, fing ich sie ab.

Anita ist mindestens 1,85 Meter groß und war damals fünfunddreißig Jahre alt. Sie ist das, was man »grobschlächtig« nennt. Sie hat breite Schultern, stämmige Beine, ausladende Hüften. Ihr brünettes Haar trug sie damals noch lang, steckte es zumeist irgendwie hoch, flocht oft irgendetwas hinein, ein Band, eine Blume, ein Tuch. Sie schminkte sich nicht, mit Ausnahme ihrer Lippen, die nicht nur rot, sondern knallrot leuchteten. Ihre Nase ist ziemlich groß. Und ihre Augen sind grün. Es ist ein seltsames, wässriges Grün, merkwürdig hell und unwirklich. Und sie hat Sommersprossen. Überall. Im Gesicht, auf den Schultern, auf den Armen.

Ich fand sie schön. Irgendwie.

Mit Anita verhält es sich wie mit diesen Vexierbildern. Auf den ersten Blick sieht man eine alte Frau mit vielen Falten und einem Dutt. Doch wenn man seinen Blick neu justiert, die Augen auf einen anderen Punkt des Bildes fixiert, erkennt man plötzlich eine junge, schöne Frau. Das Kinn der alten Frau ist jetzt der Hals der jungen. Der Buckel der Greisin wird zum Pelzkragen der grazilen, attraktiven Frau. So ähnlich war es auch mit Anita. Sie war nicht schön anzusehen, aber sie war ein schöner Mensch. Man musste nur wissen, wie man sie betrachtete.

Anita kam mit großen und resoluten Schritten aus dem Bürokomplex. Ich stellte mich ihr hastig in den Weg und sagte: »Hallo.«

Keine Frau mag es, wenn ihr ein wildfremder Mann vor die Füße springt und sie unmotiviert anquatscht. Die meisten Frauen würden wahrscheinlich einen Schreck bekommen oder zügig weitergehen und hoffen, dass ihnen diese maskuline Belästigung nicht folgte. Doch Anita blieb stehen und sah mich mit einer Offenheit und Arglosigkeit an, mit der ich nicht gerechnet hatte.

»Hallo«, sagte sie und lächelte erwartungsvoll.

Man sah ihr deutlich an, dass sie neugierig war, was jetzt wohl kommen würde. Zugegeben, sie hatte keinen wirklichen Grund, Angst vor mir zu haben, denn sie hätte mich locker aus den Schuhen prügeln können.

»Ich heiße Piet«, sagte ich. »Ich war ein Freund von Bernhard.«

Anita schaute mich erstaunt an, dann begriff sie – und umarmte mich! Ohne jede Vorwarnung. Es war eine herzliche, luftraubende Umarmung. Ich war völlig überrascht.

»Oh, wie schön! Bernhard hat so viel von dir erzählt!«, rief sie so laut, dass sich drei Männer, die gerade auf der anderen Straßenseite aus einem Auto stiegen, zu uns umdrehten.

»Echt?«, staunte ich. »Hat er das?«

»Ja. Von euch allen. Den Kirschkernspuckern, stimmt's? Er hat stundenlang von euch erzählt. Er hat euch furchtbar vermisst.«

Ich fing an zu heulen. Einfach so. Von einer Sekunde auf die andere, als würde etwas in mir explodieren, flennte ich los.

Und so standen wir auf der Straße, diese große, klobige Frau und ich, der heulende Mann. Die Männer am Auto glotzten immer noch zu uns herüber. Einer von ihnen lachte.

»Du bist ja süß«, sagte Anita.

Ich zog die Nase hoch und schämte mich furchtbar. Ich hatte in den letzten zwei Jahren öfter geweint als in den zwanzig davor. Vielleicht hatte dieser Arzt mit der milden Depression doch recht gehabt? Es war mir unsagbar peinlich, so dazustehen, verheult und hilflos. Doch Anitas Blick vertrieb diese Scham. Sie lächelte mich anerkennend an, als hätte ich etwas Tolles geleistet. So, als könne ich stolz darauf sein, dass ich keine Kontrolle über meine Tränenkanäle besaß.

»Können wir … vielleicht … irgendwo …«, stammelte ich.

»Ja, komm, wir gehen etwas essen. Ich hab einen Mordshunger«, sagte Anita und hakte mich bei sich unter.

Kurz darauf saßen wir in einem griechischen Restaurant,

und Anita bestellte sich eine Fischplatte mit Pommes und ein Bier. Ich bestellte mir auch ein Bier, dazu nur etwas Zaziki mit Brot.

»Ich hab mir dich größer vorgestellt«, sagte Anita. »Wenn Bernhard von dir geredet hat, warst du immer ganz groß.«

»Tja«, lächelte ich nervös.

Der Kellner servierte unser Bier.

»Du kanntest Bernhard also gut?«, fragte ich.

Sie nickte. »Ich habe oft bei ihm geschlafen«, sagte sie und fügte, als sie meinen erstaunten Blick bemerkte, hinzu: »Keinen Sex. Ich mag keinen Sex. Aber ich habe oft neben ihm gelegen und ihn gehalten und umarmt. Er hatte manchmal Angst, dass er morgens nicht mehr aufwachen würde. Und manchmal war er so betrunken, dass ich ihn nach Haus bringen musste, und dann bin ich gleich dageblieben.«

»Das finde ich toll, dass du dich um ihn gekümmert hast«, sagte ich.

Anita schaute mich plötzlich wütend an. »Wir waren Freunde«, rief sie und schlug mit der Faust so fest auf den Tisch, dass ich zusammenzuckte. »Ich war nicht seine Pflegerin!«

Die anderen Gäste drehten sich zu uns um.

»Entschuldige«, stammelte ich, erschrocken über ihre lautstarke Zurechtweisung.

»Er war so ein zarter, sanfter Mann«, sagte Anita und war von einer Sekunde auf die andere wieder ruhig. »Er hat mich gerührt. Und ich mochte seine Träume. Er hat sie mir erzählt. Fremde Länder, Menschen, denen er helfen wollte, Dorfgemeinschaften, Rituale, Rettungen ... Er war ein großartiger Geschichtenerzähler. Wenn er mit mir zusammen war, hat er nie gestottert. Und manchmal, wenn er total betrunken war, flossen Phantasie und Realität ineinander, und dann tat er so, als hätte er es wirklich erlebt. Als ob ich es nicht besser wüsste. Aber ich hab mitgespielt, und manchmal hab ich so getan, als ob ich auch dabei gewesen wäre, und hab so was gesagt wie: ›Weißt du noch, wir beide gemeinsam, damals in Mali …‹, und dann hat er manchmal gelacht, und manchmal haben wir es auch ernsthaft weitergespielt, stundenlang, und das war schön.«

»Hast du versucht, ihn vom Trinken abzubringen?«, fragte ich vorsichtig und hoffte, dass das keine Frage war, die sie wieder wütend werden ließ.

Doch sie schüttelte bloß den Kopf. »Hätte keinen Sinn gehabt«, sagte sie. Dann räusperte sie sich und fuhr fort: »Er hat mir erzählt, dass du dich damals in der Schule neben ihn gesetzt hast«, sagte sie. »In der ersten Klasse. Dass du der erste Mensch warst, der sein Freund sein wollte.« Anita schaute mich an. Dann grinste sie: »War kein anderer Platz frei, oder?«

Ich nickte.

Anita zuckte mit den Schultern. »Egal. Du hast dich da hingesetzt, und ihr seid Freunde geworden, und das ist alles, was zählt.«

Der Kellner brachte unser Essen. Anitas Portion war gigantisch groß und sah sehr lecker aus. Mein Zaziki-Schälchen war dagegen jämmerlich klein. Ich hoffte, Anita würde mir etwas von ihrem Teller anbieten, doch das tat sie nicht. Stattdessen schaufelte sie sich das Essen in atemberaubender Geschwindigkeit hinein, als wäre sie kurz vorm Verhungern gewesen.

Vielleicht hätte ich mir einfach kommentarlos und wie selbstverständlich ein Stück Lachs schnappen können, und sie hätte es völlig okay gefunden. Vielleicht hätte sie mir dann aber auch ihre Gabel in den Handrücken gerammt. Ich weiß es nicht. Anita ist nicht berechenbar.

So wie in dem Moment, als sie plötzlich aufsprang, »Scheiße! Das war ja heute!« rief, sich ihre Jacke von der Stuhllehne schnappte und aus dem Lokal rannte. Nach einer Schrecksekunde sprang ich ebenfalls auf, warf hastig einen Fünfzigeuroschein auf den Tisch und folgte ihr nach draußen.

Da stand sie, wippte nervös auf ihren Zehen wie ein Rennpferd kurz vorm Startsignal und sagte: »Da bist du ja endlich.«

Dann nahm sie meine Hand und lief los. Und ich lief mit, beziehungsweise ich ließ mich von ihr hinterherschleifen.

Sie rannte durch die Straßen, sagte kein Wort, schnaufte nur, weil sie unübersehbar nicht die Sportlichste war, und blieb schließlich vor einer Kneipe stehen. Funzel hieß der Laden. Eine relativ große Lokalität, in der sich, wie ich von außen durch die Scheibe erkennen konnte, viele Menschen drängten. Anita sagte »Komm« und öffnete die Tür.

Der Laden war rappelvoll, doch Anita schob sich problemlos durch die Menge. Ich nutzte die Schneise, die sie schuf, und huschte hinter ihr her. Viele der Gäste schienen sie zu kennen. Man nickte ihr zu, die Leute sagten hallo und hi, aber ich spürte keine Herzlichkeit. Man betrachtete sie mit einer spürbaren Distanz. Anita gehörte hier irgendwie dazu, ohne dazuzugehören.

An einem kleinen Stehtisch, um den mehrere Leute standen, hielt sie an. Sie begrüßte alle und umarmte die, die es sich gefallen ließen.

»Hallo, Anita«, sagte eine junge Bedienung. »Bier?«

Anita nickte strahlend. Dann zeigte sie auf mich: »Das ist Piet. Er hat ein Herz aus Gold, hat mein Freund Bernhard mal gesagt.«

»Hallo«, sagte die Bedienung.

Ich nickte verlegen, und die Bedienung zwinkerte mir zu. Ich weiß bis heute nicht genau, wie dieses Zwinkern gemeint war.

»Für mich auch ein Bier bitte«, sagte ich. »Und habt ihr vielleicht …«

Ich wollte nach einer Kleinigkeit zu essen fragen, da ich ja überraschend von meinem Zaziki-Schälchen fortgerissen worden war, doch in diesem Moment stieg der Lärmpegel in der Kneipe so stark an, dass ich mein eigenes Wort kaum noch verstand. Die Eurovisions-Hymne ertönte, und die Gäste lachten und applaudierten. Erst jetzt sah ich die drei Fernseher, die im Lokal verteilt waren. Auf ihnen flimmerte der Vorspann des Eurovision Song Contest, den ich alter Mann noch unter dem Namen Grand Prix Eurovision de la Chanson kannte. Deshalb waren wir also hier. Anita war ein Schlagerfan.

Es war ein unglaublicher Abend. Der ganze Laden feierte mit einer Mischung aus Begeisterung und Amüsement diese Parade musikalischen Mittelmaßes. Es wurde gejohlt, gelacht, gelästert und applaudiert. Und die Acts waren so bizarr bescheuert, dass ich oft laut auflachte. Bei dem französischen Sänger etwa hampelte die ganze Zeit eine Frau auf Stelzen auf der Bühne herum, und insgeheim hoffte ich, dass sie umfallen würde, damit wenigstens irgendetwas Interessantes während dieses Liedes geschah.

Als Max Mutzke auftrat, der deutsche Vertreter, versuchte ich herauszufinden, ob er brillante Stimmakrobatik betrieb oder tatsächlich nicht die Töne traf – was bei dem Trubel, der in der Funzel herrschte, gar nicht so einfach war. Doch in regelmäßigen Abständen wurde es ganz plötzlich still. Kurz bevor ein neuer Song begann und das jeweilige Land, das die Musiker entsandt hatte, in einem kurzen Videoclip vorgestellt wurde, schauten alle schweigend und erwartungsvoll zu Anita. Und Anita verkündete mit ihrer lauten Stimme einen bemerkenswerten Fakt über ebendieses Land. Es war offenbar Tradition, dass sie das tat, und alle waren darauf vorbereitet. Einige rollten zwar genervt mit den Augen, die meisten aber schienen es belustigend zu finden. Anita hatte sich nichts notiert, sie hatte alle Fakten im Kopf.

Kurz bevor der Schlagerfuzzi aus Österreich auftrat, rief sie zum Beispiel: »Im Jahre 802 hielt der Bischof von Salzburg sich während einer Predigt im Regen ein auf einen Holzstab gespanntes Tuch über den Kopf. Das gilt als die offizielle Erfindung des Regenschirms. Österreich hat den Regenschirm erfunden!«

Die Gäste lachten und klatschten.

Bevor Serbien / Montenegro seinen folkloristischen Song vortrug, verkündete Anita: »Nach dem Zusammenbruch von Jugoslawien, erklärte Montenegro kurzerhand und ohne uns zu fragen die Deutsche Mark zu seiner Staatswährung.«

Erstaunen, dann Applaus.

Vor dem Discostampflied der Belgier rief Anita: »1877 wurde in Belgien eine *Gesellschaft zur Steigerung der moralischen und geistigen Eigenschaften der Hauskatze* gegründet.«

Die Leute lachten. Anita strahlte. Ihr schien nicht bewusst zu sein, dass manche der Leute nicht mit ihr, sondern über sie lachten. Einige Gäste behandelten sie mit dieser gönnerhaften Freundlichkeit, die oft geistig Behinderten zuteilwird. Anita war ein Kuriosum, eine schrille Tussi.

»Das hat Bernhard mir beigebracht«, erklärte sie mir. »Dinge über die Welt herauszufinden.«

Für eine Weile tat mir Anita leid. Ich bedauerte sie, weil sie eine ewige Außenseiterin bleiben würde, und verspürte gegen meinen Willen einen Hauch von Fremdscham. Doch dann bemerkte ich, dass alle Fakten, die sie aufzählte, im Kern positiv waren. Oder zumindest neutral. Es war, als würde Anitas Gehirn sich weigern, die schlimmen Dinge der Welt zur Kenntnis zu nehmen. Mir wäre in meiner damaligen Gemütsverfassung zu Österreich eingefallen, dass dort Adolf Hitler geboren wurde. Zu Serbien/Montenegro hätte ich schockierende Massenmordfakten hervorgekramt, und das Erste, was mir zu Belgien einfiel, war die schreckliche Häufung pädophiler Gewalttaten sowie Vader Abraham und die Schlümpfe. Doch Anita dachte nicht an solche Greuel. Deshalb war Bernhard für sie auch kein schwerer Alkoholiker mit Realitätsverlust gewesen, sondern ein Mann mit wunderschönen Träumen, der zu viel trank.

Für Anita war die Welt schön. Und deshalb war Anita schön.

Würde man in einem Psychologiebuch nachschlagen, würde man verschiedene lateinische Ausdrücke finden, die auf Anita zutreffen. Ganz sicher wären einige davon als »Störung« deklariert. Doch wer legte diese Kategorien eigentlich fest? Ich hatte bei meiner Recherche zu *Tod in der Vorstandsetage* vieles über Investmentbanker und Hedgefondsmanager gelesen und war auf mehrere seriöse Studien gestoßen, die einen direkten Zusammenhang zwischen einer klinischen soziopathischen Persönlichkeitsstörung und Erfolg im Geldtransfergeschäft herstellten. Zwei der Studien kamen tatsächlich zu dem Fazit, dass Soziopathen – also Menschen, die chronisch selbstzentriert sind und nicht die Fähigkeit besitzen, sich in andere Menschen einzufühlen oder Mitleid zu empfinden –, dass diese Menschen also genauso gut Hedgefondsmanager wie Serienkiller werden konnten. Entscheidend sei im Wesentlichen der soziale Kontext. Auf gut Deutsch: Soziopathen, die in eine einflussreiche Millionärssippe hineingeboren werden, landen oft auf dem Titelbild des *manager magazins.* Würden dieselben Menschen aber in der chancenlosen Unterschicht aufwachsen, würden sie womöglich eher Tiere und Frauen aufschlitzen. Keine Ahnung, ob das stimmt.

Anitas eigenwillige Persönlichkeit hatte mit solchen sozialen Störungen nichts gemein. Sie war seltsam, aber lieb. Sie schadete niemandem. Weder Frauen noch Kindern, noch dem internationalen Währungsgefüge. Man musste nur ständig auf alles gefasst sein.

Sehr viel später, nach vielen Bieren, kuriosen Fakten und schlechter Musik, verabschiedeten wir uns. Wir tauschten Telefonnummern aus.

»Ich helfe dir mit deinem Buch«, sagte Anita, »aber ich werde es nicht lesen. Bernhard ist keine Geschichte, und ich will ihn so erinnern, wie ich ihn kannte.«

»Okay«, sagte ich.

Anita umarmte mich noch einmal.

»Wir sollten Silvester zusammen feiern«, sagte sie dann. »Wir feiern es genau so, wie Bernhard und ich es gefeiert haben.«

Ich schaute sie erstaunt an. Und dann sagte ich: »Ja.«

Silvester 2004

Tja«, lächelte Sven. »Da sind wir Mädels dieses Jahr wohl unter uns.«

Die anderen grinsten eher gequält. Die Stimmung war nicht gut. Piet feierte nicht mit, weil er in Wuppertal »für sein neues Buch recherchierte«. Susann hatte sich nicht beklagen, hatte Piet unterstützen wollen, doch so richtig hatte sie nicht begriffen, warum er ausgerechnet am Silvesterabend nach Wuppertal fahren musste. Diese Anita hätte ihm doch auch einfach erzählen können, wie sie Silvester mit Bernhard zu feiern pflegte. Das musste sie doch nicht mit ihm nachspielen. Überhaupt: Anita … Susann gestand es sich nicht gerne ein, aber sie war eifersüchtig. Piet redete ständig von dieser Frau. Anita hier, Anita da. Doch nachdem Piet ihr ein Foto von Anita gezeigt hatte, hatte sie sich wieder ein wenig beruhigt. Denn warum sollte Piet sie ausgerechnet mit solch einer klobigen und ziemlich hässlichen Frau betrügen? Nicht, dass sich Susann selbst für überwältigend attraktiv hielte, aber verglichen mit diesem Brocken von Weib war Susann ein Topmodel, fand sie. Und doch, eine gewisse Eifersucht blieb. Piet bekam regelrecht leuchtende Augen, wenn er von Anitas Unberechenbarkeit, ihrer Spontaneität, ihrer ausufernden Begeisterungsfähigkeit und Exzentrik schwärmte. Susann kam sich vor wie die langweiligste Spießerin der Welt, wenn er Anita anhimmelte. Das tat weh. Langweilte sich Piet mit ihr? Langweilte er sich in seinem Leben? War er deshalb jetzt nicht hier?

Auch Dille fehlte bei dieser Feier. Er war in Holland. Trainieren.

Bei seinem zweiten Besuch im Fitnessstudio hatte er einen Mann namens Fred kennengelernt, der für den Iron Man trainierte – und seitdem war nichts mehr, wie es war. Dille war fasziniert davon, wie jemand so sehr an seine Grenzen gehen konnte. Iron Man, das hieß 3,8 Kilometer Schwimmen, 180 Kilometer Radfahren und ein kompletter Marathonlauf über 42 Kilometer. Und zwar nicht über mehrere Tage oder Wochen verteilt, sondern direkt hintereinander! Am selben Tag! Ohne Mittagspause! Dille fand, das war die coolste Sache, von der er je gehört hatte. Er war mit Fred nach dem Training noch etwas trinken gegangen. Proteinshakes mit Obst. Dille hatte verstohlen den stählernen Oberkörper von Fred bewundert und sich vorgestellt, wie genial es sein musste, so sehr über sich hinauszuwachsen, etwas zu schaffen, wozu kaum jemand sonst auf der Welt fähig war. Und als Fred ihm dann erzählt hatte, dass er selbst bis vor zehn Jahren noch völlig unsportlich gewesen war, dass man sich mit Disziplin und Ausdauer zu Dingen pushen könne, die man sich nie erträumt hatte, hatte Dille zaghaft gefragt: »Ich auch?«

Und Fred hatte genickt: »Ja, klar. Mit dem richtigen Training kannst du in zehn Monaten schon einen Halbmarathon laufen.«

Dille hatte Fred angestarrt und dann gestrahlt. Er hatte jetzt offiziell einen Traum: Er wollte den Iron Man schaffen.

Petra hatte es zuerst toll gefunden, dass Dille das Training so konsequent durchzog, dass er nicht nach ein paar

Wochen wieder schlappmachte und sich, wie so oft, ein neues Hobby suchte. Das Endziel Iron Man nahm sie allerdings nicht ernst. So wie sie ihren Mann kannte, würde dieser irgendwann schon selbst erkennen, dass das zwei bis drei Nummern zu groß für ihn war. Aber wer weiß, vielleicht schaffte er es ja wirklich bis zum Halbmarathon. Sie hatte sich anfangs auch über seine körperlichen Veränderungen gefreut. Seinen Bauchmuskeln konnte man förmlich dabei zuschauen, wie sie immer härter wurden. Petra hatte das sexy gefunden. Doch dann begann die Sache aus dem Ruder zu laufen. Dille trainierte schon bald viermal die Woche, war noch seltener zu Hause als sonst, und wenn er tatsächlich mal nicht im Fitnessstudio oder auf irgendeiner Laufpiste war, dann redete er nur noch über Muskelaufbau und Eiweiß, Trainingszyklen und Atemtechniken. Seinen Sohn sah Dille manchmal nur wenige Minuten am Tag. Das war keine Fitness mehr, das war eine Obsession. Dille war besessen.

Und deshalb feierte er jetzt auch nicht mit seinen Freunden und seiner Familie die Jahreswende, sondern war bei einer »Challenge Week« in irgendeinem holländischen Küstenkaff. Eine Woche exzessive Körperstählung und Ausdauertraining im Kreise anderer Sportfreaks, die lieber schwitzten und sich schunden, als zu feiern. Diese Sportwoche umfasste Baden im eiskalten Meer, Nachtläufe am Strand und vier Stunden Krafttraining pro Tag.

Petra hatte sich im Internet schlaugemacht und herausgefunden, dass solche Macho-Exzesse gar nicht nötig waren, um sich auf einen Halbmarathon vorzubereiten. Es würde völlig reichen, wenn Dille seine Ernährung kontrollieren und zwei- bis dreimal die Woche zwei bis drei Stunden laufen würde. Doch solch profane Vorbereitungen waren Dille offenbar nicht dramatisch und männlich genug. Petra war stinksauer. Und zum ersten Mal, seit sie mit Dille zusammen war, dachte sie ernsthaft darüber nach, sich von ihm zu trennen. Er war einfach ein Egoist. Er war ein Idiot. Er war ein großes Kind. Doch Petra wollte kein Kind mehr. Sie wollte endlich einen Mann! Einen, der für sie da war. Einen, der Verantwortung übernahm. Einen, der sie hielt.

Petra hatte mit Jörn über ihre Unzufriedenheit gesprochen. Er war der Einzige, mit dem sie über diese Dinge reden konnte. Die beiden sahen sich in letzter Zeit häufig. Sie gingen mehrmals die Woche zusammen spazieren und mit den Kindern auf den Spielplatz. Dort saßen sie auf der Bank und unterhielten sich, während ihre Kinder sich vergnügten. Oder was man so Vergnügen nennt. Denn der kleine Adrian war ein wildes Kind, das gern rutschte und schaukelte und auf das man immer ein Auge haben musste, weil er ständig auszubüxen drohte. Peggy hingegen saß zumeist im Sandkasten und baute mit heiligem Ernst Türme und grub Gräben. Sie kniff die Lippen dabei zusammen und war unendlich sorgfältig. Alles war gerade an ihrem Konstrukt, alles war eben, alles wurde glattgeklopft. Dabei sah Peggy nicht so aus, als würde sie es freiwillig tun. Sie sah vielmehr so aus, als erledigte sie in dem Sandkasten eine Aufgabe, die man ihr gestellt hatte.

»Was hast du denn da Schönes gebaut?«, fragte Jörn, der sich zu seiner Pflegetochter auf den Rand des Sandkastens kniete. »Das sieht ja toll aus.«

»Ein Schloss«, sagte Peggy leise.

»Und wer wohnt da drin?«, fragte Jörn.

Peggy zuckte mit den Schultern. Jörn strich Peggy über den Kopf und ging zur Bank zurück. Er wusste, dass er Geduld mit ihr haben musste. Auch wenn es schwerfiel.

Adrian stürzte von der Schaukel, heulte aber nur kurz und rannte dann wieder los, um sich erneut auf ein hohes und potenziell gefährliches Spielgerät zu begeben.

»Ganz der Papa«, lächelte Jörn.

Petra lächelte nicht. »Dille lässt mich im Stich«, sagte sie. »Es ist, als ob die Kinder und ich bloß lästige Anhängsel für ihn wären.«

Jörn schaute sie mitfühlend an. Er hatte einen Blick, der Petra zutiefst rührte. Jörn besaß unendlich viel Mitgefühl.

»Sven strotzt auch nicht gerade vor Aufmerksamkeit«, seufzte Jörn. »Manchmal hoffe ich, dass eine seiner Inszenierungen floppt, dass seine Erfolgssträhne abreißt und er beruflich wieder kleinere Brötchen backen muss. Ich mochte ihn wirklich mehr, als er noch keine große Nummer war. Ist das nicht schrecklich gemein von mir?«

Petra strich Jörn über die Wange. Jörn nahm Petras Hand und küsste ihr den Handrücken. Petra war etwas erstaunt, dann lächelte sie. Jörn war wirklich ein wunderbarer Mann. Sven war ein Idiot, dass er das nicht erkannte.

Petra dachte an diese Spielplatzstunden, während sie ihr Raclettepfännchen füllte und sich einzureden versuchte, dass die Silvesterfeier schon noch in Schwung kommen würde. Sie betrachtete Jörn, der gerade einen Scherz über Svens Leidenschaft für Silberzwiebeln machte. Jörn hatte einen wunderschönen Mund. Petra konnte sich nicht erinnern, jemals zuvor bei einem Mann den Mund schön gefunden zu haben.

Sven lächelte verkrampft, als Jörn seine Silberzwiebelbemerkung machte. Sein Versuch, gute Miene zu diesem blöden Silvesterabend zu machen, war jedoch wenig überzeugend. Er hätte dieses Treffen nur zu gern geschwänzt. Im Literaturhaus gab es eine gigantische Party, auf der sich so ziemlich alle wichtigen und coolen Künstlerseelen der Stadt trafen. All seine Kollegen und viele seiner Freunde waren da. Doch Jörn hatte Sven mehr als deutlich klargemacht, dass es einen Riesenzoff gäbe, wenn er für diese »Schickimickiparty« das alljährliche Silvesterritual sausen ließe. Zumal die Feier dieses Jahr bei ihnen zu Hause stattfand. Peggy zuliebe. Sie sollte in ihrer gewohnten Umgebung bleiben, denn Ortswechsel und neue Eindrücke machten sie nervös und noch stiller, als sie sowieso schon war.

»Es ist eine Tradition«, hatte Jörn gesagt. »Du siehst deine Kirschkernspuckerfreunde ohnehin viel zu selten. Außerdem hast du es versprochen. Und deine Schauspielerfreunde siehst du oft genug. Die werden es überleben, wenn du einmal nicht dabei bist.«

»Es ist auch beruflich für mich wichtig«, versuchte Sven seinen Mann zu überzeugen. »Ich …«

»Quatsch!«, unterbrach ihn Jörn. »Du inszenierst das Stück, mit dem die nächste Spielzeit eröffnet wird. Du bist auf der Shortlist der ›Regisseur des Jahres‹-Wahl. Du bist sowieso schon der absolute Obermotz am Haus. Es macht dich eher cool und noch begehrenswerter, wenn du dich nicht auf jeder Party blicken lässt.«

»Aber …«, versuchte Sven.

»Außerdem bist du jetzt Vater! Wir haben eine Tochter!«, rief Jörn.

»Pflegetochter«, wandte Sven zaghaft ein.

»Ein Kind, für das wir beide die wichtigsten Menschen

sind. Wir müssen Peggy zeigen, dass wir für sie da sind. Und auch füreinander.«

»Ja, ja«, gab Sven zähneknirschend zu. »Du hast ja recht …«

Aber dann stellte sich heraus, dass Piet, der dieses Silvesterritual eigentlich ins Leben gerufen hatte, gar nicht kommen würde. Und Dille auch nicht. Und Peggy war es doch völlig wurscht, ob Sven da war oder nicht. Da brauchte er sich gar nichts vormachen. Das Mädchen redete fast nie mit ihm, bekam auch nach über einem halben Jahr kaum die Zähne auseinander. Und jetzt saß sie mit Nele und Adrian in der Küche und malte Bilder. Das hieß: Nele und Peggy malten, während der wilde Adrian die Küche mit Klecksen und Spritzern dekorierte.

»Wie läuft es mit Peggy?«, fragte Susann.

»Sie taut immer mehr auf«, sagte Jörn.

Sven verbiss sich einen Kommentar. Auftauen? Ha! Träum weiter, Jörn. Nur weil sie neuerdings drei Sätze am Stück herausstammelte – und das auch nur in Jörns Gegenwart, niemals bei Sven –, war sie noch lange nicht aufgetaut!

Sven hatte sich wirklich bemüht, aber so etwas wie ein Vaterinstinkt stellte sich bei ihm einfach nicht ein. Er war Peggy gegenüber unsicher und hatte das Gefühl, als würde sie ihn die ganze Zeit skeptisch beäugen. Wenn er ehrlich war, machte sie ihm mehr Angst als ein Premierenpublikum. Tatsächlich. So fühlte es sich für ihn an: Sie war eine Zuschauerin. Eine abwartende, skeptische, humorlose Zuschauerin, die dem Stück, das man für sie mit großer Mühe aufführte, mit undurchdringlicher Miene folgte und nur selten lachte. Sven war sich sicher, dass Peggy ihn nicht mochte. Und das war kein schönes Gefühl.

»Sei einfach nur du«, hatte Jörn ihm geraten. »Spiel doch öfter mal mit ihr. Lies ihr vor.«

Sven hatte es versucht. Wirklich. Aber anders als Jörn, der in einer quietschfidelen und intakten Großfamilie aufgewachsen war, hatte Sven nie ein vernünftiges Familienleben genossen. Sein Vater war von seiner Mutter früh aus dem Haus getrieben worden, und er war mit dieser unglücklichen, vorwurfsvollen Frau allein zurückgeblieben. Sie hatte für ihren Sohn gesorgt, ihn aber nicht gewärmt. Er kannte keine familiäre Herzlichkeit, und was man nie erlebt hat, kann man ganz schlecht weitergeben.

»Legst du mir mal bitte ein Gürkchen drauf«, sagte Sven zu Jörn und hielt ihm sein Raclettepfännchen hin.

»Gute Idee«, sagte Jörn und angelte ein Cornichon aus dem Schälchen. »Sauer macht lustig.«

Sven zwang sich zu einem Lächeln.

In der Küche betrachtete Nele das Bild, das Peggy malte. Es zeigte ein Haus auf einer Wiese. Auf der Wiese standen Blumen. Ganz gerade nebeneinander. Auch das Haus war sehr gerade. Alles an diesem Bild war gerade.

»Das ist hübsch«, sagte Nele und lächelte Peggy an. Die neue Tochter von Onkel Sven und Onkel Jörn erinnerte sie an das süße kleine Eichhörnchen aus diesem Trickfilm, das sich immer im Astloch versteckt und nur vorsichtig mit großen ängstlichen Augen herausschaut. Nele wollte das kleine Eichhörnchen herauslocken, weil man sich ja nicht ständig in einer Baumhöhle verstecken kann.

Peggy lächelte, aber sie sagte nichts. Das kannte Nele schon. Ihre Mama hatte gesagt, Peggy habe eine sehr schwere Zeit gehabt und brauche Zeit, um sich zu trauen, die Welt zu mögen. Nele wollte Peggy gerne helfen, die Welt zu mögen. Die war doch schön, die Welt. Wäre doch schade, das nicht zu wissen, nur weil man Angst hat, richtig hinzuschauen.

»Das ist alles so superordentlich«, lobte Nele Peggys Bild. »Sogar in meiner Klasse kann niemand so ordentlich und gerade malen wie du. Und die sind alle schon viel älter.«

»Das muss so«, flüsterte Peggy.

»Was?«, fragte Nele, die Peggy nicht verstanden hatte.

»Das muss so«, sagte Peggy eine Spur lauter. »Sonst kommt man weg.«

»Hä?«, wunderte sich Nele.

»So wie meine Mama«, flüsterte Peggy.

Nele verstand nicht, was Peggy meinte. »Fehlt dir deine Mama?«, fragte sie.

Peggy nickte, und dann traten ihr Tränen in die Augen. Nele nahm sie in den Arm. Zuerst machte sich Peggy steif, aber dann ließ sie es sich gefallen.

»Deine Mama ist im Krankenhaus, oder?«, fragte Nele.

Peggy zuckte mit den Schultern. Sie wusste nicht genau, wo ihre Mama war. Sie wusste nur, dass sie nicht da war. Dass man sie weggebracht hatte, weil sie unordentlich war. Und Peggy hatte man auch weggebracht. Zu Jörn und Sven. Die waren nett, aber sie waren nicht ihre Mama. Und sie schienen ständig auf etwas zu warten. Peggy sollte offenbar irgendetwas tun. Sven und Jörn erwarteten etwas von ihr, aber sie wusste nicht, was. Und das machte ihr Angst, und es machte sie nervös, und sie fürchtete, man würde sie auch wegbringen, wenn sie das, was Sven und Jörn von ihr wollten, nicht tat. Sie sollte lächeln, das hatte sie schon kapiert. »Lächel doch mal«, sagte Sven manchmal, und Jörn machte Witze, die sie meistens nicht verstand, und dann wollte er auch, dass sie lächelte. Also lächelte Peggy manchmal. Aber das war noch nicht alles. Damit war sie noch nicht in Sicherheit. Sven und Jörn schienen noch mehr zu erwarten. Peggy gab sich viel Mühe, herauszufinden, was das sein konnte. Sie wollte alles tun, nur damit man sie nicht wieder wegbrachte. Wobei … Wenn man sie wegbrächte, würde man sie dann zu ihrer Mama bringen? Peggy vergaß langsam, wie ihre Mama aussah, und das fand sie schrecklich.

Adrian, der neben den Mädchen am Küchentisch saß, langweilte sich. Er stand auf, öffnete den Küchenschrank, holte zwei Töpfe heraus und stellte sie vor sich auf den Boden. Dann nahm er einen dicken Pinsel aus dem Wasserglas und schlug auf die Töpfe, als wären sie ein Schlagzeug. Dabei schrie er laut. Es sollte wohl singen sein, aber es klang nicht so. Das Farbwasser spritzte durch die Küche, als Adrian mit dem Pinsel herumfuchtelte und trommelte. Jörn, der den Krach gehört hatte, kam herein und lachte, als er Adrian sah.

War es das, was Jörn und Sven wollten? Sollte sie Quatsch machen und laut sein? Aber warum?

Jörn wandte sich an Peggy und fragte: »Geht's dir gut?«

Peggy nickte und machte den Mund breit zu einem Lächeln, und diesmal ging es fast von selbst, weil es schön gewesen war, wie Nele sie in den Arm genommen hatte. Nele war nett.

* * *

Anitas Wohnung war klein und überraschend normal. Ich weiß nicht genau, was ich erwartet hatte, aber bei Anita war ich auf alles gefasst gewesen – nur nicht darauf, dass alles so normal war. Ich hatte mich darauf eingestellt, dass sie vielleicht ein ganzes Zimmer voller Sitzsäcke hatte oder dass sie ihre Wände selbst bemalt hatte mit märchenhaften, merkwürdigen Motiven, dass vielleicht die ganze Decke voll bunter Mobiles hing oder dass sie ihre ganze Wohnung nur in Blau- und Grüntönen eingerichtet hatte. Wo man hinschaute, nur Blau und Grün. Wie der Himmel und eine Welt voller Wiesen. Doch Anitas Zweizimmerwohnung in einem schnörkellosen dreistöckigen Wohnblock war mit den üblichen Ikea-Möbeln eingerichtet. Die Wände waren weiße Rauhfaser, und statt Sitzsäcken gab es ein Sofa. Ein ganz normales Ikea-Sofa. Ich fand das seltsam und irgendwie enttäuschend.

Als ich ihre Wohnung betrat und Anita mich überschwenglich umarmte, überkam mich ein eigenartiges Gefühl, so, als wäre ich ein alter Freund, mit dem sie schon viel gemeinsam erlebt hatte. Es war das erste Mal, dass ich Silvester ohne Susann und Nele feierte, und ich fragte mich, ob es wirklich eine gute Idee gewesen war, das von mir selbst ins Leben gerufene Kirschkernspucker-Jahreswende-Ritual für eine Nacht mit Anita zu opfern. Doch ich wollte Bernhards Leben begreifen, seine Welt kennenlernen. Außerdem war ich von Anita fasziniert. Sie war so bedingungslos frei von Normen. Sie hatte mich mein ganzes Leben hinterfragen lassen. Lebte ich das Leben, das ich leben wollte? War ich glücklich? Oder war ich längst in Routine erstarrt? Hatte ich mich auf einen bequemen, aber nicht erfüllenden Mittelweg eingelassen? Scheute ich das Risiko? Würde ich, wenn ich eines Tages auf dem Sterbebett lag, zufrieden mit dem sein, was ich aus meiner Existenz gemacht hatte? Oder würde ich das Gefühl haben, feige gewesen zu sein, Chancen verpasst, zu klein gedacht und mich dem Diktat der Normalität gebeugt zu haben?

Anita beugte sich diesem Diktat nicht. Ich hatte sie in der Schwebebahn tanzen sehen, zu unhörbarer Musik und völlig unbehelligt von den tadelnden, abfälligen oder spöttischen Blicken der anderen Fahrgäste. Ich hatte miterlebt, wie sie wildfremde Menschen ansprach, sie zu erkunden versuchte, ihre Geschichte hören wollte. Ich hatte mir berichten lassen, wie sie aus dem Kino geschmissen worden war, weil sie mit der Story des Films nicht zufrieden gewesen war und lautstark eine alternative Handlung angeboten hatte. Anita hatte mitten im Film zu rufen begonnen, was ihrer Meinung nach geschehen sollte, was der Held tun müsste, um wirklich ans Ziel zu kommen. Anita hatte erzählt und erzählt, immer weiter. Die Leute hatten sie angepöbelt, und irgendwann wurde der Film angehalten, und Anita erhielt Hausverbot. Das hat mich fasziniert: einen Film korrigieren. Da muss man erst mal drauf kommen.

Nicht, dass wir uns missverstehen: Ich war mir sehr wohl der Tatsache bewusst, dass Anita das hatte, was man eine psychische Störung nennt. Doch Anita war immer gut gelaunt, sie war voller Energie und Neugier und einer atemberaubenden Offenheit für alles und jeden. Sie war glücklich. Konnte es eine Störung sein, sein Glück gefunden zu haben?

Und dann trat ich in die Ikea-Wohnung und wunderte mich über die Abwesenheit jeglicher Originalität. Ich betrachtete die Aldi-Chipstüten auf dem Tisch und hörte die Musik aus dem Radio: »Mad World« von Gary Jules. Das Lied, das in diesem Winter alle summten. Und Anita summte es auch. Ich fragte mich, ob ich Anita nicht doch romantisiert hatte, ob sie vielleicht doch weniger besonders war, als ich dachte.

Ich hatte eine Flasche Sekt mitgebracht, die Anita in den Kühlschrank stellte.

Dann fragte ich: »Okay, also, wie habt ihr Silvester gefeiert, Bernhard und du?«

Anita lachte, klatschte in die Hände und rief: »In achtzig Gläsern um die Welt!« Sie stürmte in die Küche, kam mit einer Flasche billigem Korn und zwei Schnapsgläsern zurück und sagte: »Natürlich trinken wir nicht wirklich achtzig Gläser, sonst sterben wir an Alkoholvergiftung, aber wir tun so. Zehn oder zwanzig schaffen wir.« Sie setzte sich aufs Sofa, klopfte auf die Sitzfläche neben sich und schenkte zwei Schnäpse ein. »Wo beginnen wir mit unserer Weltreise?«, fragte sie strahlend.

Ich setzte mich. Ich war fest entschlossen, das Spiel mitzuspielen. Es war Bernhards Spiel. »Äh ... Japan?«, schlug ich vor.

Anita klatschte erneut in die Hände, rief »Super!« und reichte mir das Schnapsglas.

Wir stießen an und kippten das Zeug auf Ex runter. So musste es schmecken, wenn man mit einem Schlauch die Tankfüllung aus einem Auto saugt und herunterschluckt. Ich schüttelte mich, und Anita lachte.

»Du gewöhnst dich dran«, sagte sie, rieb sich nachdenklich das Kinn und begann zu sprechen: »Also. Japan. Kyoto. Wir sind in Minami-ku, im Süden der Stadt.«

Ich sah Anita erstaunt an. Woher kannte sie einen Stadtteil von Kyoto?

Sie lächelte. »Bernhard hat viel erzählt, und ich habe ein gutes Gedächtnis.«

Ich nickte und trank den zweiten Schnaps, den sie mir

zwischenzeitlich eingeschenkt hatte. Ekelhaft! Ich schüttelte mich. Das Zeug breitete sich in meinem Schädel aus wie ein flüssiger Tumor.

»Also«, fuhr sie fort. »Wir sind Touristen. Und wir haben uns in Minami-ku verlaufen. Das ist nämlich keine Touristengegend. Da geht man eigentlich nicht hin. Wir fallen auf. Die Leute mustern uns. Wir sind elegant und schön und beide einen Kopf größer als die meisten Japaner, und du bist natürlich noch ein Stückchen größer als ich, und die Leute tuscheln: ›Was für ein stattlicher Mann und was für eine schöne Frau‹, und wir gehen durch das Viertel und versuchen, den Weg zurück nach Higashiyama-ku zu finden, wo unser Hotel ist. Da entdecken wir plötzlich ein kleines Mädchen in einer Seitengasse. Das arme Kind kauert auf dem Boden und sieht verloren aus, und es weint, und wir gehen zu dem Kind und sagen …«

»Wir können doch gar kein Japanisch«, wagte ich einzuwerfen.

Darauf lachte Anita und sagte: »Selbstverständlich können wir das, Dummerchen! Das haben wir doch von unserer Köchin gelernt, erinnerst du dich nicht?«

Ich grinste verlegen und kam mir irgendwie blöd vor, weil ich nicht gut mitgespielt hatte, weil ich das Spiel aber auch nicht richtig begriff und mich fragte, ob ich jetzt wirklich den ganzen Abend, die ganze Nacht, auf dem Sofa sitzen und mir Geschichten anhören würde und wo das alles hinführen sollte. Und da hielt mir Anita auch schon das nächste Schnapsglas hin, und ich schüttelte den Kopf, weil das Zeug wie Industrieabfall schmeckte und weil ich nicht die Gewohnheit habe, drei Schnäpse in fünfzehn Minuten zu trinken, nicht mal an Silvester, doch Anita schaute mich enttäuscht an, und ich dachte: Was soll's, es ist Bernhards Ritual, und es gehört so. Also trank ich den Schnaps und für einen kurzen Moment musste ich würgen.

Aber da fuhr Anita schon mit der Geschichte fort: »Und das kleine Mädchen sagt, sie sei eine Waise und ihr Onkel habe sie immer so komisch angefasst und noch mehr und ob wir ihr nicht helfen können. Ob wir ihr nicht bitte, bitte helfen können.«

Ich betrachtete Anitas leuchtende Augen und fragte mich, wie dieser Stadtteil noch hieß, in dem unser Hotel war, und hoffte, dass Anita den Weg finden würde. Und ich dachte: Was für eine traurige Geschichte von so einer fröhlichen Frau. Und ob wir das arme Mädchen wohl vor ihrem Onkel retten und mit in unser Hotel nehmen könnten oder ob das nicht irgendwie seltsam oder gar obszön wirken würde – zwei schöne, stattliche Europäer mit einem kleinen asiatischen Mädchen auf dem Hotelzimmer? Nicht, dass wir da noch Ärger kriegten. Aber man kann ja nicht sein ganzes Leben lang darauf verzichten, die richtigen Dinge zu tun, nur weil man keinen Ärger haben will. Und die arme Anita musste schließlich gerettet werden, nein, Quatsch, das arme japanische Mädchen musste gerettet werden, und Anita hielt mir noch ein Schnapsglas hin, und ich trank es in einem Zug und dachte: Was für eine seltsame Silvesterfeier …

Viele Schnäpse später, es war inzwischen nach 23 Uhr, lag ich auf dem Sofa. Anita saß vor mir auf dem Boden. Ich schaute das Rosina-Wachtmeister-Poster an, das an der Wand hing. Es waberte und verschwamm vor meinen Augen. Wir waren bereits bei der zweiten Schnapsflasche angekommen, und ich konnte Anitas Weltreise nicht mehr richtig folgen. Mittlerweile redete sie furchtbar schnell, manisch nahezu. Auch sie war betrunken, und die Silben und Worte stolperten aus ihrem Mund, fielen hin, verhedderten sich, und Anita gerieten die Dinge bereits ein bisschen durcheinander, und ich war müde, und mir war übel, und Anita nahm meine Hand, sie packte richtig zu und sagte: »Verkaufst du die Brosche, die uns das Mädchen gegeben hat, damit wir die Fähre bezahlen können?«

Ich wusste es nicht. Ich wollte die Brosche eigentlich behalten. Sie hatte einen großen persönlichen Wert für mich. Das japanische Mädchen hatte sie uns gegeben, obwohl diese Brosche alles war, was sie besaß. Wir hatten das arme Kind vor dem Onkel gerettet und zu Freunden gebracht, und Anita hatte dem Onkel ins Gesicht geschlagen und ihn bei der Polizei angezeigt. Aber das war lange her, und im Moment waren wir auf Gibraltar und hatten kein Geld mehr für die Fähre, nur die Brosche, die wir als Zeichen der Dankbarkeit bekommen hatten. Aber wir mussten diese Fähre nehmen, unbedingt, das war wichtig, ganz furchtbar wichtig, weil auf der anderen Seite diese Frau war, die die Medikamente brauchte, die wir besorgt hatten. Sonst wäre sie verloren. Wir mussten sie retten.

Das war es, worum es die ganze Zeit ging: Wir retteten. Wir reisten um die Welt, soffen und retteten Leute, die uns dann ganz furchtbar dankbar waren.

Schließlich sagte ich, sie solle die Brosche verkaufen. Dann stand ich mühsam und wankend auf, fiel fast hin, riss mich zusammen, torkelte durchs Zimmer, zum Bad, und wollte eigentlich pinkeln, aber dann rumpelte dieser widerliche Korn in meinen Gedärmen, und ehe ich mich versah, hing ich über der Kloschüssel und kotzte, was das Zeug hielt. Anita kam mir hinterher, tätschelte sinnlos meinen Rücken und erklärte, dass sie hundert Dollar für die Brosche bekommen habe und dass das für die Fähre reiche. Und ich sagte, dass es keine Brosche gebe und dass es mir nicht gutgehe. Und Anita sagte, dass ich mitspielen müsse.

Mir ging es elend. Nicht nur wegen des Schnapses. Sondern weil das der traurigste Abend meines Lebens war und weil Anita gar nicht glücklich war. Sie war keine Lebenskünstlerin, sondern eine einsame große Frau, die gerettet werden müsste. So also war Bernhards Leben gewesen: eine große Lüge. Und zum Kotzen.

Es gab kein Geheimnis, keine Erlösung, keinen Trost und keine Parallelwelt, in der sich Menschen wie Bernhard und Anita irgendwie einrichten konnten. Es gibt nur diese eine Welt, und die hat, ob es einem passt oder nicht, ein paar Regeln, mit denen man sich arrangieren muss. Und ob man in der Schwebebahn tanzt oder weiß, wer den Regenschirm erfunden hat, ist ohne Belang, wenn man allein ist und mit Schnaps um die Welt reisen muss.

Ich erkannte, dass ich niemals ein Buch über Bernhard schreiben würde und dass ich auch Anita nicht retten konnte und sie auch nicht mich und dass ich auch gar keine Rettung brauchte, weil ich nämlich Susann hatte und Nele und meine Freunde und eine Welt, die wirklich war und in der man sich anfassen und reden und ansehen und einander wirklich spüren konnte.

Ich wischte mir die Kotze vom Mund, richtete mich auf und lächelte Anita tapfer an. »Hundert Dollar? Super. Wann geht die Fähre?«

»In zwei Stunden«, strahlte Anita. »Wir können vorher

noch spazieren gehen, hier im Hafen. Der Hafen von Gibraltar ist sehr malerisch.«

»Ja«, lächelte ich, obwohl mir zum Heulen zumute war. »Das sollten wir tun. Es ist so ein schöner, milder Tag.«

Anita war hin und weg, weil die Sonne schien und ich stattlicher, großer Mann mit ihr spazieren ging, und ich war todtraurig und wahnsinnig glücklich zugleich. Todtraurig, weil ich nicht bei Susann und Nele und meinen Freunden war, und wahnsinnig glücklich, weil ich am nächsten Tag wieder bei ihnen sein würde.

* * *

Kurz vor Mitternacht zogen alle ihre Mäntel und Jacken an. Dem kleinen Adrian fielen ständig die Augen zu. Er kippte vornüber und drohte jede Sekunde einzuschlafen. Petra nahm ihn auf den Arm und trug ihn die Treppe hinunter. Die anderen folgten. Jörn hielt Peggys Hand, Sven trug die Tüte mit den Raketen, den Funken- und Glitzerbatterien. Auf der Straße, auf der sich bereits unzählige feiernde Menschen versammelt hatten, zündete Susann Wunderkerzen an und verteilte sie. Nele fuchtelte lachend mit ihrer Wunderkerze herum, als wäre sie ein Degen, und animierte Peggy, es ihr gleichzutun. Peggy zögerte zuerst, aber dann machte sie mit und musste kichern, als Nele immer verrückter herumzappelte. Peggys Augen waren weit geöffnet. Es sah schön aus, wie die Funken von Neles Wunderkerze einen Schweif bildeten. Wie fliegende Lichterketten.

Sven goss Sekt in Gläser und reichte sie an die Erwachsenen weiter. Jörn hielt Petras Glas, weil die mit dem schlafenden Adrian im Arm keine Hand frei hatte.

Susann schaute auf ihre Uhr. Noch zwanzig Sekunden. »Gleich geht's los«, sagte sie zu Nele und Peggy.

Und dann begannen alle Leute auf der Straße laut die Sekunden herunterzuzählen: »Zehn, neun, acht, sieben, sechs, fünf, vier, drei, zwei, eins …«

»Frohes neues Jahr!«, riefen alle, umarmten sich und kleckerten dabei mit dem Sekt. Nele umklammerte ihre Mutter, und Peggy wusste, dass sie lächeln sollte, als Jörn und Sven sich zu ihr herunterbeugten und sagten: »Frohes neues Jahr, Peggy!« Und weil es irgendwie schön war, wie hier alle standen und sich umarmten und nett zueinander waren, fiel es Peggy auch gar nicht schwer.

Doch dann zündete Sven die Feuerwerksbatterie an, die krachte und zischte und so plötzlich losdonnerte, während sie Leuchtkugeln in den Himmel schoss, dass Peggy sich zu fürchten begann. Sie lief zu Nele und versteckte sich ängstlich hinter ihr. Nele nahm sie in den Arm und strich ihr beruhigend über den Rücken. Durch die dicke Daunenjacke spürte Peggy das gar nicht, aber sie merkte, dass Nele sie hielt und auf sie aufpasste, und Peggy dachte: So muss es sein, wenn man eine große Schwester hat. So wie die Kinder im Fernsehen.

Susann betrachtete die beiden Mädchen und lächelte. Sie war stolz auf ihre Nele, sie war so fürsorglich. So reif irgendwie. Und sehr liebevoll.

In dem Moment klingelte Susanns Handy, es war Piet. Sie ging ins Treppenhaus, wo es ruhiger war.

»Hallo, Schatz«, sagte sie. »Frohes neues Jahr!«

»Ich liebe dich«, sagte Piet. Seine Stimme war schleppend und brüchig.

»Ich dich auch«, sagte Susann. »Wie geht es dir? Feiert ihr schön? Was macht ihr?«

»Anita ist auf dem Sofa eingeschlafen, gerade als wir auf dem Weg nach Sumatra waren«, sagte Piet.

Susann runzelte die Stirn. »Bist du betrunken?«

»Ja«, lallte Piet. »Ich hab so was wie Kerosin getrunken und fünf Tüten Chips gegessen, und die Brosche von dem kleinen japanischen Mädchen musste ich verkaufen.« Dann lachte er. Es war ein bitteres, seltsames Lachen.

»Muss ich mir Sorgen machen?«, fragte Susann.

»Nein, ich rufe mir ein Taxi, gleich, und ... ins Hotel und morgen früh komm ich zurück«, sagte Piet.

»Gut«, sagte Susann.

»Es tut mir leid«, stammelte Piet.

»Was?«

»Dass ich nicht da bin.«

»Okay.«

»Nicht nur heute.«

»Was meinst du?«

»Und auch sonst ...«

Susann schwieg für einen Moment. Piet war besoffen. Ganz offensichtlich. Es war allerdings nicht nur wirres Geschwätz, das er da absonderte. Eine grundlegende Traurigkeit, ein aufrichtiges Bedauern lagen in seiner Stimme. Ein echter Schmerz war zu spüren. Doch sie konnte ihn nicht einordnen.

»Es muss dir nichts leidtun. Oder?«, fragte sie, um der Melancholie ihres Mannes auf den Grund zu gehen.

»Nein. Ja. Nicht, was du denkst.«

»Was denke ich denn?«

Piet lachte bitter. »Wuppertal ist die traurigste Stadt der Welt. Und ich muss es wissen. Ich bin heute um die ganze Welt gereist.«

»Piet ...«

»Ja?«
»Geh schlafen.«
»Ja.«
»Gute Nacht.«
»Gibst du mir noch mal Nele?«
»Nein.«
»Was?«
»Ich will nicht, dass sie dich so hört.«
»Oh … Ja … Okay.«
»Gute Nacht, Piet.«
»Es tut mir leid.«
»Dir muss nichts leidtun. Komm einfach morgen nach Hause.«
»Ja …«
»Ich liebe dich.«
»Ich dich auch.«
»Frohes neues Jahr.«
»Ich liebe … neues Jahr. Nacht, Schatz. Oh, Mann …«

Susann seufzte. Es tat ihr leid für Piet, dass er offenbar nicht das gefunden hatte, wonach er gesucht hatte. Andererseits war sie auch erleichtert, dass das Ganze nun hoffentlich erledigt war.

Als sie aus dem Treppenhaus zurück auf die Straße trat, sangen alle Leute »Schnappi, das kleine Krokodil«. Irgendjemand hatte das Lied auf seiner Stereoanlage eingeschaltet, dann eine Lautsprecherbox auf die Fensterbank gestellt und die ganze Straße damit beschallt. Jeder grölte das infantile Liedchen mit und lachte. Es war ein absurdes Szenario, wie all die erwachsenen Menschen diese alberne Kindermelodie herausquakten. Sogar Peggy, bemerkte Susann, sang zögerlich mit.

Dann kam Sven auf Susann zu und sagte: »Du, ich hab's

Jörn schon gesagt, ich geh noch kurz auf ein Stündchen ins Literaturhaus. Wir sind hier ja eigentlich so weit fertig, oder? Ich meine, die Kinder schlafen ja bestimmt gleich und so.«

Susann sah Sven nur an und nickte.

»Frohes neues Jahr«, sagte Sven und ging davon.

Susann schaute zu Jörn hinüber, der weniger wütend als müde aussah. Der arme Kerl. Es stand ganz offensichtlich nicht gut um Sven und Jörn. Sie war auf Jörns Seite, obwohl Susann und Sven einmal die allerbesten Freunde gewesen waren. Aber Sven war nicht mehr derselbe. Susann hatte immer gedacht, dass Menschen sich nicht so vollständig veränderten, dass der Kern doch bleiben musste. Doch bei Sven fand sie diesen Kern einfach nicht mehr. Es war entsetzlich. Der nette, einfühlsame, witzige Sven war verschwunden, und stattdessen war da nun dieser ehrgeizige, souveräne, kreative Mann, der kurz nach zwölf die Feier mit seinen Freunden verließ, weil man ja »so weit fertig« war. Würde Sven in einem seiner Stücke auftreten, wäre er die herzlose Figur, beispielsweise die getriebene, ichzentrierte Mutter in Tschechows *Die Möwe* oder so. Bemerkte Sven wirklich nicht, dass er der falsche Charakter in dem richtigen Stück geworden war?

Susann und Nele gingen um kurz nach eins nach Hause.

Petra blieb noch bei Jörn. Peggy schlief in ihrem Zimmer, und Adrian schlummerte in Jörns und Svens Bett. Jörn schenkte Petra und sich einen Espresso ein. Er sah müde aus.

Petra überlegte, wie sie ihn trösten könnte, doch Trost war nicht ihre Spezialität. Sie war nicht Susann. Sie war nicht gut darin, aufmunternde Dinge zu sagen. Sie war kein Kopf-hoch-Mensch, der die Welt mit Zuckerguss überzog. Sie sagte, was sie dachte. Und als sie den Espresso ausgetrunken hatte, sagte sie: »Männer sind Wichser.«

»Na, vielen Dank«, sagte Jörn.

»Du nicht«, sagte sie. »Andere Männer. Dille hat nicht mal angerufen. Er hat nur eine SMS geschickt.«

Sie hielt das Handy hoch, so dass Jörn die Textnachricht lesen konnte: *Frohes neues Jahr, Suesse! Ist super hier. Breche meine eigenen Rekorde. Liebe dich.* LG D.

»Du hättest ihn auch anrufen können«, gab Jörn zu bedenken.

»Er muss sich melden. Er hat uns hier allein gelassen«, stellte Petra kategorisch fest.

»Du bist nicht allein, ich bin da«, lächelte Jörn.

»Ja«, sagte Petra. »Das bist du.«

Die beiden schauten sich an, und keiner sagte etwas. Urplötzlich herrschte eine seltsame Stimmung. Die Müdigkeit schien jäh von ihnen abgefallen zu sein. Sie waren … aufgeregt. Eine merkwürdig intensive Atmosphäre füllte den Raum zwischen ihnen, die Luft war wie aufgeladen. Wenn Petra es nicht besser gewusst hätte, hätte sie gedacht, da knistere etwas. Da schlugen Funken. Da lag Lust im Raum. Begehren und Magnetismus. Doch Jörn war schwul. Und Petra war kein Mann.

»Peggy war gut drauf heute«, sagte sie, nur, um irgendetwas zu sagen.

Jörn schaute Petra mit einem seltsamen Blick an. Dann nahm er plötzlich ihre Hand. Petra zuckte zusammen. Sie war üblicherweise nicht leicht aus der Ruhe zu bringen, aber die Art, wie Jörn ihre Hand hielt, brachte sie völlig aus dem Konzept. Es lag etwas so Energisches, Unmissverständliches in seiner Geste.

»Jörn …«, sagte sie.

Jörn erhob sich, ohne ihre Hand loszulassen, und beugte sich ein Stück zu ihr herunter. Dann ließ er ihre Hand los, nahm ihren Kopf in beide Hände und zog ihn zu seinem Gesicht heran.

»Oh, Scheiße«, stammelte Petra, kurz bevor er sie küsste.

2005

Als ich am späten Nachmittag des Neujahrstages die Tür aufschloss – immer noch schwer angeschlagen von meiner volltrunkenen Weltreise mit Anita – und Susann mir im Flur entgegenkam, mich halb mitleidig, halb amüsiert anlächelte und dann wortlos in den Arm nahm, wurde mir bewusst, wie dumm ich gewesen war. Die Tatsache, dass keiner von uns in diesem Moment etwas sagen musste, dass mein Blick Entschuldigung genug war und ihre Umarmung ein vollständiges Verzeihen, war der beste und absolute Beweis unserer Liebe. Wir hielten uns, küssten uns – und alles war klar. Dann kam Nele aus ihrem Zimmer und bewarf mich mit Konfetti, das noch von der Silvesterfeier übrig war. Ich lachte. Wir alle lachten.

Es war schön, dass Susann und ich uns in diesem Moment ohne Worte verstanden. Und es war schön, dass wir später, am Abend, doch noch redeten. Ich erzählte ihr von Anita, von dem mehr als seltsamen Silvesterabend und der unfassbaren Traurigkeit, die diese Stunden erfüllt hatte. Susann hielt meine Hand. Ich erzählte ihr, wie läppisch mir meine kleinen mentalen Zipperlein plötzlich vorkamen. Wie peinlich ich es fand, dass ich in meinem Leben eine Leere entdeckt zu haben glaubte, obwohl ich doch alles hatte, wovon andere Menschen, und nicht bloß Extremfälle wie

Anita, nur träumen konnten: Liebe, Familie, Geborgenheit, Freude, ein Auskommen.

Natürlich lässt sich nicht jede Unzufriedenheit beheben, indem man sich in Erinnerung ruft, dass es anderen Menschen weitaus schlechter geht. Aber man muss seinen Blick immer wieder neu justieren. Und die Größe seiner Probleme stets aufs Neue bewerten. Ich schrieb Krimis, obwohl ich mich nicht dazu berufen fühlte. Ich träumte insgeheim von Abenteuern und Ausbrüchen und neuen Erfahrungen, während ich im wirklichen Leben allzu viel Zeit mit Steuererklärungen, Besorgungen, alltäglichen Lappalien vergeudete. Das konnte und durfte mich manchmal nerven, ärgern und die Pfeiler meiner Existenz immer wieder hinterfragen lassen – aber ich wäre ein Idiot, wenn ich diese sporadische Unzufriedenheit als grundlegendes Problem betrachten würde. Mein Leben war gut. Es war nicht immer Ponyhof, aber wer jeden Tag ausreitet, hat irgendwann auch einen kaputten Rücken, oder?

»Ich kann das Buch über Bernhard nicht schreiben«, sagte ich schließlich. »Es wäre anmaßend von mir. Bernhards Elend war so groß, so jenseits meiner Vorstellungskraft, dass ich nur an der Oberfläche kratzen würde.«

Susann schaute mich erstaunt an. »Ich finde, du solltest es trotzdem versuchen«, sagte sie.

Ich schüttelte den Kopf.

»Du willst jetzt wirklich einen Krimi nach dem anderen schreiben?«, wunderte sie sich. »Das finde ich blöd. Das passt nicht zu dir.«

Was war das denn jetzt? Da hatte ich eingelenkt, mich auf ihren Kurs begeben, alle Flausen aus meinem Kopf vertrieben, war reumütig in die Rolle des treusorgenden und verantwortungsbewussten Familienvaters zurückgekehrt – und das war ihr nun auch nicht recht? Ich werde Frauen nie verstehen.

* * *

Es war April, später Nachmittag. Petra lag in ihrem Schlafzimmer neben Jörn im Bett. Sie hatten sturmfreie Bude. Dille hatte an diesem Wochenende seinen ersten Halbmarathon. Adrian und Peggy waren mit Susann und Nele im Zoo. Susann wusste nicht, was zwischen Petra und Jörn vorging. Eigentlich war es sehr auffällig, wie oft die beiden Susann zu überreden versuchten, gleichzeitig auf Adrian und Peggy aufzupassen. Doch Susann kannte, wie alle Kirschkernspucker, Jörn nur als schwul. Niemals wäre sie auf die Idee gekommen, dass er eine Frau lieben würde. Dilles Frau.

Petra zitterte. Immer wenn sie mit Jörn Sex gehabt hatte, zitterte sie danach für eine Weile. Es war ein wohliges Zittern, ein Entladen. Als ob ihr Körper herunterfahren musste. Sex mit Jörn war unglaublich schön. Er war ein völlig unkalkulierbarer Liebhaber. Er berührte sie, wo Dille sie nie berührt hatte – in der Kniekehle, an der Innenseite der Schenkel, am Nacken. Er küsste unglaublich gut. Und er konnte auch alles andere als sanft sein. Er war nicht grob oder gar brutal, aber der freundliche, warmherzige Jörn entpuppte sich zu Petras Überraschung als dominanter, kraftvoller Liebhaber, der ihren ganzen Körper in Beschlag nahm, erkundete und eroberte. Einzig ihre Brüste interessierten ihn herzlich wenig. Wenn er ihren Busen tatsächlich mal mehr als flüchtig berührte, spürte Petra, dass er sich dazu irgendwie verpflichtet fühlte. Ihm aber gaben sie nichts. Das gefiel Petra irgendwie. Dille hingegen war ein ausgesprochener Busenmensch. Er pflegte ihre Brüste beim Sex so ausgiebig und gierig zu knutschen und zu kneten, als fürchtete er, man würde sie ihm morgen wegnehmen. Jörn jedoch war nicht auf einen Bereich von ihr fixiert. Sie war ein Ganzes für ihn, und als solches liebte er sie.

Ja, er liebte sie. Und darüber war er ebenso erstaunt wie Petra. Seit er ein Teenager war, hatte er keinen Sex mehr mit einer Frau gehabt. Er mochte Frauen, er fand sie oft schön, bemerkenswert, sinnlich – aber nie hatte solch eine Anziehung ausgereicht, dass er wirkliche Lust verspürt hätte. Oder gar Liebe. Doch nun war da Petra. Und es war nicht einfach nur die Flucht in die Arme eines anderen Menschen, der in seiner Beziehung allein gelassen worden war. Es war mehr. Ja, es war Liebe. Und die fällt bekanntlich hin, wo immer sie hinfallen will.

Jörn war sich seiner Sache sicher. Er war sich seiner Liebe sicher. Und er wollte Nägel mit Köpfen machen. Er wollte es Sven erzählen, wollte sich trennen. Jörn vermutete, dass Sven es mit Fassung tragen würde. Womöglich wäre er sogar erleichtert, Jörn endlich los zu sein. Doch Jörn konnte mit Sven keinen reinen Tisch machen, bevor Petra nicht mit Dille sprach. So weit war sie aber noch nicht. Sie empfand immer noch Zuneigung und Vertrautheit und Loyalität gegenüber Dille. Außerdem waren da Kinder. Genau wie bei Jörn und Sven. Was würde aus Peggy, wenn sie sich trennten? Jörn hatte sich schlaugemacht: Er könnte auch als alleinerziehender Pflegevater fungieren. Allerdings nur, wenn er nicht arbeitete. Er musste genug Zeit für das Kind haben. Sven würde ihn auch nach der Trennung noch finanziell unterstützen müssen. Ein Gedanke, der Jörn überhaupt nicht gefiel.

Petra schaltete mit der Fernbedienung den Fernseher ein, der am Fußende des Bettes stand. Das machte sie immer. Hinterher, irgendwann. Und Jörn, der das erst blöd gefunden hatte, hatte sich inzwischen daran gewöhnt. Erst drang nur Jubel aus den Lautsprechern, dann sah man Bilder vom Markusplatz im Rom. Joseph Kardinal Ratzinger war gerade zum neuen Papst gewählt worden.

»Eine Reformation der katholischen Kirche steht wohl nicht ins Haus«, sagte der Kommentator. »Als Kardinal bezog der neue Papst immer deutlich Stellung gegen jede zeitgemäße Strömung. Er ist radikaler Abtreibungsgegner, verdammt Kondome und Frauen im Priesteramt und rief Homosexuelle mehrfach dazu auf, ihr vermeintlich sündiges Treiben zu unterlassen.«

Jörn lachte spöttisch: »Verdammt. Ich hätte nie gedacht, dass ich es mal einem Papst recht mache!«

Petra zog die Decke über den Kopf und kroch an Jörn herunter.

»Was sagt der Papst denn zu Oralverkehr?«, fragte sie.

»Och, da weiß er nur das, was die Messdiener so erzählen«, lachte Jörn und schloss glücklich seufzend die Augen.

* * *

Dille keuchte. Vor einer Weile war er an einem Stand vorbeigekommen, an dem man ihm einen Wasserbecher gereicht hatte. Das war die Zehn-Kilometer-Marke gewesen. Noch knapp zwölf Kilometer also. Das war machbar! Er fühlte sich zwar erschöpft, aber noch nicht mal annähernd so kaputt, dass er an Kapitulation dachte. Er würde diesen Lauf durchziehen. Dilles erste große Bewährungsprobe als Läufer war der »Potsdamer Schlössermarathon«. 21,097 Kilometer durch Parks und Gärten, ein Stückchen durch Berlin, an der Havel und am Jungfernsee entlang. Es war, wie seine Sportkumpel ihm erklärt hatten, ein landschaftlich sehr schöner und aufgrund chronisch geringer Teilnehmerzahlen auch sehr idyllischer Lauf. »Da stehste nicht so unter Druck«, hatte Fred gesagt. »Da haste nicht überall Zuschauer an der Strecke, das ist mehr so was wie ein meditatives Erlebnis.«

Dille hätte ehrlich gesagt gern ein paar Leute am Straßenrand gehabt, die ihm zujubelten. Das war doch ein Ansporn. Und sehr cool. Zuschauer gab es tatsächlich nur an bestimmten Knotenpunkten. Über weite Strecken lief Dille von der Welt unbeachtet vor sich hin. Auch Petra und die Kinder waren nicht da. Das hatte Dille getroffen. Schließlich war es sein erster großer Lauf, er hatte hart dafür trainiert, doch Petra hatte gesagt: »Ich fahr doch nicht ganz bis in den Osten mit dem Lütten, nur um dich mal an irgendeiner Kreuzung vorbeistolpern zu sehen!«

»Aber ich hätte dich gern da«, hatte Dille geantwortet. »Als Ansporn.«

»Weißt du, wie oft wir dich in den letzten Monaten gern dagehabt hätten?«, hatte Petra gemotzt. »Aber du warst ja immer beschäftigt. Immer nur am Trainieren.«

Dille hatte sich geschlagen geben müssen. Sie hatte ja recht, irgendwie. Auch seine Laufkumpel waren nicht gekommen, um ihn anzufeuern. Das waren alles harte Hunde. Denen war diese Veranstaltung zu läppisch, die machten nichts unter einem zünftigen Triathlon. Dille hatte sogar Lucy und Florian überreden wollen zu kommen (»Dann macht ihr euch noch ein schönes Wochenende in Berlin, Party und so, hm?«), doch Lucy demonstrierte vor irgendeiner afrikanischen Botschaft gegen Beschneidungen, und Florian war mit diesem seltsamen Mitbewohner – Adolf – auf irgendeinem Rockfestival. Die Abwesenheit all seiner Lieben trübte das Vergnügen für Dille. Er fühlte sich einsam auf der Strecke.

Am Anfang zogen noch regelmäßig Läufer an ihm vorbei, doch seit mindestens einem Kilometer hatte ihn niemand mehr überholt. Dille musste so ziemlich das Schlusslicht bilden. Das überraschte ihn, denn er hatte eigentlich das Gefühl, schnell zu sein. Oder war er womöglich so gut, dass er die meisten anderen abgehängt hatte? Wäre das nicht ein wahnsinnig geiler Einstieg? Der erste Lauf und dann gleich aufs Siegertreppchen? Von dieser Vision angespornt, erhöhte Dille das Tempo sogar noch ein bisschen und lief erhobenen Kopfes weiter. Es war eine schöne Strecke, rechts irgendein Gewässer, links Bäume. Total friedlich. Seine Kumpel hatten recht gehabt: Idyllischer konnte ein Wettkampf kaum sein.

Nach ein paar Minuten kam Dille an eine Abzweigung. Er schaute nach links und nach rechts, doch nirgendwo stand einer der Freiwilligen, die ihm den richtigen Weg wiesen. Da war niemand, nicht einmal ein Schild. Was war das denn für eine Scheiße? Das kostete ihn doch wertvolle Sekunden, sich jetzt orientieren zu müssen. Dille lief unschlüssig auf der Stelle – »Immer in Bewegung bleiben!«, hatten seine Mentoren ihm eingebleut – und schaute sich um. Was nun? Er blickte zurück, von wo er gekommen war. Kein Läufer zu sehen. Fuck! Eine ältere Frau mit einem dicken Hund kam den Weg entlang, und Dille lief auf sie zu. Der Hund kläffte ihn an.

»Entschuldigung«, keuchte Dille. »Wo ist denn hier die Strecke? Wo geht's weiter?«

Die Frau schaute ihn irritiert an.

»Der Marathon«, keuchte Dille. »Die Strecke? Wo lang?«

»Äh … Das ist doch am Schloss Cecilienhof, oder?«, wunderte sich die Frau. »Dieses Laufen. Das ist doch am Schloss?«

Dille starrte sie fassungslos an.

»Da haben Sie sich verlaufen, fürchte ich«, sagte die Frau.

»Was?!«, rief Dille. Wie sollte so etwas denn möglich sein?!

»Ich glaube, da müssen Sie zum Schloss Cecilienhof, und dann geht's, glaube ich, zum Sanssouci. Da in der Nähe wohnt eine Freundin von mir, und die sagt, da laufen immer Leute unter ihrem Haus vorbei.«

»Fuck!«, ächzte Dille.

Hatte er den falschen Weg genommen, nachdem er vorhin kurz in dem kleinen Waldstückchen gepinkelt hatte? Seine Laufkumpel hatten ihm erzählt, man müsse bei einem Marathon nicht pinkeln. Das schwitze man alles aus. Aber Dilles Blase hatte das nicht beeindruckt, die drei Becher Frühstückskaffee wollten raus. Und nachdem er in der Baumgruppe gepinkelt hatte, musste er danach wohl den falschen Weg genommen haben. Wie unfassbar peinlich! Es würde nicht leicht sein, das wieder aufzuholen.

»Wo muss ich denn lang?!«, keuchte Dille, immer noch auf der Stelle laufend. »Den kleinen Weg da wieder zurück und dann?«

Die Frau überlegte einen qualvoll langen Moment und sagte dann: »Also, am besten, Sie nehmen den Bus.«

* * *

Susann hätte es nie offen zugegeben, aber sie bedauerte inzwischen, Jegor in ihre Klasse aufgenommen zu haben. Der Junge brachte eine unglaubliche Unruhe in die Gemeinschaft, bremste den Unterricht aus, weil er ständig ermahnt und gemaßregelt werden musste, und alle Versuche Susanns, ihn aus seinem Zustand der aggressiven Verweigerung zu locken, das gutzumachen, was seine Eltern angerichtet hatten, waren bislang gescheitert. Susann ging langsam die Kraft aus.

Lehrer und Schulleiter konnten noch so oft beteuern, dass es nicht so wäre, aber irgendwann kam immer der Punkt, an dem ein Lehrer einen Schüler aufgab. Es kam der Moment, an dem man bestimmte Schüler einfach nur noch zum Kotzen fand und nicht mehr bereit war, Energie an sie zu verschwenden. Susann war bei Jegor kurz davor. Sie sträubte sich noch, wollte es nicht wahrhaben, zwang sich zu Engagement und Ansprache, aber tief in ihrem Innern wünschte sie sich, er würde einfach verschwinden.

Jegor war jetzt zwölf Jahre alt. Er hatte noch ein sehr kindliches Gesicht, niedlich fast, doch seine Augen waren seltsam stumpf, und seine ganze Erscheinung war von einer irritierenden Anspannung. Er sah immer so aus, als würde er gleich aufspringen, loslaufen, zuschlagen. Manchmal tat er das auch. Er trug meistens weite Jeans, die ihm in den Kniekehlen hingen, Designer-Turnschuhe und ständig wechselnde T- und Sweat-Shirts mit Hiphop-Aufdruck. Susann war sich sicher, dass er die Sachen klaute. Vielleicht zog er auch Mitschüler ab, beraubte sie ihres Kantinengeldes und ihrer Handys, die er dann irgendwelchen älteren Jungen verkaufte. Auf Jegors T-Shirts standen die Namen Sido, Bushido und Frauenarzt, und Susann hatte sich in einer ruhigen Stunde einmal an den Computer gesetzt und sich schlaugemacht, was genau das für Musiker waren. Sie war sich schon im Klaren darüber gewesen, dass es irgendwelche Rapmachos waren, die auf dicke Hose machten, aber als sie sich einige ihrer Songs anhörte und die Songtexte nachlas, war sie aufrichtig geschockt gewesen. Diese Typen waren Primaten, für die Frauen bloß Sexobjekte waren und die Gewalt und sogar Vergewaltigungen verherrlichten. Gleichzeitig waren ihre Vorstellungen von einer fast schon absurden Spießigkeit geprägt. Diese pöbelnden Hiphop-Hirnis wollten ein Heimchen am Herd haben, eine allseits willige Mixtur aus Sexpuppe und Kochmutti. Und war ihre Privatschlampe mal nicht willig, hatte sie sich gefälligst über die Arbeitsfläche der Küche zu beugen und schweigsam zu erdulden, wonach auch immer es diesen pöbelnden Schwachmaten gelüstete.

Na, reizend. Wenn man kleine Kinder mit so einem Scheißdreck fütterte, durfte man sich nicht wundern, wenn am Ende missglückte Menschen dabei herauskamen. Typen wie Bushido, dachte Susann, waren der Grund, warum sich Ausländerfeindlichkeit immer mehr breitmachte. Da konnten noch so viele engagierte Migranten versuchen, eine Brücke zwischen den Kulturen zu schlagen, und mit Preisen für ihre Integrationsbemühungen geehrt werden, am Ende waren es Kreaturen wie Bushido, die das Bild prägten. Immerhin würde so ein Kerl niemals einen Integrationspreis bekommen.

Was tat man als Lehrerin, wenn man ein Kind in seiner Klasse hatte, das sich über seinen vermutlich geklauten MP3-Player in der Pause Lieder über Analverkehr, Vergewaltigung und Massenschlägereien anhörte, zu Hause betrunkene Eltern sitzen hatte, die sich nicht um es kümmerten, sich von zuckertriefenden Energydrinks und Kartoffelchips ernährte und alles in allem eine tickende Zeitbombe war? Auch wenn Jegor in einem Alter war, in dem Sexualität gemeinhin noch keine übermäßig große Rolle spielte, erkannte sie bei ihm die Ausnahme von der Regel. Kollegen hatten Susann erzählt, dass in vielen Familien Pornofilme ganz selbstverständlich und im Beisein der Kinder über die Computer- und TV-Monitore im Wohnzimmer flimmerten, dass große Brüder und Schwestern Sex so bedenkenlos und ohne jede Einhaltung einer Privatsphäre betrieben wie Nahrungsaufnahme. Es gab Mädchen, die stolz darauf waren, einem Dutzend Jungen direkt nacheinander einen geblasen zu haben. Derartige Gangbang-Events waren so ziemlich das Einzige, womit sie jemals auftrumpfen konnten, das Einzige, worin sie gut waren. Ihre tragischen fünfzehn Minuten Ruhm. Es war eine Parallelwelt, die Menschen wie Susann nur vom Hörensagen kannten. Doch sie existierte. Und Jegor war ein Besucher aus dieser Welt. Susann hatte bemerkt, wie er den Mädchen und selbst ihr, der Lehrerin, viel zu unverhohlen, viel zu unverschämt auf die Brüste starrte. Eine Fünftklässlerin hatte einmal geweint und war völlig verstört gewesen, als sie von der Toilette gekommen war. Hinterher ging das Gerücht um, Jegor wäre auch in der Toilette gewesen und hätte sie begrabscht, doch aus dem Mädchen war nichts herauszuholen gewesen. Vielleicht war es wahr, vielleicht war es dummer Klatsch, Legendenbildung, eine Verleumdung. Das Mädchen wurde befragt, behauptete aber, da sei nichts gewesen auf der Toilette, und bestritt, überhaupt zu wissen, wer Jegor sei. Dabei wusste jeder an der Schule, wer Jegor war. Jeder wusste das!

Susann war kein Weichei. Sie unterrichtete seit Jahren an

einer Haupt- und Realschule, die sich an einem sogenannten »sozialen Brennpunkt« befand. Sie hatte Erfahrung mit alltäglichem Rassismus, Gewalt und Mobbing. Jegor war ein besonders krasses Beispiel, ein extrem bedrohliches und gleichzeitig tragisches Kind. Doch er war nur die Spitze des Eisbergs. Rund ein Drittel ihrer Schüler, schätzte Susann, waren verhaltensauffällig und stammten aus Familien, die eigentlich eine Therapie brauchten. Es war eine bittere Welt, in der Susann Gutes zu tun versuchte. Aber irgendwann war auch mal gut mit gut.

Abends saß Susann mit Piet zusammen und schilderte ihm den neuesten Vorfall mit Jegor. Der Junge hatte in der Pause einen Jungen, der irgendetwas Abfälliges über ihn gesagt hatte, brutal zu Boden geschlagen. Die beiden Jungen hatten sich geprügelt, und Jegor war zwar ungemein aggressiv gewesen, aber auch einen Kopf kleiner als sein Kontrahent. Am Ende hatte Jegor keine Chance. Als der andere Junge ihm in den Magen schlug, erbrach sich Jegor mitten auf dem Schulhof. Die Schulsekretärin, die sich um Jegor gekümmert hatte, hatte eine Alkoholfahne an ihm bemerkt. Daraufhin hatte Susann Jegors Schulrucksack durchsucht und zwei Flaschen Alcopops gefunden. Jegor würde einen Schulverweis bekommen. Käme noch ein zweiter dazu, könnte man ihn von der Schule schmeißen.

»Ich weiß, es klingt widerlich, aber ich hoffe, der kleine Scheißkerl leistet sich möglichst schnell noch so einen Hammer. Dann sind wir ihn los«, sagte Susann.

Piet schaute sie nachdenklich an.

»Wenn du jetzt überlegst, vielleicht ein Buch über Jegor zu schreiben, fange ich an zu schreien«, sagte Susann halb im Spaß.

»Ich wundere mich nur über dich«, sagte Piet. »So radikal und unnachgiebig kenne ich dich gar nicht.«

»Ich mich ja auch nicht«, antwortete Susann seufzend. »Vielleicht kommt das mit dem Alter. Da lässt die Toleranz nach, der ganze Gutmensch-Kram kann sich immer schwerer gegen die Realität behaupten. Ich find's ja auch furchtbar, aber ein paar Probleme sind einfach nicht zu lösen. Und ich will sie einfach nur aus meiner Welt haben. Dieser Junge ist nicht zu retten. Der ist kaputt. Ein für alle Mal. Der ist vorprogrammierter Knast.«

»Traurig«, sagte Piet.

»Ja«, stimmte Susann ihm zu.

Die beiden bemerkten nicht, dass Nele ihnen vom Flur aus die ganze Zeit zugehört hatte. Nele war wütend. So redete man nicht über Kinder! So redete man nicht über andere Menschen. Man konnte jeden Menschen retten. Das sah man doch an Peggy. Die wurde doch auch immer fröhlicher. Man musste nur lange genug nett zu jemandem sein, dann hörte er auf, traurig oder schwierig zu sein. Peggy redete inzwischen viel mehr und schaute sich auch nicht mehr die ganze Zeit ängstlich um, als ob die Welt voller Feinde wäre, die ihr an den Kragen wollten. Mit Peggy konnte man inzwischen richtig spielen. Die Welt war doch schön. Und das müsste man doch auch Jegor erklären können …

Silvester 2005

So klein die letzte Silvesterfeier gewesen war, so groß war sie in diesem Jahr. Dilles und Petras Kinder hatten in ihrer Amnesty-International-Gruppe einen jungen Mann aus Ghana kennengelernt, der ihnen lang und breit erklärt hatte, was für eine große Rolle die Familie in afrikanischen Kulturen spiele. Familie sei dort ein Riesennetzwerk, die menschliche Version von dieser komischen neuen Internetseite namens Facebook, die irgend so ein Nerd in Amerika gerade gestartet hatte.

»Jeder in den Familien ist für jeden da«, hatte der afrikanische Menschenrechtler Lucy und Florian erklärt. »Da hab ich mich hier in Deutschland immer noch nicht dran gewöhnt, dass die Leute hier ständig vergessen, wie wichtig Familie ist.«

Lucy und Florian hatten sich das sehr zu Herzen genommen und fanden ganz plötzlich, sie brauchten auch etwas mehr afrikanischen Gemeinschaftssinn in ihrem Leben. Also hatten sie ihren verblüfften Eltern mitgeteilt, dass sie diese Jahreswende gerne mit ihnen feiern würden. Dille und Petra fanden das toll, wollten aber die Kirschkernspuckerbandentradition nicht brechen.

»Ach was«, hatte Lucy gesagt, »umso besser! Die Kirschkernspuckerbande ist doch auch so etwas wie Familie. Wir feiern einfach alle zusammen. Die ganze Truppe. Das wird voll geil.«

Da Dilles und Petras Wohnung zu klein war, um noch mehr Leute aufzunehmen als sonst, stellten Piet und Susann ihr Wohnzimmer zur Verfügung. Und so saßen sie am Silvesterabend gemeinsam bei Susann und Piet am Tisch – die Kirschkernspucker, Peggy, Nele und Adrian.

Als es klingelte, öffnete Susann die Tür und ließ Lucy und Florian ein, die nicht nur eine Kiste Fair-Trade-Sekt mitbrachten, sondern auch ihren Mitbewohner Adolf, der etwas kleinlaut bemerkte: »Ich hoffe, ich störe nicht. Aber ich hab keine Familie. Jedenfalls nicht hier in Hamburg. Und, na ja, ich bin ja irgendwie der Patenonkel von Adrian, oder? Ich meine nicht offiziell, also, niemand hat gesagt, ich sei der Patenonkel oder so, aber ich hab ja bei der Geburt geholfen und so, und da dachte ich …«

»Komm rein«, unterbrach ihn die lachende Petra, die inzwischen dazugetreten war. »Schön, dass du da bist. Wie heißt du denn momentan?«

»Adze mit D«, sagte Adolf. »Spitzname. Verstehst du?«

»Ja«, lachte Petra. »Ist relativ kompliziert, aber ich glaube, ich habe es kapiert. Das ist ein sehr schöner Spitzname.«

Adze strahlte. Petra war sich nach wie vor nicht sicher, ob Adolf einfach nur ein Sonderling war oder ob er womöglich so etwas wie eine leichte geistige Behinderung hatte. Sie hatte ihn in jedem Fall gern. Adze war so atemberaubend freundlich und arglos, dass man ihn einfach mögen musste.

Es war ein urkomischer Abend. Zuerst. Alle waren entspannt und gelöst. Selbst Sven hatte die ganze Zeit über blendende Laune. In den letzten Monaten hatte er oft den

Eindruck vermittelt, als wären ihm seine Freunde irgendwie unangenehm, als wäre er lieber woanders. Doch nicht heute. An diesem Abend wurde viel gelacht. Der Mann aus Ghana hatte offensichtlich recht gehabt mit seiner Theorie, dass es kein besseres Netzwerk gab als Familie und Freunde.

Dille wurde ausgiebig mit seinem missglückten Halbmarathon aufgezogen. Anfangs hatte er ernsthaft versucht zu erklären, wie es passieren konnte, dass er sich als vermutlich erster Mensch der Welt bei solch einem Wettkampf verlaufen hatte, fing aber irgendwann selbst an, über sich zu lachen. Und schon bald schmückte er den peinlichen Start seiner Sportlerkarriere aus – ganz nach dem Motto »Wenn schon, denn schon« –, so dass seine Erzählung einer gekonnten Stand-up-Comedy-Nummer glich. Er schilderte ausgiebig und überlebensgroß, wie er nach der Begegnung mit der Dame mit Hund den kompletten Weg bis zu seiner Pinkelstelle zurückgelaufen war, wie er dort tatsächlich nach einigen Umwegen auf die richtige Strecke zurückgefunden hatte, wie er all seine Kraftreserven mobilisiert hatte und noch einmal richtig durchgestartet war und wie er gen Ende sogar noch einen anderen Läufer überholt hatte. Okay, ja, der war über siebzig Jahre alt gewesen und hatte sich nur noch im Schritttempo dem Ziel (und so, wie Dille es schilderte, auch seinem baldigen Tod) entgegengeschleppt, aber Dille war dadurch immerhin Vorletzter geworden. Zuerst hatten die Veranstalter ihn disqualifiziert, weil er bei seiner Odyssee einen Kontrollpunkt umlaufen hatte. Aber als Dille dann wortreich erklärt hatte, was passiert war, hatten die Veranstalter sich dermaßen scheckig gelacht, dass sie ihn nicht nur nachträglich doch noch qualifizierten, sondern ihm ein paar Tage später sogar noch eine witzige »Sonderurkunde« zuschickten: *Dilbert Kasinski,* 1467 *Platz beim Halbmarathon. Sieger des ersten inoffiziellen Potsdamer Orientierungslaufs.*

Petra betrachtete Dille, während dieser sein Missgeschick zum Besten gab, und entdeckte den alten Dille wieder. Den frechen Typen mit dem bübischen Charme, der sich immer etwas mehr zutraute, als er bewältigen konnte, und eine nahezu panische Angst davor hatte, irgendetwas zu verpassen. Sie sah den Spaßvogel und erinnerte sich, warum sie sich in ihn verliebt hatte. Sie fragte sich, nicht zum ersten Mal, ob es nicht das einzig Vernünftige wäre, ihre Affäre mit Jörn zu beenden – einzig, dass das gar keine Affäre mehr war, sondern sehr viel mehr. Jörn drängte sie seit Wochen, endlich klare Verhältnisse zu schaffen. Er wollte mit ihr zusammen sein. Komplett, mit allem, was dazu gehörte. Doch Petra war hin- und hergerissen. Sie hatte immer gedacht, es wäre ein billiges Liebesromanklischee, dass man zwei Menschen gleichermaßen lieben kann – doch es ging. Sie liebte Jörn, und sie liebte Dille.

Lucy hatte ein Spiel namens »Erwischt!« mitgebracht, das aus kleinen Kärtchen bestand. Jeder bekam eine Karte, auf der drei Sachen standen, die er im Laufe des Abends so unauffällig und selbstverständlich wie möglich tun musste. Bestimmte Wunderlichkeiten, wie jemandem durch die Haare zu wuscheln, dreimal über verschiedene Talkshow-Moderatoren zu lästern oder exzessiv zu schielen. Wenn jemand in der Runde vermutete, dass das, was jemand tat, keine normale kleine Macke, sondern eine Aufgabe des Spiels war, musste er laut »Erwischt!« rufen. Für jede Aufgabe, die man erledigte, ohne erwischt zu werden, gab es einen Punkt. Jedes Mal, wenn man ertappt wurde, wurde ein Punkt abgezogen. Und wer unberechtigt »Erwischt!« rief, bekam ebenfalls einen Minuspunkt. Ein völlig idiotisches Spiel eigentlich, das aber ununterbrochen für Lacher sorgte. Nicht zuletzt, weil Adze alle zwei Minuten einen Spielzug witterte. Er hatte am Ende des Abends fünfzehn Minuspunkte.

»Erwischt!«, rief Adze zum Beispiel, als Sven nieste.

»Blödsinn!«, sagte Sven. »Ich hab einfach nur geniest. Ich kann gar nicht auf Kommando niesen. Niemand kann auf Kommando niesen.«

»Ich schon«, sagte Adze und sagte: »Hatschi.«

Alle lachten.

Piet beobachtete, wie Lucy aufstand, sich zu der kleinen Peggy setzte und mit ihr sprach. Er war neugierig, was die wilde Szenen-Lucy dem kleinen Mädchen zu erzählen hatte, und lauschte. Lucy war jede Form von verbalem Output zuzutrauen. Es war durchaus denkbar, dass sie dem kleinen Mädchen eine erste Aufklärungsstunde gab, dass sie ihr erklärte, wie man einen Molotowcocktail baute, oder ihr den Inhalt des neuen Tarantino-Films erzählte. Doch Lucy sprach gar nicht. Sie hörte zu. Und Peggy erzählte. Das war mehr als ungewöhnlich, denn wir alle kannten Peggy als extrem schweigsam und zurückgezogen. Bei Lucy aber schien diese Zurückhaltung nicht zu gelten. Peggy sprach zwar leise mit ihr, aber ausgiebig. Ich schnappte ein paar Fragmente auf: »... nachts manchmal träume, aber dann mache ich das Licht an, und ich weiß ja, dass Jörn nebenan ...« und »... ganz doll gelacht, als SpongeBob bei der Fahrprüfung ...« und »... kochen und backen, das macht Spaß. Wenn ich groß bin ...«

Piet fand es falsch, weiter zu lauschen, denn Peggys Zutrauen galt nicht ihm, sondern Lucy. Er wusste nicht, wie diese flippige junge Frau den Draht zu dem verängstigten Kind gefunden hatte. Lucy sah nicht aus wie die gute Fee, von der kleine, scheue Mädchen träumen. Sie sah eher aus wie eine knuffige Hexe: Sie hatte im Gesicht vier Piercings, trug mit Vorliebe zerrissene Kleidung und schminkte sich die Augenpartie mit so viel Schwarz, dass sie aussah, als hätte sie ihre obere Gesichtshälfte in einen Eimer feuchten Kohlenstaub getunkt. Lucy war auch keine ausgleichende Persönlichkeit, die mit viel Fingerspitzengefühl agierte. Sie ging stets mit dem Kopf durch die Wand und hatte Spaß daran zu provozieren. Neulich hatte sie erst wieder eine Anzeige kassiert, diesmal wegen »Volksverhetzung«, weil sie bei einer Demo ein T-Shirt mit der Aufschrift »Buck Fush« getragen hatte. Darunter war ein Hakenkreuz auf einer US-amerikanischen Flagge abgebildet gewesen. Aber vielleicht war es genau das, was Peggy gefiel: Lucy war ein offenkundig starker Mensch, der tat, was er für richtig hielt, und genug Selbstbewusstsein hatte, um keine faulen Kompromisse einzugehen. Diese Stärke beeindruckte das Kind vielleicht. Und Lucy war nicht nur tough, sie konnte auch echt süß sein. Jetzt kitzelte sie Peggy und machte alberne Grimassen. Peggy lachte so laut, dass alle erst erstaunt und schließlich erfreut zu ihr hinüberschauten.

Dann klingelte es an der Tür.

»Erwartet ihr noch jemanden?«, fragte Jörn.

Piet schüttelte den Kopf und stand auf.

Als er die Tür öffnete, fielen ihm fast die Augen aus dem Kopf. Da stand Anita!

»Was machst du denn hier?«, stammelte er fassungslos.

»Du hast mir doch geschrieben, ich solle weniger in meiner Traumwelt leben«, sagte Anita und trat einfach ein. »Also reise ich heute nicht mit achtzig Gläsern um die Welt. Das macht allein eh keinen Spaß.« Wie selbstverständlich ging sie ins Wohnzimmer und winkte der völlig perplexen Runde begeistert zu. »Hallo, ich bin Anita! Piets Freundin.«

Nicht nur Susann fiel die Kinnlade herunter.

Piet und Anita hatten einander im vergangenen Jahr immer mal wieder E-Mails geschrieben. Für Piet war das Antworten auf Anitas ziemlich kryptische Mails eher ein Akt der Höflichkeit und des Mitleids gewesen. Je öfter er von ihr las, desto deutlicher wurde ihm bewusst, wie unsagbar einsam sie war. Und dass sie sich immer mehr in eine Traumwelt flüchtete. Piet hatte ihr in den letzten Mails schonend beizubringen versucht, dass sie so nicht weiterleben könne. Er konnte sich gar nicht mehr erklären, wie er noch vor kurzem so fasziniert von ihrer wirren Art gewesen war. Inzwischen fand er sie nur noch zutiefst tragisch. Anita aber hatte seine Worte offenbar sehr ernst genommen. Es war ihr wichtig, was er ihr zu sagen hatte. So bitter es war: Piet war ihr bester, ja, ihr einziger Freund auf der Welt. Der Mann, der zwischen Gibraltar und Sumatra in ihre Kloschüssel gekotzt hatte. Aus ihrer Sicht war es völlig logisch, dass sie nun hier war. Bei ihrem Freund.

Susann, der Piet einige der Mails gezeigt hatte und die ja über Anitas verrückte Welt informiert war, überwand ihren Schreck und begrüßte Anita auf die einzige Art, wie man Anita begrüßen sollte – sie umarmte sie und sagte: »Wie schön, dass du da bist. Ich hab schon so viel von dir gehört.«

Nachts um ein Uhr saßen die Kirschkernspucker auf dem Boden, tranken Wein und Sekt. Die Kinder schliefen in Susanns und Piets Bett. Lucy und Florian hatten beschlossen, dass man es auch übertreiben konnte mit dem Familiensinn, und sich zu einer Party im Schanzenviertel abgesetzt. Adze jedoch war geblieben. Er fühlte sich wahnsinnig wohl.

Während die Freunde gelöst und gut gelaunt den Beginn des neuen Jahres feierten, flimmerte im Hintergrund der Fernseher. Irgendeine Endlosschleife von Musikvideos der größten Hits des Jahres. Fettes Brot besang Emanuela, Juanes schmachtete auf Spanisch, und Tokio Hotel, diese irgendwie außerirdisch anmutenden Kinder, kämpften sich singenderweise »Durch den Monsun«.

»Die Monsunwinde wurden erstmals 120 vor Christi von dem Seefahrer Eudoxos aus Kyzikos erwähnt«, sagte Anita, die trotz beachtlichen Alkoholpegels immer noch die volle Kontrolle über ihr bemerkenswertes Gedächtnis hatte. »Ohne den Monsun wären weite Teile von Asien völlig unbewässert, und die Leute müssten verhungern. Andererseits sorgt der Monsun regelmäßig auch für riesige Überschwemmungen und vernichtet die komplette Ernte. Und dann müssen die Leute auch verhungern.«

»Wow«, staunte Adze, der Anita schon den ganzen Abend lang angehimmelt hatte, »was du alles weißt!«

»Das meiste hat mir Bernhard erzählt«, erklärte Anita.

Während Adze, der keine Ahnung hatte, wer Bernhard war, näher an Anita heranrückte und sie mit Dackelaugen anschaute, wurden die Kirschkernspucker nachdenklich. Die Erinnerung an Bernhard ließ sie alle innehalten. Bernhard war für einen Moment mitten unter ihnen im Raum. Ein stotternder kleiner Junge voll Angst und Brillanz.

Bernhard – ihr alter Freund, der niemals ihr richtiger Freund werden konnte, weil er zu früh verschwand, sich ausklinkte, sich dem Leben nicht stellte.

Piet hob sein Sektglas. »Auf Bernhard!«, sagte er.

Die anderen hoben ebenfalls ihre Gläser und sagten: »Auf Bernhard!« und »Auf die Kirschkernspuckerbande!«

Piet erhob sich, schaute sich um, schaute lange Anita an, dann seine Freunde, dann Susann, die er anlächelte. Er war betrunken. Und er war in ziemlich pathetischer Stimmung. Er sagte: »Auf das Leben, das man nicht an sich vorbeiziehen lassen darf. Es ist zu kurz, um Dinge auf die lange Bank zu schieben. Auf dass wir alle immer den Mut haben, zu tun, was wir tun wollen!«

Es herrschte eine feierliche Stimmung. Eine Stimmung, die besonders Adze inspirierte. Der drehte sich nämlich plötzlich zu Anita um, nahm sie unbeholfen in den Arm und küsste sie auf den Mund. Die völlig überrumpelte Anita starrte Adze erst erschrocken an, dann machte sich ein rührendes, verlegenes Lächeln auf ihrem Gesicht breit. Sie wurde tatsächlich rot. Und Adze strahlte, als er ihre Hand nahm.

Es hätte ein schöner, wunderbar süßer Abschluss dieses Silvesterabends sein können, hätte sich nun nicht Jörn geräuspert und gesagt: »Ich habe auch etwas zu tun. Etwas, was ich schon viel zu lange aufgeschoben habe. Dille, es tut mir entsetzlich leid, aber ich liebe deine Frau.«

Alle lachten los. Typisch Jörn, mit seinem supertrockenen Humor.

Doch das Lachen erstarb, als Jörn keine Miene verzog, Dille weiterhin ernst ins Gesicht schaute und sagte: »Das ist kein Witz. Petra und ich, wir lieben uns. Wir sind ein Paar. Seit Monaten schon. Und es kann nicht so weitergehen wie bisher.« Jörn wandte sich Sven zu, der seinen Mann fassungslos ansah: »Es tut mir leid, Sven. Aber seien wir doch ehrlich: Wir beide – das ist doch längst vorbei.«

Niemand sagte etwas, die Stille war quälend. Dann schauten alle zu Petra, die leichenblass an der Wand lehnte.

»Fuck«, stöhnte Petra. »Fuck.«

1. Januar 2006

Fünf Uhr morgens. Sven und Jörn saßen am Tisch und redeten. Ruhig, kultiviert, vernünftig. Dabei hätte Jörn schreien können. Er wollte die Trennung. Er wollte mit Petra zusammen sein. Es war unvermeidlich, dass Sven und er sich als Einheit auflösten. Aber nicht so. Nicht so nüchtern. Nicht so verständnisvoll. Es kam für Jörn nicht unerwartet, aber es schmerzte ihn dennoch maßlos, dass Sven nicht besonders darunter zu leiden schien, was hier gerade geschah. Es war, als begrüße Sven die Trennung fast als neue Chance. Als ob mit der Trennung von Jörn endlich der letzte Rest seines alten Lebens abgestreift würde. Sven konnte nun gänzlich in seiner Welt aus coolen und schönen, kreativen und wichtigen Menschen abtauchen.

War Jörn wirklich kein Verlust für ihn?

»Ich habe dich sehr geliebt«, sagte Jörn, »aber in den letzten Jahren …«

»Ja«, unterbrach ihn Sven. »Es tut mir leid. Ich weiß, dass ich selbst auch Schuld daran habe. Ich war kein guter Ehemann in letzter Zeit.«

Dieses Verständnis! Zum Kotzen! Es war, als würde Sven ein Arbeitsverhältnis in gegenseitigem Einverständnis auflösen.

»Dass du mich aber ausgerechnet für eine Frau verlässt …«, sagte Sven, und jetzt, immerhin, erkannte Jörn einen Hauch von Verletztheit bei seinem Mann.

»Niemanden hat das mehr überrascht als mich«, sagte Jörn.

»Na ja«, grinste Sven – er grinste, um Himmels willen! –, »wenn es eine Frau gibt, die außergewöhnlich viele männliche Eigenschaften hat, dann ist das Petra.«

Jörn starrte Sven an. Es war schon vorbei zwischen ihnen, als dieses Gespräch begonnen hatte. »Ich kümmere mich um Peggy«, verkündete Jörn kühl.

Sven nickte.

»Du kannst sie natürlich jederzeit sehen«, sagte Jörn.

»Natürlich«, sagte Sven, aber beide wussten, dass das nicht oft geschehen würde.

»Du wirst ihr und mir finanziell helfen müssen«, sagte Jörn.

Sven nickte wieder. Wenn es etwas gab, was man Sven nicht vorwerfen konnte, war das Geiz. Er war ein großzügiger Mensch. Immer schon gewesen. Und im Grunde seines Herzen sehr anständig.

»Petra und ich werden uns eine Wohnung suchen«, kündigte Jörn an.

»Ja«, stimmte Sven zu.

Die beiden Männer schauten einander lange an, ein unangenehmes Schweigen zwischen ihnen.

Dann fragte Jörn: »Wann hast du aufgehört, mich zu lieben?«

»Nie«, sagte Sven und stand auf. Er verließ die Wohnung, ohne sich noch einmal umzudrehen.

Jörn griff zu seinem Handy und wählte Petras Nummer.

* * *

Sven saß auf dem harten Boden, allein, zwischen einem elektrischen Stuhl und einem Rednerpodest. Seine Hände spielten gedankenverloren mit einem Stromkabel. Es war bitterkalt in dem Raum. Die nächtliche Probebühne war nicht beheizt, die Kulissen seiner neuen Inszenierung waren das Einzige, was zwischen ihm und der totalen Leere des Raumes stand. Totale Leere. Das war es, was er fühlte. Er wollte allein sein. Mit seiner Traurigkeit und seiner Verwirrung. Der Klang seines Weinens war hohl und hallte in dem großen Raum wider. Sven weinte, weil er begriff, dass er in dieser Nacht – nein, eigentlich schon vor Monaten – etwas unfassbar Wichtiges verloren hatte: seinen Halt.

Er nahm das Stromkabel und legte es sich um den Hals. Spielerisch zog er ein wenig daran und streckte die Zunge heraus. Ein kleiner theatralischer Moment. Er lachte kurz verächtlich über seine eigene Geste, seine publikumsfreie Selbstmitleidsnummer, dann legte er das Kabel neben sich auf den Boden. Natürlich würde er sich nicht umbringen. Natürlich ging das Leben weiter. Aber er würde nachdenken müssen. Er würde darüber nachdenken müssen, wer er war. Er war viel zu lange selbstzufrieden und mit der arroganten Annahme, er hätte eine Recht darauf, mit Glück und Erfolg regelrecht beworfen zu werden, durchs Leben stolziert. Ohne sich umzuschauen. Schlagartig, *schockierend* schlagartig, wurde ihm das klar.

Er erhob sich und schrie. Er schrie ohrenbetäubend laut. Und dann trat Sven mit voller Wucht und in maßloser Wut über sich selbst gegen den elektrischen Stuhl. Es war das wichtigste Requisit seines neuen Stückes, und Sven hatte bei den Bühnenbildnern darauf bestanden, dass es massiv gebaut wurde. Dass es ein schwerer, unzerstörbarer Gegenstand sei, seiner tödlichen Symbolik angemessen. Und dieses Requisit war tatsächlich nicht zu zerstören. Als Sven mit voller Wucht, schreiend und verzweifelt, gegen den Stuhl trat, hörte er erst ein kleines Knacken. Und dann setzte, mit dem Bruchteil einer Sekunde Verspätung, ein furchtbarer stechender Schmerz ein, der ihm fast die Sinne raubte. Er hatte sich den Fuß gebrochen. Er stürzte zu Boden, ihm wurde schwarz vor Augen, und eine plötzliche Übelkeit, einem Schlag in die Magengrube gleich, nahm ihm für ein paar Sekunden die Luft. Er versuchte aufzustehen, vergeblich, und fiel wieder zu Boden. Hilflos lag er da und konnte nur noch kriechen. Und dann brach er, als er die Absurdität der Situation begriff, in einen fast hysterischen Lachkrampf aus. Er lag auf der Bühne, zwischen den Symbolen der Macht und der Zerstörung, halb besinnungslos vor Schmerz – und lachte Tränen.

Er fingerte sein Handy aus der Brusttasche seines Mantels, und sein erster Reflex war, Jörn anzurufen.

Doch das war vorbei.

Sven wählte 112.

* * *

Ein Krankenwagen raste mit heulender Sirene unter Petras und Dilles Wohnungsfenster vorbei. Es war halb sieben Uhr morgens. Drei Stunden lang hatten sich die beiden angeschrien und beschimpft, geweint, sich vertragen, einander verlassen, wiedergefunden und dann wieder angeschrien. Nicht für eine Minute war es so sachlich und kultiviert zugegangen wie bei Sven und Jörn. So tickten Petra und Dille nicht. Bei ihnen flogen die Fetzen.

Gott sei Dank hatte der kleine Adrian einen gesegneten Schlaf. Er wachte nicht auf, während Petra und Dille einander ihre Wut und ihre Vorwürfe, ihre Traurigkeit und ihre verletzten Gefühle entgegenbrüllten.

»Wie konntest du nur?! Und dann auch noch mit einer Schwuchtel?!«, schrie Dille.

»Jörn ist mehr Mann, als du es je warst!«, schrie Petra zurück.

»Ach ja?! Ist er härter als ich und länger, und kann er zwei Stunden, weil er in Wirklichkeit lieber mit Brad Pitt in der Heia liegen würde als mit dir? Ist es das, was so geil ist? Dass du einen Schwulen bekehrt hast? Bin ich dir nicht spannend genug? Bin ich dir zu viel Routine? Der olle Normalo?«

»Red doch keinen Scheiß! Und mach dich nicht selbst so klein. Das ist erbärmlich!«

»Ich habe dich nie betrogen!«, schrie Dille.

»Du hast mich mit dir selbst betrogen. Du hast mich und die Kinder allein gelassen, weil du ständig ein Rendezvous mit dir selbst und mit deinen ganzen blöden Ideen und mit diesem Scheißkind in dir hattest!«, schrie Petra. »Du bist ein kleiner Junge, der nicht weiß, was es heißt, ein Ehemann und Vater zu sein!«

»Aber ich liebe dich!«, brüllte Dille, und Tränen schossen ihm in die Augen.

»Ich liebe dich auch, du Arschloch!«, kreischte Petra.

Petras Handy summte. Sie hatte es auf Vibrationsalarm gestellt, nachdem Jörn immer wieder bei ihr angerufen hatte. Sie konnte jetzt nicht mit ihm reden. Jetzt nicht. Das Mobiltelefon brummte ein paarmal, bevor wieder die Mailbox ansprang.

»Und du ziehst jetzt aus, oder wie?«, fragte Dille, der sich erstmals um einen ruhigeren Tonfall bemühte.

»Willst du das denn?«, fragte Petra.

»Ja! Nein!«, rief Dille und fuchtelte mit den Armen in der Luft herum. »Woher soll ich denn wissen, was ich will? Was willst denn du? Liebst du Jörn?«

»Ja.«

Dille schluckte. »Dann ist ja alles klar«, sagte er kühl.

»Aber ich liebe auch dich. Und unsere Familie«, sagte Petra.

»Und jetzt willst du so 'ne flotte Dreierbeziehung. Jeder darf mal mit dir, und wenn ich mich umdrehen lasse, darf ich auch mit Jörn, oder wie?«, zischte Dille.

»Es geht nicht nur um Sex«, sagte Petra.

»Na, worum denn sonst?«, schrie Dille. »Du hast mich ja wohl kaum mit Reden betrogen.«

»Doch«, sagte Petra. Und jetzt wurde sie ganz ruhig. »Genau das habe ich. Ich habe Jörn erzählen können, was du nie hören wolltest. Das war er, der wirkliche Ehebruch.«

Dille starrte sie an. »Und jetzt soll ich mich entschuldigen, oder was? Du fickst meinen besten Freund, und ich soll mich entschuldigen?!«

»Jörn ist nicht dein bester Freund«, sagte Petra. »Nicht mal ansatzweise. Eben hast du noch gesagt, er sei eine Schwuchtel.«

»Ja, ach … Mann, jetzt darf ich nicht mal mehr den Typen beleidigen, der meine Alte poppt, oder was?!«

»Deine *Alte?!*«, zischte Petra.

»Ups. Tschuldigung«, sagte Dille, und für einen kurzen Moment sah er aus wie ein kleiner Junge, den man dabei ertappt, wie er sich nach dem Zähneputzen noch ein Stück Schokolade mopst und in den Mund steckt. Und wie vorhin bei der Feier musste sich Petra erneut eingestehen, dass sie den blöden kleinen Jungen in Dille auch liebte. Irgendwie. Er war ein nerviger Schlingel, der sich jeder Erziehungsmaßnahme entzog – aber sie liebte ihn.

»Und was ist jetzt?«, knurrte Dille. »Jetzt schmeißt du alles weg. Alles, was wir waren, alles, was wir sind?«

Petra begann zu weinen. »Ich weiß es nicht«, flüsterte sie.

Petra und Dille schauten einander lange an.

»Es tut mir leid«, sagte Dille und nahm Petras Hand. Ganz sanft und vorsichtig. »Wirklich.«

»Mir auch«, sagte Petra leise.

Der Krankenwagen raste mit heulenden Sirenen am Schlafzimmerfenster von Petra und Dille vorbei. Die beiden lagen angezogen auf dem Bett. Von Stunden des Streits und Geschreis waren sie erschöpft eingeschlafen. Händehaltend. Im Wohnzimmer summte Petras Handy.

Entgangener Anruf: Jörn.

* * *

14 Uhr. Planten un Blomen. Die Parkanlage war erstaunlich voll für einen Wintertag. Zahlreiche Leute gingen offenbar spazieren, um die vollen Bäuche der Feiertage und die dicken Köpfe der gestrigen Silvesterfeier zu bekämpfen.

Jörn stand bereits an der verabredeten Stelle neben der alten Eisbahn, als Petra um die Ecke kam.

Als er sie entdeckte, rannte er auf sie zu und umarmte sie innig. Er küsste sie. »Endlich! Warum bist du denn nie rangegangen?! Ich hab dich bestimmt ein Dutzend Mal angerufen!«

»Es ging nicht«, sagte Petra.

»Und? Wie hat Dille es aufgenommen? War es schlimm?«, fragte Jörn aufgeregt.

Petra schaute ihn an. Und dann, ganz langsam, kaum merklich, schüttelte sie den Kopf.

Jörn starrte sie an.

»Du hättest das nicht tun dürfen«, sagte sie.

Jörn starrte immer noch. Fassungslos. Ein erstes Begreifen setzte ein …

»*Wir* hätten das nicht tun dürfen«, sagte Petra.

»Nein«, flüsterte Jörn, als er endgültig verstand. »Bitte nicht.«

»Es geht nicht«, sagte Petra. »Es war wundervoll, trotz der Lügen und des schlechten Gewissens. Und ich hab dich geliebt. Nein, ich liebe dich. Aber es geht nicht.«

Mit Entsetzen sah Petra, dass sich Jörns Augen mit Tränen füllten. »Bitte nicht«, stöhnte sie. »Wenn du jetzt weinst, muss ich auch weinen.«

»Er weiß dich doch gar nicht zu schätzen«, sagte Jörn.

»Vielleicht«, sagte Petra. »Aber ich kann nicht gehen. Und ich will nicht gehen.«

»Das macht doch gar keinen Sinn«, sagte Jörn. »Ich … ich hab Sven gesagt, dass wir uns eine Wohnung suchen.«

»Das war genauso bescheuert, wie auf einer Party einfach so unsere … Sache herauszuposaunen, ohne mich vorher zu fragen.«

»Ich dachte, es wäre romantisch. Und leidenschaftlich«, flüsterte Jörn.

»Du guckst zu viele von diesen alten Schwarzweißfilmen«, sagte Petra und legte Jörn den Arm um die Schulter, wie es Väter bei ihren Kindern taten. Eine Komm-schon-Kumpel-alles-wird-gut-Geste. Petra spielte die Starke, obwohl sie sich selbst elend fühlte.

Jörn zog ein Taschentuch aus der Manteltasche und schneuzte sich die Nase.

»Dille hat gesagt, ich darf dich nie wieder sehen. Er will nicht, dass wir uns je wieder treffen«, erklärte Petra.

»Was?«, stöhnte Jörn.

»Aber ich hab ihm gesagt, er kann mich mal. Ich sehe dich und treffe dich, so oft ich will. Du bist mein Freund, und ich liebe dich, und ich will, dass das so bleibt. Ich will, dass sich nichts ändert. Außer, na ja …«

Jörn seufzte. »Oh, Gott. Bitte nicht die Lass-uns-Freunde-bleiben-Nummer.«

»Das ist keine Nummer. Das ist mein voller Ernst!«, verkündete Petra streng. »Ich will dich in meinem Leben haben. Du bist mir wichtig!«

Jörn meisterte ein zaghaftes, wenn auch trauriges Lächeln. »Es ist Verschwendung«, sagte er schließlich und löste sich aus Petras Umarmung. »Du und Dille. Er hat dich nicht verdient. Du bist first class, und er ist bloß ein emotionaler Pauschaltourist.«

»Dille und ich sind seit dreißig Jahren zusammen«, sagte Petra. »Er hat das Recht auf ein paar Bonusmeilen.«

2006–2009

Als ich ein Kind war, glaubte ich an den Weihnachtsmann, hielt die Barbapapas für die lustigsten Wesen der Welt und war fest davon überzeugt, dass es einen Punkt im Leben gibt, an dem mir alles klar werden, an dem ich keine Fragen mehr haben würde und ab dem ich immer wüsste, was zu tun sei. Dieser Punkt, dachte ich, wäre das, was man »erwachsen sein« nennt.

Lauter Irrtümer.

Ich wurde achtzehn, ich wurde zwanzig, ich wurde dreißig – aber der Durchblick stellte sich einfach nicht ein. Als ich mit vierzig die Arbeit an meinem *Kirschkerne*-Buch beendete, dachte ich, nun sei es endlich so weit. Ich dachte, der verwirrende Teil meines Lebens, der sehr viel mehr Fragen als Antworten parat gehabt hatte, wäre nun endgültig vorbei. Ich hatte immer geglaubt, dass ich mit vierzig zur Ruhe kommen würde, dass dann alles seinen Platz gefunden hätte, dass alles sortiert wäre. Ich war immer davon ausgegangen, dass das Leben dann zwar nicht mehr so spannend sein würde, nicht mehr so turbulent, nicht mehr so … ja, lebendig eben – dafür aber beruhigend überschaubar. Von da an alles Schrebergarten. Dachte ich. Doch das war ein Irrtum. Auch in den darauffolgenden Jahren haben ich und meine Kirschkernspuckerfreunde kaum eine ruhige Minute auf dem Klappstuhl des Lebens zwischen Begonien und Stiefmütterchen verbracht. Wir haben uns vielmehr nonstop durch ein Gestrüpp geschlagen, einen Urwald nahezu, in dem hinter jeder Liane eine neue Abzweigung auf uns wartete. Und mit den Jahren verlängerte sich der Rattenschwanz von Konsequenzen, der an jeder Entscheidung, an jedem Scheideweg hing, an dem wir eine Richtung wählen mussten. Wir hatten Kinder, wir hatten unsere Berufe, finanzielle Verpflichtungen – haufenweise Dinge, die stets mitgedacht werden mussten. Spontan zu sein ging weniger denn je, jeder Schritt, den wir taten, erforderte Verantwortung.

Die Welt der Menschen zwischen dem vierzigsten und fünfzigsten Lebensjahr ist ein Schlachtfeld. Die Männer leiden wie die Tiere, wenn junge Frauen sie plötzlich siezen. Die Erkenntnis, dass nicht nur ihre Reaktionszeit immer langsamer wird, sondern auch ihr Stoffwechsel, frustriert sie. Sie kriegen Panik bei der Frage, ob das alles gewesen sein soll, und lassen sich deshalb zu emotionalen Amokläufen hinreißen. Sie starten womöglich irgendwo oder mit irgendwem neu durch, streifen ihr halbes Leben ab, denken, alles müsste anders werden, nur um dann festzustellen, dass sie immer noch sie selbst sind. Die einzige Veränderung besteht darin, dass sie verwirrt in einem anderen Wildwuchsschrebergarten herumstehen. Und die Frauen? Die heben ihre Brüste an und ärgern sich, dass sie danach wieder herunterplumpsen. Sie mustern skeptisch die an Spannkraft einbüßende Haut ihrer Oberarme, die wachsenden Bäuche und die schrumpfende Aufmerksamkeit ihrer Ehemänner, ihre immer gleichen Jobs, ihre Freunde, die sich von ihren Partnern trennen und dann mühsam entscheiden, wer welchen Freundeskreis übernehmen darf. Die Frauen betrachten ihre Kinder, die ihnen über den Kopf wachsen und sie in absehbarer Zeit nicht mehr brauchen werden.

Auch wir Kirschkernspucker litten. Jeder auf seine Art. Wir litten nicht nur unter der Häufung körperlicher Zipperlein, wir litten auch unter falschen Entscheidungen und verpassten Chancen, die wir als unwiederbringlich verloren akzeptieren mussten. Und wir litten auch am Zerfall unserer Freundschaft. Zu viel war passiert. Wir brauchten Abstand voneinander, Zeit für uns. Meine geliebten Silvesterabende starben aus, wir feierten alleine. Einladungen wurden seltener. Wir gingen uns zwar nicht komplett aus dem Weg, jeder sah jeden immer mal wieder, doch das feste Band, das uns so viele Jahre lang verbunden hatte, war porös geworden. Die komplizierte Petra-Jörn-Affäre war der Auslöser gewesen. Sie erschütterte all unsere Beziehungen, ließ uns unsere Leben hinterfragen und das Fundament unserer Existenzen überprüfen.

Auch Petra und Dille erholten sich nie vollständig von den Ereignissen. Sie gaben sich alle Mühe und blieben zusammen, denn sie können einfach nicht ohne einander. Doch ihr Verhalten änderte sich.

Für Dille war die Affäre ein Weckruf gewesen. Natürlich hatte Petras Ehebruch ihn sehr verletzt und kratzte mächtig an seinem Macho-Ego, aber er war kein so großer Holzkopf, wie wir dachten, und begriff, dass er auch Fehler gemacht hatte. Er nahm sich fest vor, Petra nicht mehr als Selbstverständlichkeit zu betrachten. Er begann ihr Blumen mitzubringen, was vielleicht nicht sehr originell, aber liebenswürdig war. Leider tat er es bald ständig. Exzessiv. Wenn man Vielfliegermeilen im Blumenladen sammeln könnte, hätte Dille binnen kürzester Zeit zweimal um die Welt reisen können. Er kaufte so viele Blumen, so riesige Sträuße, dass Petra irgendwann maulte, dass er für das ganze Grünzeug gefälligst auch mal eine zusätzliche Vase besorgen solle.

Dille ging mit Petra sogar ins Theater. Schließlich taten das doch feingeistige Homosexuelle, mit denen er ja offenbar konkurrieren musste. Dille besorgte sich Thalia-Freikarten von Sven, allerdings nicht für eines von Svens Stücken, die ihm alle zu politisch und schwierig erschienen, sondern für *König Lear.* Das Stück spielte im Mittelalter mit Rittern und so. Da gäbe es wenigstens ein paar zünftige Degenduelle oder Schwertkämpfe, hoffte Dille. Wenige Minuten, nachdem sich der Vorhang gehoben hatte, begann er, seine Idee zu bereuen: Auf einer fast leeren Bühne rannten irgendwelche Leute herum, die ständig »Plasma!«, »Lügen!« und »Imagination!« riefen. Dann wurde ein Film auf die Wand projiziert, in dem sich Windmühlen in Atomkraftwerke verwandelten, und irgend so ein Typ, der sollte wohl König sein oder Fürst oder Kanzler, hielt eine ewig lange Rede über Utopien und Karl Marx und dass menschliche Updates eine Illusion seien. Und dann tanzte der König Breakdance.

Dille hatte nicht den Hauch einer Ahnung, was diese Idioten da faselten und trieben. Im Kino hätte er gefragt: »Ist das schon der Film oder noch Werbung?«

Nach einer halben Stunde stupste ihn Petra an, weil er schnarchte. In der Pause verließen sie das Theater. Petra schwor hoch und heilig, dass sie es auch blöd gefunden hatte. Sie gingen zum Italiener und aßen Pizza, und so wurde der Abend noch richtig schön.

Dilles Guter-Ehemann-Anstrengungen ließen irgendwann nach. Wie alles bei Dille zwangsläufig irgendwann abebbte. Die Blumen wurden weniger, und Pizza konnte man sich auch liefern lassen, anstatt mit großem Aufwand irgendwo hinzugehen. War ja auch billiger. Petra fand das insgeheim erleichternd. Der aufmerksame Dille war irgendwie rührend und süß – aber vor allem war er anstrengend und unfreiwillig komisch. Einmal hatte Petra Susann erzählt, dass Dille sich heimlich ein Buch bestellt hatte, in dem es darum ging, wie *Mann* ein besserer und aufmerksamerer Liebhaber wird. Darin stand auch etwas über den weiblichen G-Punkt, der sich angeblich etwa sechs Zentimeter oberhalb des Schambeinansatzes befinde und den der Mann sanft stimulieren müsse, während er die Frau penetrierte. Dille hatte das unter bemerkenswerten Verrenkungen ernsthaft versucht und war total sauer gewesen, als Petra einen Lachkrampf bekommen hatte. Aber was sollte sie auch tun? Dort, wo das Taschenbuch den G-Punkt vermutete, war sie nun mal total kitzlig.

Nicht nur die Suche nach dem G-Punkt gab er bald auf, auch den Iron Man schaffte Dille nie. Er brachte nicht mal einen Halbmarathon zustande. Irgendwie war nach dem Potsdamer Orientierungslauf in Sachen Ausdauersport die Luft raus, und Dille freute sich, dass er sich im Fitnessstudio nicht langfristig verpflichtet hatte. Seine nächsten Leidenschaften, die allesamt eine gewohnt kurze Halbwertszeit hatten, waren Modellflugzeugbau, eine philippinische Kampfsportart namens Kali und Saxophonspielen. Letzteres klang, als ob ein Elefant Asthma hätte.

Dille blieb also Dille. Und Petra blieb Petra. Sie blieben, wer sie waren – und auf gewisse Weise doch nicht. Sie waren angeschlagen. Aber sie waren nicht besiegt.

Ich wage zu orakeln, dass die beiden sich noch mit achtzig lieben und fetzen werden.

* * *

Und dann geschah die Sache mit Jegor, die uns allen einen Heidenschreck einjagte. Alles begann relativ harmlos. Mitten in Susanns Unterricht war Jegor, wie so oft, einfach aufgestanden. Anstatt aber wie sonst wortlos das Klassenzimmer zu verlassen und für unbestimmte Zeit zu verschwinden, war er quer durch die Klasse zum Tisch einer Mitschülerin gegangen. Er hatte sich vor sie gestellt und sie bloß angestarrt. Mit seinem kalten, undeutbaren Gesichtsausdruck. Das Mädchen – ein in der Klasse sehr populäres und üblicherweise eher großmäuliges Kind – war unverzüglich eingeschüchtert gewesen. Offenbar hatte Jegor sie schon des Öfteren bedrängt. In diesem Moment tat er aber nichts, außer sie anzuschauen. Das Mädchen geriet trotzdem in Panik, was nicht verwunderlich war, denn Jegor würde selbst altgediente Golfkriegsveteranen einschüchtern können. Er sah nämlich aus wie das seelenlose Killerkind aus dem Horrorklassiker *Halloween* – ein Milchgesicht mit kalten Augen. Natürlich war er kein Killer. Er war gerade mal dreizehn Jahre alt, um Himmels willen! Er war ein Opfer, ein vernachlässigter, seelisch geschundener kleiner Mensch. Aber er war eben auch bedrohlich. Vor allem, weil ihm alles und jeder egal zu sein schien. Inklusive seiner selbst.

»Jegor«, sagte Susann, als der Junge reglos vor dem zitternden Mädchen verharrte. »Setz dich wieder hin.«

Jegor ignorierte sie. Er starrte weiterhin das Mädchen an, das zu weinen begann.

Die ganze Klasse hielt die Luft an. Niemand wagte es, einzuschreiten.

»Jegor!«, sagte Susann mit lauter, fester Stimme. »Du setzt dich jetzt sofort wieder hin!«

Er drehte sich zu ihr um. »Fick dich«, sagte er so gelassen und beiläufig, als hätte er seiner Lehrerin einen schönen Tag gewünscht.

Da brannte bei Susann eine Sicherung durch. Sie packte Jegor am Arm, zerrte ihn hinter sich her und rief: »Du kommst jetzt sofort mit zum Schulleiter!«

Jegor versuchte, sich ihrem Griff zu entwinden, doch Susanns Adrenalinspiegel verlieh ihr beträchtliche Kräfte und Entschlossenheit. Sie packte Jegors Arm noch fester, woraufhin er wütend aufschrie, versuchte, sich zu befreien, und sich dabei so unglücklich drehte, dass er noch einmal laut aufschrie. Diesmal aber war es keine Wut oder Ausdruck seiner offenkundigen psychischen Störung, die den Schrei verursachte, es war Schmerz. Er hatte sich das Schultergelenk ausgekugelt.

Was dann folgte, war die Hölle. Gegen Susann wurde ein Disziplinarverfahren eingeleitet. Sie, die Jegor freiwillig in ihre Klasse aufgenommen und lange versucht hatte, ihm zu helfen, wurde nun angeklagt, den Jungen brutal misshandelt zu haben. Für die Beamten in der Anhörung gab es wenig Spielraum. Die Fakten sprachen gegen Susann: Alles, was Jegor sich zuschulden hatte kommen lassen, war, mitten im Unterricht aufzustehen. Er hatte niemanden bedroht, nicht einmal wirklich gestört. Dass seine »Unruhe«, für die im Zeitalter des ADHS großes Verständnis herrschte, sehr wohl eine bedrohliche Komponente hatte und dass Jegors Verletzung ein Unfall, eine unglückliche Verkettung von Bewegungen war, konnte Susann nicht glaubhaft belegen. Sie erhielt eine Abmahnung. Nur der Intervention des Rektors war es zu verdanken, dass sie die Schule nicht verlassen musste. Es wurden allerdings aufwendige Stundenplanänderungen vorgenommen, damit Susann Jegor nicht mehr unterrichtete. In ihren Fächern musste er die Kurse der Parallelklasse besuchen, was wiederum die Eltern der dortigen Kinder zu Protesten bei der Schulbehörde veranlasste. Es wäre einfacher gewesen, Jegor komplett in eine neue Klasse zu geben, doch kein Lehrer war bereit, ihn aufzunehmen.

Über zwei Wochen dauerten die Anhörungen, die Diskussionen, der Ärger. Jegors Eltern hatten Anzeige wegen Körperverletzung gegen Susann erstattet, nach ein paar Tagen aber wieder zurückgezogen. Die Sozialarbeiterin, die Jegors Familie betreute, erzählte Susann im Vertrauen, dass die einfach zu faul gewesen waren, den ganzen Papierkram auszufüllen und sich um den »ganzen Mist« zu kümmern. So oft, wie Jegors Vater seinen Sohn schlug, schien es ihnen am Ende des Tages nicht so wichtig, dass ausnahmsweise auch mal eine Lehrerin diese Aufgabe übernommen hatte.

Am meisten ärgerte Susann, dass ihr Kollege Berg ihr fortan seine Solidarität bekundete. Berg, den Susann als Rassisten und Idioten verachtete, fand es absolut nachvollziehbar, dass sie dem »kleinen Scheißer« eine »geditscht« hatte. Irgendwann brennt einem eben die Sicherung durch, fand Berg.

»Wie konnte das passieren, dass irgendein Arschloch, das vermutlich die NPD wählt, plötzlich glaubt, mein bester Freund zu sein?«, hatte Susann am Abendbrottisch geklagt.

»Das geht vorbei«, hatte ich sie zu trösten versucht.

Und so schien es tatsächlich. Drei Wochen später konnte Susann wieder über andere Dinge reden, der Vorfall war zwar noch präsent, aber er beherrschte nicht mehr vierundzwanzig Stunden ihres Tages. Doch dann, gerade als wir dachten, es sei vorbei, kam der ganz große Schreck.

Es war an einem Mittwoch. Nele kam nachmittags vom Keyboard-Unterricht, der nur zwei Straßen von unserem Haus entfernt stattfand, und bog in unsere Straße ein, als plötzlich Jegor aus einem Hauseingang trat. Er stellte sich ihr mitten in den Weg.

»Hallo«, sagte Nele.

Sie war fest entschlossen, freundlich zu sein, denn obwohl sie mitbekommen hatte, was passiert war, war sie davon überzeugt, dass Jegor nicht wirklich böse war. Sie kannte ihn doch schon lange. Er war traurig, das wusste sie. Aber Nele war noch nicht alt genug, um zu begreifen, dass Traurigkeit etwas ist, was fast alle gefährlichen Menschen eint. Wer glücklich und zufrieden mit seinem Leben ist, schlägt nicht um sich.

»Hallo«, sagte Jegor.

Nele blieb einen Moment stehen, wartete, dass Jegor noch mehr sagte, aber als er es nicht tat, ging sie weiter. Da packte er sie! So wie Susann ihn am Arm gepackt hatte, so griff er nun nach Nele. Sie schrie erschrocken auf. Ein paar Passanten drehten sich um, dachten sich aber nichts dabei. Kinder schrien nun mal.

Jegor ließ Nele wieder los und sagte hastig: »Komm, wir gehen zu McDonald's. Ich lade dich ein.«

»Ich kann nicht«, sagte Nele. »Meine Eltern warten. Und ich esse nicht bei McDonald's. Die machen den Regenwald kaputt, sagt meine Mutter.«

»Deine Mutter hat mir den Arm kaputt gemacht«, sagte Jegor.

»Aber nicht mit Absicht«, versuchte Nele zu beschwichtigen.

»Doch«, sagte Jegor. »Sie hasst mich.«

»Tut sie nicht.«

»Die Fotze hasst mich!«

»Ich muss jetzt gehen«, sagte Nele und versuchte, sich an Jegor vorbeizuschieben.

Er griff wieder nach ihrem Arm. »Weißt du noch, wie du mich Silvester gefunden hast?«

Nele nickte eingeschüchtert.

»Das war nett«, sagte Jegor.

»Lass mich gehen«, bat Nele, deren Arm sich immer noch im festen Griff von Jegor befand.

»Nur ein paar Pommes«, sagte Jegor. »Ein Date. Wie im Fernsehen. Ich zahle.«

»Ich will nach Hause«, schluchzte Nele, die es nun endgültig mit der Angst zu tun bekam. »Bitte lass mich nach Hause gehen.«

Und da drehte Jegor durch. Er fing an, wie wild herumzuschreien, während er Nele immer noch umklammerte und hin und her schüttelte. »Ich hab dir nichts getan!«, schrie er. »Deine Mutter-Fotze hat mir den Arm kaputt gemacht, und die Mädchen sagen, ich bin gruselig, aber ich habe nichts getan! Alle machen mich immer nur fertig! Und du jetzt auch! Und ich dachte, du …«

In dem Moment kam der Mann aus dem Dönerladen angestürmt, packte Jegor und riss ihn von Nele fort.

Jegor schrie, der Mann schrie, und Nele nutzte die Chance, um nach Hause zu laufen. Völlig aufgelöst klingelte sie an der Tür, ich ließ sie herein.

»Jegor ist draußen!«, keuchte sie. »Er hat mir wehgetan!«

Ich rannte aus dem Haus, auf Socken und in der Jogginghosen-Call-of-Duty-T-Shirt-Kombination, die ich zu tragen pflege, wenn ich zu Hause am Computer sitze und schreibe.

Als ich auf die Straße trat, sah ich bereits die Menschentraube, die sich um den Mann aus dem Dönerladen und Jegor gebildet hatte. Während ich versuchte vorzudringen, hielt auch schon ein Polizeiwagen neben der Menschentraube. Zwei Beamte stiegen aus, sprachen mit dem Dönermann und mir, nahmen alles auf und wollten Jegor in den Polizeiwagen setzen und nach Hause bringen. Als der eine Polizist die hintere Tür öffnete und Jegor gerade in den Wagen schieben wollte, drehte sich dieser plötzlich um und spuckte dem Polizisten ins Gesicht. Der Polizist blieb erstaunlich ruhig. Vermutlich war er ganz andere Dinge gewöhnt. Er verfrachtete Jegor in den Wagen, dann fuhren sie davon.

Am nächsten Tag kam Jegor nicht zur Schule. Am übernächsten auch nicht. Eine Woche später wurde es offiziell: Jegors Eltern war das Sorgerecht entzogen worden. Er war jetzt ein Pflegekind. So wie die kleine Peggy. Nur dass niemand einen dreizehnjährigen gestörten Jungen bei sich aufnahm. Susann erfuhr von der Sozialarbeiterin, dass Jegor in ein betreutes Wohnprojekt irgendwo im Ruhrpott kam.

Erst vier Jahre später sahen wir Jegor wieder. Und zwar dort, wo wir ihn nie erwartet hätten …

* * *

Anita und Adze wurden ein Paar. Ein seltsames Paar. Die beiden waren so atemberaubend gutmütig, arglos und schrullig, dass man gar nicht anders konnte, als sie zu mögen. Wahrscheinlich wäre es sinnvoller gewesen, wenn jeder von ihnen einen Partner gefunden hätte, der mit beiden Beinen auf dem Boden stand, vernünftig war und für eine generelle Lebenstüchtigkeit gesorgt hätte. Andererseits: Welcher logische und vernünftige Mensch würde schon eine Liebesbeziehung mit Anita oder Adze haben wollen? Und überhaupt, das Wort »Liebesbeziehung« müsste für die beiden neu definiert werden. Ich glaube nicht, dass sie jemals Sex miteinander hatten. Anita hatte mir damals erzählt, dass sie Sex nicht mochte. Und da wir auf unserer volltrunkenen Odyssee um die Welt ein Kind gerettet haben, das von seinem Vater sexuell missbraucht wurde, und Anita es war, die dieses Kind erfunden hatte, vermute ich, dass ihr selbst ein ähnliches Schicksal widerfahren war. Ich weiß es natürlich nicht, und ich werde sie nie fragen, aber ganz abwegig ist die Annahme nicht. Und Adze, dieses herzige Riesenbaby, könnte durchaus die Sorte Mensch sein, die lieber schmust als kopuliert. Und selbst wenn nicht, er würde niemals einen anderen Menschen – schon gar nicht jemanden, den er liebt – zu etwas zwingen oder ihn auch nur zu etwas überreden. Das heißt … nein. Doch. Überreden schon. Zumindest indirekt. Adze mochte es nämlich nicht, wenn Anita zu viel trank. Immer, wenn sie es übertrieb, schaute er so unglücklich dackelblickmäßig drein, strich ihr kopfschüttelnd über die Wange und kochte ihr demonstrativ einen Kaffee, dass sie im Laufe der Zeit tatsächlich immer weniger Alkohol trank. Was freilich nichts an der Tatsache änderte, dass sie auch nüchtern immer noch irgendwie beschwipst wirkte.

Die beiden waren und sind einfach ein verrücktes kleines Wunder. Zwei verspielte Träumer, die einander Geschichten erzählen, herumalbern und ständig kichern.

Ein paar Wochen lang hatten sie gemeinsam in Lucys

und Florians WG in Adzes Zimmer gewohnt. Doch irgendwann waren sogar Petras und Dilles sonst so duldsame und tolerante Kinder von den beiden erschöpft gewesen. Erst hatten sie vorsichtige Andeutungen gemacht, dass es doch schön sein müsste, ein wenig Privatsphäre zu haben und mehr Raum als nur ein kleines gemeinsames Zimmer, doch selbst der offenkundigste Subtext funktionierte bei Anita und Adze nicht. Also nahm Lucy eines Tages all ihren Mut zusammen und bat die beiden ganz direkt, auszuziehen.

»Wir haben Klausuren und müssen uns konzentrieren und brauchen echt unsere Ruhe«, behauptete Lucy, die in Wirklichkeit gerade ihr Studium geschmissen hatte.

Anita und Adze schauten einander an, nickten und sagten: »Klar. Kein Problem.«

Anita hatte einen Putzjob in Hamburg gefunden, und Adze bekam regelmäßig ein wenig Geld von seiner Familie, so dass sie sich eine kleine Zweizimmerwohnung in einem Hochhaus in Hamburg-Billstedt mieten konnten.

Gleich am ersten Tag sagte Anita zu Adze: »So! Das ist jetzt unsere Welt!«, und pinselte auf die Außenseite der Wohnungstür einen riesigen, knallbunten Globus.

Drei Tage später bekamen sie vom Vermieter einen Brief, in dem sie aufgefordert wurden, die »Schmiererei« unverzüglich zu entfernen. Anita und Adze weigerten sich, und so kam ein weiterer Brief, in dem stand, dass demnächst ein Malermeister kommen und die Wohnungstür auf Anitas und Adzes Kosten neu streichen werde.

Anita und Adze waren empört. Das ging doch nicht! Das war doch ihre Wohnungstür und nicht die vom Vermieter! Sie campierten von da an mit Schlafsäcken im Treppenhaus und verteidigten ihr Gemälde gegen die Leute von der Malerfirma, die eines Tages auftauchten, eine Weile ratlos herumstanden, Anitas und Adzes Wortschwall auf sich einprasseln ließen und dann wieder verschwanden.

Ich hatte meinen Kumpel Arne bei der *Morgenpost* angerufen und ihm von dem Fall erzählt, weil Arne eine kuriose Geschichte ja immer zu schätzen wusste. Er tauchte am »Tatort« auf, interviewte die beiden Hausflurbesetzer, machte ein Foto, wie sie strahlend vor der Weltkugel auf der Tür saßen, und am nächsten Tag erschien ein kleiner Artikel auf Seite neun mit der Überschrift *Zwei Träumer retten die Welt.*

Der Globus ziert noch heute die Tür.

* * *

Lucy und Florian fanden schon bald einen neuen Mitbewohner. Das heißt, na ja … eigentlich war es kein Mitbewohner im klassischen Sinne. Und eigentlich war es auch nur Lucys Mitbewohner. Er hieß Dennis. Lucy hatte ihn bei der großen G-8-Demonstration in Heiligendamm kennengelernt. Dennis war Polizist. Genau genommen war er der Polizist, der Lucy bei der Sitzblockade vor dem Zaun, der das Tagungshotel vom protestierenden Volk trennte, weggetragen hatte.

Sehr zaghaft, fast schüchtern hatte er sie angefasst, hochgehoben und höflich gefragt: »Geht's?«

Lucy hatte gelacht und gesagt: »Sobald du mich loslässt, setze ich mich da sowieso gleich wieder hin.«

»Wer würde so ein tolles Mädchen wie dich schon freiwillig wieder loslassen?«, hatte Dennis gesagt, und die wilde Lucy war tatsächlich rot geworden. Vermutlich zum ersten Mal in ihrem Leben.

Es war Liebe auf den ersten Blick.

Lucy und Dennis zogen ein paar Wochen später gemeinsam in das große Zimmer der WG. Florian wohnte noch eine Weile mit in der Wohnung, dann zog er aus. Er irrlichterte für ein paar Monate durch diverse WGs und wohnt jetzt in einem alternativen Ökowohnprojekt in Nordfriesland. Neulich hat er seinen Eltern bei einem Wochenendbesuch ganz stolz selbst angebauten, mit keinerlei Chemikalien behandelten Mangold mitgebracht.

Dille hat das Gemüse gemustert und gesagt: »Was'n das für Schrumpelzeug? Also, der Mangold bei uns im Laden sieht viel besser aus. Viel knackiger.«

* * *

Petra gab sich viel Mühe, den Kontakt zu Jörn aufrechtzuhalten. Vergeblich.

Jörn liebte Petra. Er liebte sie sehr. Nach wie vor. Er hatte sein Leben komplett auf den Kopf gestellt, als er Sven verließ und zudem die Erkenntnis gewann, dass die Liebe sich nicht zwangsläufig um Kategorien wie homo- oder heterosexuell kümmert. Jörn hatte ein klares Bild von sich gehabt, das plötzlich nicht mehr stimmte. Er war fest überzeugt, dass Petra mit ihm glücklicher wäre als mit Dilbert, aber er hatte keine Chance, es ihr zu beweisen. Er liebte Petra so sehr, dass ihm gar nichts anderes übrigblieb, als ihr aus dem Weg zu gehen. Jede Begegnung mit ihr tat weh.

Also konzentrierte sich Jörn voll auf Peggy. Ihr schenkte er all seine Liebe und Aufmerksamkeit, seine Geduld und seine Fürsorge. Seine Pflegetochter öffnete sich ganz langsam und blühte immer mehr auf. Man bekam eine Ahnung davon, was für ein Typ Mensch sie eigentlich war. Hinter dem scheuen, geheimnisvollen Wesen, das die ganze Welt aus großen, ängstlichen Augen betrachtete, als wäre sie selbst kein Teil davon, schälte sich langsam ein Mensch mit Vorlieben und Talenten, Stärken und Schwächen heraus. Es wurde aber auch offensichtlich, dass die Gene den Menschen mindestens genauso prägen wie das Umfeld. Jörn, der ein Bücherwurm ist und Musik liebt, gab es irgendwann auf, Peggy zum Lesen zu motivieren. All die tollen Bilder- und Kinderbücher, die er ihr schenkte, verstaubten unangetastet im Regal. Er war mit ihr ins Kindertheater und in die Kinderoper gegangen – doch Peggy hatte sich gelangweilt. Das war nicht ihre Welt. Ihre Welt war die Natur, die sie liebte, und bald schon entpuppte sich Peggy als Forscherin. Kein Waldweg konnte ihr lang genug sein, jedes Tier faszinierte sie. In der Schule hatte sie in Deutsch eine Fünf, in Sach- und Naturkunde aber eine Zwei. Jörn, der Peggys Stärken fördern und sie nicht nach seinen Idealen formen wollte, schenkte ihr einen Chemiebaukasten. Peggy steckte zwei Tage später die *Emily the Strange*-Designgardinen ihres Zimmers mit einem tollkühnen Phosphat-Kaliumpermanganat-Mix in Brand. Der rauchige Gestank hing noch wochenlang in der Wohnung.

Nele besuchte Peggy oft und spielte mit ihr. Sie war so etwas wie eine große Schwester für sie geworden. Eines Tages kam Nele sehr aufgeregt von einem dieser Besuche nach Hause. Sie stürzte in den Flur, knallte die Wohnungstür hinter sich zu und rief: »Peggys Mutter kommt sie abholen!«

Susann und ich liefen aus der Küche, in der wir gerade Kaffee tranken, in den Flur und riefen »Was?!« und »Oh, mein Gott!«.

Susann wählte sofort Jörns Nummer. »Stimmt das, Jörn? Peggy kommt zurück zu ihrer Mutter?«, fragte sie, ohne sich um irgendeine Begrüßungsformel zu scheren.

»Nein«, sagte Jörn. »Ihre Mutter kommt sie nur besuchen.«

»Oh«, sagte Susann.

»Es geht ihr anscheinend besser«, erklärte Jörn. »Sie nimmt Antidepressiva und hat Therapien gemacht, und ihr letzter Selbstmordversuch liegt schon ein Jahr zurück. Die Behörde möchte, dass Peggy und ihre Mutter wieder Kontakt haben.«

»Also ein paar Stunden nur, unter Aufsicht?«, hakte Susann nach.

»Ja«, bestätigte Jörn. »Und vielleicht ist das gar nicht so schlecht. Peggy fragt immer mal wieder nach ihrer Mutter. Und ich weiß nie so recht, was ich sagen soll.« Er klang plötzlich müde und frustriert. »Es ist nur ein Besuch. Und ich wusste ja von Anfang an, dass der Tag kommen könnte, an dem ... Sie ist ja nicht adoptiert, sie ist nur ...« Seine Stimme brach.

»Aber sie geben ihr das Kind doch nicht zurück, wenn sie ...?«, hob Susann an.

»Primäres Ziel ist die Wiederzusammenführung von Kind und leiblichen Eltern, sofern die körperliche und seelische Gesundheit des Schutzbefohlenen nicht in Frage steht«, zitierte Jörn ein offenbar behördliches Statement.

»Wann?«, fragte Susann.

»Mittwoch«, antwortete Jörn. »Sie holt sie nachmittags ab, sie gehen in den Zoo. Die Sozialarbeiterin hat gefragt, in welchem Umfeld sich Peggy besonders wohl fühlt, und ich habe ihr erzählt, wie sehr Peggy Tiere mag.«

Susann dachte, wie entsetzlich edel es von Jörn war, es der Rabenmutter so leichtzumachen.

»Vielleicht ist die Mutter ja immer noch ... Ich glaube nicht, dass Peggy von dir wieder weg will. Sie liebt dich«, sagte Susann.

»Sie ist ihre Mutter«, flüsterte Sven. »Und sie war krank. Wenn es ihr jetzt wieder gut geht, dann ist es nur richtig, dass ...«

Susann fasste es nicht. Jörn war so ein Gutmensch! Vermutlich hatte er ja recht, rein vernünftig und moralisch gesehen, aber warum unterdrückte und verleugnete er die Wut und die Trauer, die er zweifelsohne verspürte?

»Soll ich rüberkommen?«, fragte Susann. »Willst du reden?«

»Peggy und ich wollen Pizza backen. Und ich möchte lieber allein ... mit Peggy sein.«

»Okay.«

»Tschüss, Susann.«

»Ruf an, wenn du etwas brauchst. Wenn etwas ist, ja?«

»Mach ich.«

»Alles wird gut, Jörn.«

»Ja.«

»Hast du ... Weiß Sven Bescheid?«

»Ich hab ihm auf die Mailbox gesprochen. Er ist bei einem Theaterfestival in Shanghai. Goethe-Institut oder so. Zeitverschiebung. Er meldet sich bestimmt nachher.«

»Jörn ...«, Susann zögerte. »Ich ... Wir ...«

»Tschüss, Susann.« Jörn legte auf.

Ich stand neben Susann. Als sie auflegte, sah sie mich traurig an.

»Wenn sie ihm Peggy wegnehmen, dann ...«, sagte sie.

Ich unterbrach sie: »Niemand nimmt ihm Peggy weg.

Diese Frau hat jahrelang im Müll gelebt und hat Abflussreiniger getrunken, und letztes Jahr hat sie versucht, sich vor die S-Bahn zu werfen ...«

»Peggys Mama hat das gemacht?«, fragte Nele, die uns zugehört hatte.

»Sie ist sehr krank«, sagte Susann und nahm Nele, die am ganzen Körper zitterte, in den Arm.

»Aber Peggy kann doch nicht bei so einer Frau leben!«, rief Nele entsetzt.

»Es ist nur ein Besuch«, erklärte Susann. »Die Mutter möchte ihre Tochter sehen. Das ist alles. Keine große Sache. Mach dir keine Sorgen, ja?«

Nele schaute ihre Mutter skeptisch an. Susann war keine gute Lügnerin.

* * *

Sven saß im Frühstückssaal des Jin Mao Tower, eines Wolkenkratzerhotels im Herzen Shanghais. Ihm gegenüber am Tisch saß Marco, einer der Schauspieler seines Stückes, das er hier am Abend zuvor vor begeisterten Deutschen und chinesischen Germanistikstudenten aufgeführt hatte. Marco war fünfzehn Jahre jünger als er, und Sven war sich sehr wohl der Tatsache bewusst, dass es eine Mischung aus Bewunderung und ehrgeizigem Kalkül gewesen war, die Marco nach der Premierenfeier in sein Bett gelockt hatte. Das war okay. Sven war nicht auf der Suche nach einer Beziehung.

In dem riesigen Frühstücksraum gab es zwei Buffets, ein europäisches und ein asiatisches. Marco hatte sich an dem fremdländischen Angebot bedient.

Amüsiert hielt er ein dunkelgraues Ei hoch. »Das wird in

Eselurin getränkt und tagelang in der Erde vergraben. Kein Scheiß«, sagte er. »Ist eine Spezialität, die sogar eine Menge Chinesen eklig finden.«

»Na denn, guten Appetit«, sagte Sven. Er holte sein Handy heraus und checkte seine Nachrichten, während Marco tatsächlich einen zaghaften Bissen von dem vollgepissten Ei nahm und angeekelt das Gesicht verzog.

Sven hörte Jörns Nachricht und erschrak. Er schaute auf die Uhr und rechnete im Kopf den Zeitunterschied durch. In etwa drei Stunden würde er Jörn anrufen können.

»Wow, ist das widerlich!«, lachte Marco und hielt inne, als er Svens entgleisten Gesichtsausdruck bemerkte. »Ist was?«

»Entschuldige«, sagte Sven und stand auf. »Wir sehen uns nachher, ja?«

Sven verließ den Frühstücksraum und hörte die Nachricht ein zweites Mal ab. Er war entsetzt. Und er fühlte ein unbändiges Mitleid für Jörn. Sven hatte nie einen Draht zu Peggy gehabt, tatsächlich hatte er sich irgendwann eingestanden, dass er mit Kindern generell nichts anfangen konnte. Aber er hatte nach wie vor Gefühle für Jörn. Er wusste, wie sehr die Gefahr, Peggy an ihre Mutter zurückgeben zu müssen, Jörn zerriss. Es war entsetzlich. Sven stiegen Tränen in die Augen, während er durch das prächtige Hotelfoyer ging. Er wusste nicht, ob es sein Mitleid mit Jörn war, das ihn weinen ließ, oder Mitleid mit sich selbst. Er vermisste Jörn und fragte sich nicht zum ersten Mal, wie er seine Prioritäten so falsch hatte setzen können. Wie hatte er Jörn bloß gehen lassen können? Den einzigen Menschen, der ihn bedingungslos so geliebt hatte, wie er war.

* * *

Jörn hatte mit Peggy Kekse gebacken. Peggy war furchtbar aufgeregt, ihre Mutter kennenzulernen. Sie hatte keinerlei Erinnerung mehr an sie. So konnte sie es einerseits kaum erwarten, dass es endlich an der Tür klingelte, andererseits fürchtete sie sich davor. Peggy hatte ihr Lieblingskleid angezogen und strich es wieder und wieder nervös mit den Händen glatt.

»Und wenn sie mich nicht mag?«, fragte sie Jörn angstvoll.

»Natürlich mag sie dich, Süße«, sagte Jörn und bemühte sich um ein wackeres Lächeln. »Wie kann man dich nicht mögen? Und außerdem ist sie deine Mami. Alle Mamis lieben ihre Kinder.«

»Aber du liebst mich auch«, stellte Peggy fest.

»Natürlich«, sagte Jörn und drehte sich zur Seite, damit sie sein Gesicht nicht sah. Er hätte schreien und heulen können, riss sich aber zusammen. »Du bist meine süße, kleine Schuckelpuppe, und ich hab dich … grrrrrr … zum Fressen gern!«

Jörn tat so, als wolle er Peggy in den Arm beißen. Sie lachte laut auf und hüpfte aufgeregt durch die Küche, um dem bösen Fress-Jörn zu entkommen. Sie fand das urkomisch.

»Ich hoffe, sie mag unsere Kekse«, sagte Peggy, als sie wieder zur Ruhe kam.

In diesem Moment klingelte es an der Tür. Weder Peggy noch Jörn rührten sich.

»Ist sie das?«, fragte Peggy.

Jörn nickte stumm.

»Soll ich?«, fragte Peggy zögernd.

»Wir gehen zusammen«, sagte Jörn. Er nahm Peggy in den Arm, ließ sie dann aber wieder los. Es wäre Peggys

Mutter gegenüber grausam gewesen, wenn sie sich ihr als liebende Einheit präsentiert hätten. Die arme Frau war sicher auch so schon unsicher genug.

So abgrundtief traurig Jörn darüber war, dass es dieses Treffen gab, so sehr fühlte er doch mit Peggys Mutter. Und mit Peggy. Es war der Lauf der Dinge. Er war Pflegevater. Es war ein Agreement auf Zeit. Es ging nicht um ihn, es ging nicht darum, dass *er* glücklich war – es ging um ein Kind, das es nicht leicht gehabt hatte im Leben. Jörn war stolz darauf, dass er seiner Pflegetochter Kraft und Selbstvertrauen hatte geben können. Und wenn Peggys Mutter wieder gesund war, wenn die Dinge gut liefen, wenn es Peggy guttat – dann würde er akzeptieren müssen, dass sie ihn verließ. Dass er von da an allein wäre. Ganz allein.

Es klingelte ein zweites Mal, und Jörn öffnete die Tür. Dort stand Frau Zertl, die Frau vom Jugendamt, die Peggy seit einem Jahr betreute. Im Gegensatz zu ihrem Vorgänger, der Jörn und Sven immer mit viel Sympathie begegnet war, hatte Frau Zertl Jörn vom ersten Tag an skeptisch gegenübergestanden. Die Tatsache, dass er homosexuell und obendrein alleinstehend war, gefiel ihr gar nicht. Es war nicht richtig, solchen Leuten ein Kind anzuvertrauen, fand Frau Zertl. Und die Leute in ihrer Kirchengemeinde fanden das auch. In Bietigheim-Bissingen, wo sie bis vor zwei Jahren gelebt und gearbeitet hatte, wäre so etwas unmöglich gewesen. Aber hier, im Norden, in der großen Stadt, liefen die Dinge ja anders. Und Frau Zertl musste das akzeptieren. Sie konnte Jörn auch nichts vorwerfen. Bei allen Kontrollen, die das Jugendamt regelmäßig durchführte, gab es nie auch nur eine einzige Beanstandung. Jörn war ein kultivierter, freundlicher Mann, und die kleine Peggy, das musste auch Frau Zertl anerkennen, war gesund, gepflegt und jedes Mal, wenn sie sie traf, ein klein wenig offener, glücklicher, selbständiger. Jörn machte alles richtig. Und trotzdem …

»Hallo, Frau Zertl«, sagte Jörn und reichte ihr die Hand.

Die Sozialarbeiterin schüttelte sie und hielt danach auch Peggy die Hand hin.

»Hallo«, sagte Peggy, und Frau Zertl lächelte die Kleine an, während sie ihre Hand schüttelte.

Peggy schaute um die Ecke in den Hausflur. Da war niemand. Sie schaute Jörn fragend an. Und Jörn schaute Frau Zertl fragend an.

»Deine Mutter wartet unten im Auto«, sagte die Frau vom Jugendamt zu Peggy. »Zieh dir doch schon mal eine Jacke an. Und Schuhe.«

Während Peggy sich anzog, sagte Frau Zertl leise zu Jörn: »Peggys Mutter ist sehr nervös. Und fragil. Sie hatte Angst, Sie zu treffen.«

Jörn schaute die Sozialarbeiterin irritiert an. Er dachte, dass eine Frau, die nicht die Kraft hatte, ihm gegenüberzutreten, ihm, der sich jahrelang liebevoll um ihre Tochter gekümmert hatte, dass so eine Frau auch nicht die Kraft hätte, ein Kind großzuziehen. Denn das brauchten Kinder: Kraft. Und Selbstvertrauen. Doch Jörn nickte bloß. Er würde diese Diskussion nicht führen, wenn die Gefahr bestand, dass Peggy sie mit anhörte.

Peggy huschte noch einmal in die Küche und kam kurz darauf mit einer Handvoll Kekse zurück. »Die hab ich meiner Mama gebacken«, erklärte sie Frau Zertl und ging dann aufgeregt in den Hausflur. Erst als sie schon fast die Treppe hinunter war, drehte sie sich noch einmal zu Jörn um und lächelte ihn an.

Jörn ging zum Küchenfenster und schaute hinaus, während Peggy und Frau Zertl das Haus verließen. Die beiden überquerten die Straße und stiegen in ein Auto. Peggys Mutter saß offenbar auf dem Beifahrersitz. Sie war nicht ausgestiegen, um ihre Tochter zu begrüßen. Jörn konnte sie nicht erkennen. Er hätte gern gesehen, wie sie aussah.

Der Wagen fuhr aus der Parklücke und verschwand am Ende der Straße um die Ecke. Jörn starrte noch eine ganze Weile auf die Kreuzung. Er fühlte sich elend.

Jörn schaute ständig auf die Uhr und hatte keine ruhige Minute, bis es fünf Stunden später endlich an der Tür klingelte. Er öffnete. Peggy kam auf ihn zugestürmt und fiel ihm in die Arme. Es war ein schönes Gefühl – bis Jörn merkte, dass Peggy weinte. Sie schluchzte herzzerreißend.

»He? Was ist denn, mein Schatz?«, fragte Jörn.

Peggy vergrub ihr Gesicht in Jörns Bauch. Sie zitterte am ganzen Körper.

»Peggy? Mäuschen? Was ist?« Als sie immer noch nicht antwortete, schaute Jörn fragend Frau Zertl an, die etwas ratlos im Treppenhaus stand.

Frau Zertl signalisierte Jörn mit einem Blick, dass sie erst sprechen könne, wenn Peggy nicht zuhörte.

»Peggy?«, fragte Jörn mit sanfter Stimme. Er versuchte, Peggy ein Stück von sich zu lockern, doch sie presste sich nur noch mehr an ihn.

»Ich rufe Sie nachher an«, sagte Jörn zu Frau Zertl.

»Peggy«, sagte die Sozialarbeiterin, »kannst du vielleicht kurz in dein Zimmer gehen, damit dein Pflegevater und ich …«

Peggy wimmerte und krallte sich regelrecht an Jörn fest.

»Sie braucht mich jetzt. Ich rufe Sie nachher an, wenn sie sich ein bisschen beruhigt hat«, sagte Jörn.

»Ich hab gleich Feierabend«, antwortete Frau Zertl zickig.

»Sicher können Sie ein Telefongespräch mit mir in Ihre Gleitzeit einrechnen«, konterte Jörn, während er sanft den Kopf des weinenden Kindes streichelte.

Frau Zertl, die es gewohnt war und es durchaus auch schätzte, dass ihr andere Leute als Bittsteller gegenübertraten, verzog das Gesicht. »Ich rufe Sie in einer Stunde an«, sagte sie kühl.

»Danke«, sagte Jörn.

»Auf Wiedersehen, Peggy«, sagte Frau Zertl und ging, ohne eine Reaktion abzuwarten.

Es dauerte zehn Minuten, bis Peggy von Jörn abließ. Doch auch danach gelang es Jörn nicht, ihr irgendetwas zu entlocken. Sie wollte einfach nicht erzählen, was passiert war. Sie schwieg. Gelegentlich schluchzte sie. Jörn gab es irgendwann auf, weiter nachzufragen. Er setzte sich mit ihr aufs Sofa, nahm sie in den Arm und hielt sie einfach. Stumm. Lange.

Irgendwann schaute Peggy zu ihm auf, flüsterte: »Ich hab dich lieb«, und gab ihm einen Kuss auf die Wange.

»Peggy?«, fragte Jörn. »Komm. Sprich mit mir. Was ist los?«

Für einen Moment dachte Jörn, jetzt würde sie endlich erklären, was bei dem Treffen passiert war.

Doch dann sagte Peggy bloß: »Kann ich *Bernd das Brot* gucken?«

»Sicher«, seufzte Jörn und schaltete den Fernseher ein.

Frau Zertl rief nicht eine, sondern erst drei Stunden später an. Sie begann das Gespräch mit den Worten: »Nur ganz kurz. Ich hab nicht viel Zeit. Es ist spät.«

Jörn hatte verzweifelt auf diesen Anruf gewartet, und als er nun erfuhr, was mit Peggy und ihrer Mutter im Zoo geschehen war, war das unendlich schmerzhaft.

Die biestige Sozialarbeiterin schilderte ihm in kurzen, kühlen Worten Folgendes: Peggy war nervös ins Auto gestiegen. Da Peggys Mutter auf dem Beifahrersitz gesessen hatte und Frau Zertl gefahren war, hatte Peggy allein auf der Rückbank gesessen. Sie hatte zaghaft »Hallo« gesagt, und Peggys Mutter hatte nicht mehr als »Hallo« geantwortet. Sie hatte sich nicht zu Peggy umgedreht.

Peggys Mutter war hager und fahrig. Ihr bizarrer Selbstmordversuch mit dem Abflussreiniger hatte ihre Nerven leicht geschädigt, so dass ihre obere rechte Gesichtshälfte in kurzen Abständen zuckte. Leider wirkte dies nicht wie ein neckisches Zwinkern, sondern als wolle ihre Pupille aus der Augenhöhle springen.

Frau Zertl hatte versucht, das Eis zu brechen: »Hat Peggy nicht ein schönes Kleid an, Frau Lossberg? Es ist ihr Lieblingskleid, stimmt's, Peggy?«

Peggys Mutter hatte sich daraufhin zu Peggy umgedreht, und Peggy hatte schüchtern genickt.

»Ja, hübsch«, sagte Peggys Mutter, drehte sich wieder um und starrte durch die Frontscheibe.

»Peggy macht gute Fortschritte in der Schule. Und sie lernt jetzt … was lernst du noch mal für ein Instrument, Peggy?«, versuchte Frau Zertl weiterhin die Sache zum Laufen zu bringen.

»Keyboard«, flüsterte Peggy. »So wie Nele.«

»Ist Nele deine Freundin?«, fragte Frau Zertl.

Peggy nickte stumm. Im Seitenspiegel konnte sie das Gesicht ihrer Mutter sehen. Sie sah das zuckende Auge ihrer Mutter. Es floss eine Träne heraus. Peggy wusste nicht, ob das von dem Zucken kam oder ob ihre Mama traurig war.

»Ich hab Flöte gespielt. Früher«, sagte Peggys Mutter. »Ich musste. In der Schule.«

»Wir spielen auch Flöte in der Schule«, sagte Peggy.

»Ja«, sagte Frau Lossberg, als hätte Peggy irgendetwas bestätigt, was sie schon geahnt hatte.

Frau Zertls Handy klingelte, den restlichen Weg telefonierte sie mit einer Kollegin über irgendeinen anderen Fall.

Als sie am Zoo ankamen, bat Frau Zertl Peggy, sich in der Schlange vor dem Kassenhäuschen anzustellen. Dann nahm sie Frau Lossberg am Arm und zog sie ein Stück zur Seite, außerhalb von Peggys Hörweite.

»Was ist los, Frau Lossberg? Warum reden Sie nicht mit ihr? Sie ist Ihre Tochter. Wollen Sie nicht wissen, wie es ihr geht? Wie sie ist? Was sie tut?«

Frau Lossberg schaute die Sozialarbeiterin lange an, dann sagte sie: »Ich erkenne sie nicht.«

»Es ist viel Zeit vergangen«, sagte Frau Zertl.

»Es ist, als hätte man sie ausgetauscht. Hat der Mann ihr die Haare gefärbt?«

»Nein.«

»Oder sie operiert?«

»Was?«

»Ihr Gesicht? Operiert?«

»Unsinn. Frau Lossberg …«

»Ich fühle mich nicht wohl. Ich möchte gehen.« Peggys Mutter tat ein paar Schritte in Richtung Parkplatz.

Frau Zertl hielt sie auf. »Das können Sie nicht machen,

Frau Lossberg! Sie müssen mit ihr reden, sie neu kennenlernen. Es ist lange her. Und das Kind sehnt sich nach Ihnen.«

»Das Kind kennt mich nicht. Und ich kenne das Kind nicht.«

»Es weiß, dass Sie ihre Mutter sind. Sie hat Ihnen Kekse gebacken. Und ihr schönstes Kleid angezogen ...«

Frau Zertl hätte Frau Lossberg gern gesagt, dass es ein göttliches Band zwischen Mutter und Kind gab, dass der Herrgott sie im Herzen zusammengeschweißt hat. Doch sie wusste, dass man so etwas nicht sagen durfte. Staat und Religion waren getrennt. Das hatte man ihr immer wieder eingebleut.

In diesem Moment schaute Peggy nervös zu den beiden Frauen herüber. Sie war fast am Kassenfenster angekommen und wusste nicht, was sie tun sollte. Frau Zertl ging zu ihr, zog Peggys Mutter mit sich. Mutter und Tochter standen ratlos nebeneinander.

Dann raffte sich Frau Lossberg auf. »Du hast Kekse gebacken?«

Peggy lächelte scheu. Sie griff in die Jackentasche und zog drei Kekse heraus. Sie hielt sie ihrer Mutter hin.

»Hast du die gar nicht eingepackt?«, fragte Frau Lossberg. »Das ist aber sehr unhygienisch.«

Peggy schaute ihre Mutter mit großen traurigen Augen an. Die hagere Frau nahm einen der Kekse aus Peggys Hand. Sie wischte ihn am Ärmel ihres Pullovers ab und nahm ihn dann in den Mund. Sie kaute. »Mit Kokos?«

Peggy nickte.

Frau Lossberg nickte ebenfalls. »Hab ich gleich erkannt.«

Nichts an ihrem Gesicht ließ vermuten, dass ihr der Keks schmeckte.

So ging es weiter. Frau Zertls Versuche, diese beiden schweigsamen Menschen aufeinander zuzubewegen, scheiterten. Peggys Mutter blockte alles ab, fühlte sich sichtlich unwohl und fragte die Sozialarbeiterin noch zweimal, was »dieser Mann« mit »dem Mädchen« gemacht habe. Irgendetwas stimme nicht. Irgendetwas sei falsch an ihr.

Bei Frau Lossberg war eine klinische Depression attestiert worden. Was ihre weitere Diagnose anging, stritten sich die Ärzte. Vier verschiedene Mediziner hatten bislang Gutachten über Peggys Mutter geschrieben. Einer hatte ihr eine »pathologische Selbstzentrierung/Borderline-Autismus« attestiert. Eine Ärztin dagegen meinte, »Anzeichen einer Schizophrenie« zu erkennen. Frau Zertl tendierte nach diesem Ausflug dazu, Letzteres ernsthaft zu erwägen. Sie würde noch einmal ein Gutachten einfordern, diesmal sollte die Frau gezielt auf Schizophrenie untersucht werden.

Während Frau Zertl über die Situation nachdachte und sich fragte, wie sie im Falle Lossberg weiter vorgehen sollte, schritt Peggy stumm und tieftraurig neben den beiden Frauen her. Nicht einmal die Tiere in den Gehegen, die ihr sonst immer verlässlich ein Glänzen in die Augen zauberten, konnten sie trösten.

Warum mag meine Mutter mich nicht?, fragte sich Peggy die ganze Zeit. So wie andere Mütter ihre Töchter mögen? So wie Susann Nele mag. Bin ich schlechter als Nele? Bin ich schlechter als andere Mädchen? Peggy erinnerte sich an Sven, der immer irgendetwas von ihr erwartet hatte, was sie nicht begriff. Lach doch mal!, hatte Sven gesagt. Doch Peggy war nicht nach Lachen zumute. Sie konnte diese Frau, die nicht ihre Mutter sein wollte, nicht anlachen. War sie denn wirklich so schlecht, so wie sie war?

Die beiden Frauen und das Kind gingen in das Schnellrestaurant des Zoos. Frau Zertl kaufte am Tresen Pizza und Pommes. Peggy saß mit ihrer Mutter allein am Tisch. Die Frau schaute sich nervös um, als würde sie etwas suchen oder jemanden erwarten.

Peggy nahm all ihren Mut zusammen und sagte: »Ich bin oft im Zoo. Mit Jörn. Ich mag Tiere. Magst du auch Tiere?«

Die Frau schaute Peggy erstaunt an, als wäre das eine total absurde Frage. »Nein«, sagte sie und schüttelte den Kopf. Ihr Auge zuckte. »Tiere fressen immer nur. Das ist alles, worum es bei denen geht: fressen, fressen, fressen.«

»Hattest du …«, flüsterte Peggy, »… kein Tier? Als du ein Kind warst?«

Frau Lossberg überlegte. Dann stand sie plötzlich auf und sagte: »Ich muss gehen. Das ist falsch. Das ist alles falsch hier. Ich kenne dich nicht. Das ist falsch. Auf Wiedersehen. Es tut mir leid. Ich …«

Frau Zertl, die gerade das Essen bezahlte, bemerkte nicht, wie Peggys Mutter das Schnellrestaurant verließ. Als sie kurz darauf an den Tisch kam und Peggy fragte, wo ihre Mutter sei, flüsterte Peggy nur: »Weg.«

»Wie, weg?«, rief Frau Zertl und schaute sich hektisch um.

»Sie hat gesagt, es ist falsch. Ich bin falsch. Und sie muss weg«, flüsterte Peggy und begann zu weinen.

Frau Zertl nahm Peggy in den Arm und versuchte sie zu beruhigen, während sie gleichzeitig ihr Handy aus der Tasche zog und die Polizei anrief. Die sollten Frau Lossberg suchen. In ihrem verwirrten Zustand würde sie womöglich nicht in die Klinik zurückfinden.

»Wie konnten Sie dem Kind so etwas antun?!«, rief Jörn ins Telefon, nachdem Frau Zertl ihren Bericht beendet hatte. Er war fassungslos und wütend. Den Gedanken daran, was Peggy in diesen Stunden im Zoo erlebt hatte, was da in ihr vorgegangen sein musste, ertrug er kaum. Diese Bürokraten hatten ihr kleines Herz gebrochen! »Diese Frau war noch nicht so weit!«, rief Jörn.

»Ja, jetzt wissen wir das auch, vielen Dank«, zischte Frau Zertl schnippisch. »Aber als ich sie letzte Woche getroffen habe, da war ich überrascht, wie stabil sie war. Ich hatte sie mir schlimmer vorgestellt. In den Akten …«

»In den Akten?! Letzte Woche? Sie haben diese Frau nur ein einziges Mal gesprochen, bevor Sie sie auf das arme Kind losgelassen haben?!«, rief Jörn.

»Haben Sie eine Ahnung, wie überlastet wir hier sind?«, keifte Frau Zertl. »Und die Gutachten … die meisten Gutachten fanden …«

»Sie können Kinder doch nicht wie Versuchskaninchen solchen Situationen aussetzen! Das muss doch wohlüberlegt sein, so was! Sie müssen doch überdenken, was Sie tun! Sie müssen sich sicher sein!« Jörn war entsetzt.

»Nun«, sagte Frau Zertl. »Frau Lossmann ist wieder in der Geschlossenen. Sie glaubt, dass wir ihr ein falsches Kind andrehen wollten. Offenbar ist ihr Zustand tatsächlich schlimmer, als wir … als die Ärzte dachten.«

»Ach, tatsächlich«, rief Jörn sarkastisch.

»Es tut mir leid für Peggy«, sagte Frau Zertl. Vermutlich meinte sie es ernst, aber es fiel ihr hörbar schwer, es Jörn gegenüber einzugestehen. »Ich glaube, es wird sehr lange dauern, bis Peggy wieder Kontakt zu ihrer Mutter haben wird«, sagte Frau Zertl.

»Das will ich hoffen!«, sagte Jörn und legte auf.

Er ließ sich auf das Sofa fallen und atmete schwer aus. Was für ein Alptraum!

Immerhin, dachte Jörn, Peggys Mutter ist ein Wrack. Die ist komplett im Arsch. Und auch wenn Jörn sich dafür schämte, verspürte er dennoch eine gewisse Freude. Denn wenn es dieser Frau so dermaßen dreckig ging, dann war das gut für Peggy und ihn. Dann würde er Peggy behalten können.

Doch das sollte sich schon bald als Irrtum erweisen.

* * *

In den folgenden Wochen gab Jörn sein Bestes, die verstörte Peggy zu beruhigen. Und langsam, aber sicher kam sie wieder aus ihrem Schneckenhaus gekrochen. Obwohl ihr ohne Zweifel ein Leben lang seelische Narben von diesem Erlebnis bleiben würden. Ich war stolz auf unsere Nele, die sich rührend um Peggy sorgte und offenbar besser wusste, was zu tun und zu sagen war, als wir Erwachsenen. Peggy liebte Nele innig und rief oft bei uns an, um mit ihrer zaghaften, flüsternden Stimme nach unserer Tochter zu verlangen. Nele zog sich dann in ihr Zimmer zurück und führte lange Gespräche mit ihrer kleinen Freundin. Dabei dudelten auf ihrer Anlage ununterbrochen Songs von Rosenstolz, Duffy und Pink. Nele liebt singende Frauen.

Eines Tages, als die beiden Kinder wieder miteinander sprachen, landete eine Nachricht auf meinem Anrufbeantworter. Der Akku unseres zweiten Telefons war leer, und so bekam ich gar nicht mit, dass jemand versucht hatte, mich zu erreichen.

Erst Stunden später hörte ich die freundliche Frauenstimme auf dem AB. Es war eine sogenannte »Producerin« namens Susanne Löblich, die mir verkündete, dass es einen Drehtermin für meinen Film gebe. In einem Monat gehe es los.

Mein Film?

Ich hatte schon fast vergessen, dass eine Produktionsfirma die Rechte an meinem *Tod in der Vorstandsetage*-Roman optioniert hatte. Das war eine Ewigkeit her, und ich hatte keine Ahnung, dass die Dinge bei Film und Fernsehen so unfassbar lange dauern. Ich dachte, die Sache hätte sich längst erledigt. Obwohl: Auf der letzten Abrechnung des Verlags hatte irgendetwas von »Optionsausübung« gestanden, und ich hatte eigentlich immer mal nachfragen wollen, was das genau bedeutete, hatte es dann aber vergessen. Offenbar hieß es, dass die Sache ernst wurde.

Ich war natürlich begeistert und rief Frau Löblich gleich zurück. Es handelte sich um eine reizende junge Frau, die klang, als wäre sie etwa zwölfeinhalb Jahre alt. Ich finde es sehr irritierend, berufliche Gespräche mit Menschen zu führen, die wie Kinder klingen.

Das Drehbuch, erklärte mir die Producerin, habe ein sehr erfahrener Autor geschrieben, der jahrelang am *Autobahnrevier* mitgearbeitet hat. Ich wusste nicht, was das *Autobahnrevier* ist. Ich sah selten fern.

»Und der Regisseur ist ein echtes Ass«, fuhr die Filmfrau fort. »Er hat dieses Jahr schon zwei Fernsehfilme für uns gedreht. Einer lief gerade letzte Woche: *Der Kommissar am Fjord.* Vielleicht haben Sie den ja gesehen?«

»Den hab ich leider verpasst«, sagte ich.

»Schade. Der hatte eine Superquote. Und kriegen Sie bitte keinen Schreck«, fuhr Frau Löblich fort, »aber wir haben ein paar Dinge an Ihrer Geschichte verändert. Das ist aber völlig normal, man kann so einen Roman einfach nicht eins zu eins umsetzen.«

»Das verstehe ich«, sagte ich artig, obwohl es mir nicht wirklich einleuchtete. Ich hätte mir mein Buch sehr wohl in einer vorlagentreuen Umsetzung vorstellen können.

»Der Taxifahrer in Ihrem Buch zum Beispiel …«, sagte Frau Löblich.

»Die Hauptfigur«, betonte ich.

»Ja«, sagte Frau Löblich. »Das ist jetzt eine Frau. Und sie fährt auch nicht mehr Taxi. Sie ist Fahrradkurier.«

»Oh.«

»Wir hatten großes Glück, dass Elena Holzberg gerade einen solchen Stoff suchte. Schon seit Jahren will sie in einem Krimi spielen. Bisher war sie ja eher auf dieser Beziehungskomödienschiene unterwegs. Und Elena ist ja nun wirklich ein Garant für Superquoten. Da haben wir uns überlegt, dass es für die Geschichte gar kein Problem ist, wenn es eine Heldin und kein Held ist.«

»Elena Holzberg? Ist das nicht diese … die immer in den Talkshows ist?«, fragte ich.

»Ja«, sagte Frau Löblich. »Sie ist sehr präsent.«

»Ist die nicht mit diesem entsetzlichen Investmentbanker verheiratet?«, fragte ich.

»Äh …«, zögerte die Producerin. »Die beiden sind nicht verheiratet. Sie leben nur zusammen.«

»Das Schwein spekuliert auf Lebensmittel. Auf Getreide und Reis. Der Typ verdient Millionen damit, dass er Hungersnöte in Afrika fördert.«

»Davon verstehe ich nichts«, sagte Frau Löblich kleinlaut.

»Die Hauptfigur in meinem Film deckt eine widerwärtige Finanzschweinerei auf. Die kämpft gegen diese widerlichen Heuschrecken. Und jetzt besetzen Sie die Hauptrolle mit einer Frau, die mit genau so einem Schwein das Bett teilt!«

»Also …«, sagte Frau Löblich, deren Stimme nun nicht mehr so freundlich klang. »Elena Holzberg hatte, gerade weil sie sich in dieser Szene ein wenig auskennt, durchaus Anmerkungen zum Buch. Sie sagt, da sei einiges nicht richtig recherchiert.«

»Was?!«

»Sie hat einige Änderungen vorgeschlagen, die uns gut gefallen haben. Der Schwerpunkt der Geschichte liegt jetzt mehr auf dem Mord an der Sekretärin. Diese Eifersuchtsgeschichte.«

»Aber das ist doch nur Beiwerk! Ein Ablenkungsmanöver, um den Leser auf eine falsche Fährte zu führen!«

»Nun, Frau Holzberg und wir fanden diesen Handlungsstrang sehr stark und haben ihn ausgebaut. Und diese ganzen Finanzsachen … das war schon sehr kompliziert. Das haben wir deutlich entzerrt.«

Ich war fassungslos und sagte gar nichts mehr.

»Herr Lehmann?«

»Ja.«

»Machen Sie sich keine Sorgen, das wird ein Superfilm.«

»Haben Sie den Handlungsstrang mit dem Ministerpräsidenten noch drin?«, fragte ich und ahnte bereits, dass mir die Antwort nicht gefallen würde.

»Zu kompliziert«, sagte Frau Löblich. »Der Banker handelt jetzt allein. Er stolpert da auch eher so versehentlich rein, und der erste Mord war gar nicht geplant …«

Ich hatte eine Geschichte über ein soziopathisches, geldgeiles Monstrum geschrieben, das von der hohen Politik gefördert und gedeckt wird – und diese Filmleute machten nun einen tollpatschigen Einzeltäter draus, der nur versehentlich zum Mörder wird? Und der abgebrühte Taxifahrer meines Romans sollte jetzt so eine Gucci-Taschen-Tussi sein? Dazu fiel mir nichts mehr ein. Außer, dass ich wenigstens gutes Geld für meine Romanrechte bekommen würde. So viel Kapitalismus musste sein.

»Wenn Sie wollen, schicke ich Ihnen das Drehbuch«, bot Frau Löblich an. »Aber ich muss gleich sagen, dass Sie vertraglich keinerlei Vetorecht haben und das Drehbuch so auch schon abgesegnet ist.«

»Nee«, murmelte ich. »Lassen Sie mal.«

»Sie wollen das Drehbuch nicht lesen?«, wunderte sich die Producerin. »Normalerweise sind Romanautoren immer sehr …«

»Ich muss los, Lidl macht gleich zu«, sagte ich und legte auf.

Ich stand unter Schock. Das war sie also, die wunderbare Welt des Films.

2010

Mein« Film wurde an einem Montagabend auf einem der Privatkanäle ausgestrahlt. Sat.1, RTL, ProSieben? Einer von denen. Susann hatte vorgeschlagen, dass wir die ganze Bande zu uns einladen und uns mein »Filmdebüt« gemeinsam anschauen sollten.

»Das wäre doch ein schöner Anlass, mal wieder alle zusammenzubringen«, hatte sie gesagt.

Ich erinnerte mich schmerzhaft an das Gespräch mit der Producerin und sagte: »Ich fürchte, es wird alles andere als schön. Ich will das lieber allein mit dir durchleiden.«

»Und mit mir!«, rief Nele, die gerade ins Zimmer trat. »Ich will auch gucken.«

»Klar«, sagte ich. »Und die Bande trommeln wir auch mal wieder zusammen. Zu einem erfreulicheren Anlass. Schon bald. Sie fehlen mir.«

»Mir auch«, nickte Susann.

Um Viertel nach acht saßen wir also zu dritt auf dem Sofa. Susann hatte eine Flasche Champagner aufgemacht, obwohl ich mehrfach betont hatte, dass es vermutlich keinen Grund zum Feiern gäbe. Nele trank einen Smoothie, die 2010 plötzlich in Mode und in die Kühlregale der Supermärkte kamen.

Der Film begann, und die ersten drei Minuten erkannte

ich schlicht und ergreifend rein gar nichts wieder. Statt eines bärbeißigen Taxifahrers wurde mir und den hoffentlich nicht allzu zahlreichen Zuschauern eine alleinerziehende Kurierfahrerin als Heldin serviert, die in ihren engen Radlerhosen außerordentlich attraktiv aussah. Ich vermute, der Regisseur hat seine Hauptdarstellerin nur deshalb zur Fahrradkurierin gemacht, damit er ihre langen Beine in hautengem Outfit präsentieren konnte. So ansprechend Elena Holzbergs Beine waren, so dürftig war allerdings ihr schauspielerisches Talent. Sie grimassierte sich durch einen Plot, den ich nur notdürftig mit dem in Einklang bringen konnte, was in meinem Kriminalroman stand. Jede Kritik am skrupellosen Finanzmanagement und an den politischen Verstrickungen war getilgt worden, dafür sah man Frau Holzberg einmal duschen und sehr oft sehr niedlich mit ihrer kleinen süßen Tochter spielen, die allerlei vermeintlich drollige Sprüche draufhatte. Hin und wieder sagte Frau Holzberg ohne jede Überzeugungskraft abgenudelte Sätze wie: »Und wenn es das Letzte ist, was ich tue, ich werde diesen Mistkerl zur Strecke bringen!«

»Oh Gott«, stöhnte ich. »2010 ist das offizielle Jahr der Stille. Warum kann sich das diese Trulla nicht zu Herzen nehmen?«

In der dreißigsten Minute wurde dann die Sekretärin ermordet. Und mit ihr endete auch meine Leidensfähigkeit. Wenn die Tippse davon erlöst wurde, diesen Quark länger miterleben zu müssen, dann wollte ich auch nicht mehr. Ich griff zur Fernbedienung und schaltete um. »Ich ertrag das nicht!«, sagte ich.

Irgendein Werbespot auf irgendeinem anderen Sender erschien.

»Ach, komm«, sagte Susann halbherzig, »sooo schlimm ist es nun auch wieder nicht.«

Ich schaute Susann an, als wäre sie geisteskrank.

Sie lachte verlegen. »Okay. Ja. Es ist ziemlich ...«

In diesem Moment rief Nele laut und aufgeregt: »Oh, mein Gott! Schaut! Da!«

Wir blickten auf den Bildschirm, auf den Nele fassungslos starrte, und trauten unseren Augen kaum: Da war Jegor! Der satanische, milchbübige, arme, böse, traurige Jegor. Er war groß geworden, kantiger. Doch er sah immer noch verloren aus. Er stand in einem Studio und starrte mit seinen blassen Augen trotzig drei Leute an, die ihm gegenüber an einem Tisch saßen: eine viel zu stark geschminkte junge Frau mit offenkundig falschen Zähnen und Brüsten, einen Lackaffen, der sich vermutlich jeden Morgen im Badezimmerspiegel selbst zuzwinkerte, und einen Moderator, der wie eine Karikatur auf Dieter Bohlen wirkte. Oder war es der echte Bohlen? Keine Ahnung.

»Na, dann lass mal hören«, näselte der Vielleicht-Bohlen.

Jegor begann zu singen. Und wie er zu singen begann! Es war atemberaubend. Er sang auf Russisch, eine Ballade, vielleicht ein Volkslied. Doch er sang es mit solch einer Inbrunst, mit solch einer Traurigkeit, mit so viel Seele, dass wir alle drei regelrecht die Luft anhielten. Keiner sagte etwas, bis Jegor fertig war.

»Supi!«, quietschte die lebende Barbiepuppe.

»Respekt«, sagte der Schönling.

»Na«, näselte der Moderator, »ist ja nicht so meine Musik, dieses Kosakengeknödel, aber deine Stimme, Alter, echt. Nicht schlecht. Meinste denn, du kannst auch richtige Musik. Pop und so?«

Jegor starrte den Moderator kühl an. Dann nickte er stumm.

»Ja, Alter, dann sehen wir uns bald wieder, ne?«, sagte der Moderator.

»Recall!«, quiekte eine Stimme aus dem Off, und irgendwelche schnell geschnittenen Szenen und Bilder, die für mich keinen Sinn ergaben, zuckten über den Bildschirm. Und dann war Jegor auch schon wieder verschwunden, und eine junge Frau, die aussah wie der Klon der Jury-Barbie, trippelte zum Vorsingen vor die Troika des Grauens.

Nele schaltete den Fernseher aus. »Wow«, sagte sie. »Hammer!«

»Was für eine wunderschöne Stimme«, sagte Susann. »Wer hätte das gedacht.«

Und gerade als ich vorschlagen wollte, im Internet mal nachzuschauen, ob da irgendetwas über Jegor stand, wo er lebte, was er so machte, klingelte das Telefon.

»Da hat wohl noch jemand Jegor gesehen«, lachte Susann. Sie nahm das Telefon und meldete sich.

Es war Jörn. »Susann?«, sagte er mit gepresster Stimme. »Ich brauche dich. Kannst du kommen?«

»Natürlich! Was ist denn?«, antwortete Susann.

Jörn zögerte. Dann sagte er: »Peggys Mutter ist tot.«

* * *

Wir fuhren alle drei zu Jörn und Peggy. Jörn öffnete die Tür. Er sah erschöpft aus.

»Peggy ist in ihrem Zimmer. Sie will nicht reden«, sagte er.

Nele ging einfach an Jörn vorbei zu Peggys Zimmertür, öffnete sie und trat ein. Sie schloss die Tür wieder hinter sich. Sie würde Peggy trösten. Es war gut, dass sie mitgekommen war.

Susann und ich folgten Jörn in die Küche, wo er Kaffee machte.

»Also? Was ist mit Peggys Mutter passiert?«, fragte Susann.

»Sie wurde überfahren«, antwortete Jörn. »Sie ist einfach auf eine Kreuzung gelaufen, ohne zu gucken.«

»Ich dachte, sie ist in der Klapse«, wunderte ich mich.

Susann warf mir einen tadelnden Blick zu.

»... in der Psychiatrie«, korrigierte ich meine Respektlosigkeit artig.

Jörn schüttelte den Kopf. »Sie hat seit einigen Monaten wieder allein gelebt. Sie hat Medikamente genommen, Psychopharmaka, die angeblich gut ansprangen. Frau Zertl – die Frau vom Jugendamt – wollte sogar schon einen neuen Termin mit Peggy organisieren.«

»Was?!«, riefen Susann und ich gleichzeitig.

»Ja«, sagte Jörn. »Die Zertl meinte, Peggys Mutter sei jetzt so weit. Ich hab natürlich protestiert, aber diese arrogante Kuh hat das einfach so weggewischt, und da hab ich ihrem Vorgesetzten einen Brief geschrieben, einen ausführlichen Bericht über ihre Versäumnisse und was im Zoo passiert ist und wie sehr Peggy darunter immer noch leidet und ... tja, seitdem stehe ich ganz oben auf Frau Zertls Shitlist. Offenbar hat sie einen ziemlichen Anschiss von ihrem Boss bekommen.«

»Na ja«, sagte ich und trat erneut in ein Fettnäpfchen. »Ist doch eigentlich eine gute Nachricht. Jetzt kann Peggy ja kein Treffen mehr mit ihrer Mutter aufgedrückt bekommen.«

Susanns Blick war nun nicht mehr tadelnd, sondern schlicht empört.

Ich beschloss, fortan besser die Klappe zu halten.

»Wie hat Peggy reagiert?«, fragte Susann.

»Verwirrt«, sagte Jörn. »Denn genau genommen kennt sie ihre Mutter gar nicht. Sie ist für sie nur diese gruselige Frau, die sie einmal gesehen hat. Auf der anderen Seite ist sie aber eben ihre Mutter, und Peggy hat wahrscheinlich immer noch irgendwie gehofft, dass da eine Verbindung entstehen könnte. Und ich glaube, sie ist auch verzweifelt, weil sie nicht das fühlt, was sie fühlen sollte. Ich meine … ihre Mutter ist gestorben, aber sie war nie eine Mutter für sie, und trotzdem … Ach, ich weiß nicht. Peggy sagt ja nichts. Sie ist nur … traurig. Durcheinander. Ich weiß auch gar nicht, was ich … wie ich ihr …«

Ich schaute Jörn erstaunt an. So kannte ich ihn nicht. So hilflos, so verzweifelt. Sonst war er immer sehr pragmatisch, selbst in schlimmen Situationen immer noch ein Macher. Doch jetzt war er einfach nur ein Mensch, der Hilfe brauchte. Es rührte mich zutiefst, ihn so zu sehen, und ich nahm ihn wortlos in den Arm. Susann schaute mich erstaunt an, dann lächelte sie. Hin und wieder mache ich dann doch mal etwas richtig.

Wir redeten noch eine Weile. Jörn überlegte, ob er mit Peggy eine Psychologin aufsuchen sollte. Wir fanden beide, dass das eine gute Idee wäre. Das alles war zu groß und zu speziell, als dass man es ohne professionelle Hilfe durchstehen sollte.

Nele kam in die Küche. An der Hand hielt sie Peggy.

Nele sagte bestimmt: »Ich schlafe heute hier. Damit Peggy nicht allein ist.« Dann schaute sie Susann und mich an und sagte: »Ihr könnt ja morgen in der Schule anrufen und sagen, dass ich krank bin.«

Susann zuckte zusammen. Das passte ihr nicht. »Du hast

morgen die Englischarbeit ...«, hob sie an, doch ich unterbrach sie und sagte: »Klar, Nele. Gute Idee.«

Dann warf ich Susann einen Blick zu, der keinen Widerspruch duldete. Das war nicht leicht, denn wie die meisten Männer hatte und habe ich vor meiner Frau ein bisschen Angst. Es kostete mich Überwindung und ein beträchtliches Maß an schauspielerischem Talent, den resoluten Kerl raushängen zu lassen.

Doch es funktionierte, denn Susann sagte zu Nele: »Ja, Schätzchen. Okay. Ich bring dir nachher deine Zahnbürste und Bettwäsche ...«

»Hab ich alles hier«, sagte Jörn.

»Okay«, nickte Susann.

Sie schaute mich an und sah irgendwie zufrieden mit mir aus. Ich werde das nie verstehen. Meine Frau liebt es, die Kontrolle zu haben, bestimmt mit fast schon beängstigender Selbstverständlichkeit, was zu tun ist, und degradiert mich gern mal zum bloßen Befehlsempfänger. Aber wenn mir etwas dann doch mal zu wichtig ist, als dass ich es ihr einfach so überlassen wollte, wenn ich dann aufmucke, das Kreuz breit mache und mich gegen sie durchsetze, dann gefällt ihr das seltsamerweise. Sie hat es ganz gern, wenn ich hin und wieder stärker bin als sie.

Frauen sind seltsam.

Dank meiner Intervention blieb Nele also bei Peggy. Und das war gut. Offenbar redeten die Kinder bis spät in die Nacht. Nele behauptet, Peggy redete sehr viel, wenn sie mit ihr allein war. Als ich Nele am nächsten Tag abholte und mit ihr eine Pizza essen ging, fragte ich sie, ob Peggy sehr traurig sei.

Nele nickte. »Ja, klar.« Dann legte sie ihre Hand auf

meinen Arm und sagte altklug, aber trotzdem herrlich beruhigend: »Aber sie kommt drüber weg. Sie hat ja Jörn. Jörn ist toll.«

Hab ich schon mal erwähnt, wie stolz ich auf meine Nele bin?

Als wir nachmittags nach Hause kamen, klingelte das Telefon. Ich ging ran, und eine aufgeregte, ja nahezu euphorische Frau Löblich überfiel mich mit einem Wortschwall.

»Herr Lehmann!«, rief die Producerin mit ihrer kindlichen Quietschstimme, »gute Nachrichten! Ihr Film ...«

Ich wollte sie unterbrechen und ihr mitteilen, dass das, was da gestern gesendet worden war, ganz sicher nicht *mein* Film war, kam aber nicht zu Wort.

»... hatte eine gigantische Einschaltquote! Wir haben sogar die Castingshow geknackt. Wahnsinn, oder? Hier sind die Sektkorken geflogen. Totale Begeisterung. Und dann rief Elena Holzberg an und ...«

Mir klingelten die Ohren von dem hochfrequenten Redeschwall.

»... Also, lange Rede, kurzer Sinn: Wir gehen mit Frau Holzbergs ... mit *Ihrer* Figur in Serie. Jedes Jahr ein Fall! Das heißt, wir kaufen die Rechte an all Ihren Büchern und optionieren auch die Nachfolgebände. Wahnsinn, oder? Haben Sie schon eine neue Story in Arbeit?«

Ich war fassungslos und musste erst einmal verdauen, was ich da eben gehört hatte. Frau Löblichs Botschaft bedeutete a) viel Geld für mich und b) einmal im Jahr ein qualvolles Martyrium, wenn ich mir anschauen musste, wie meine Geschichten geschunden wurden. Andererseits: Wirklich am Herzen lagen mir meine Krimis ja sowieso nicht. Die Hoffnung, etwas schreiben zu können, was mir wirklich etwas bedeutete, hatte ich inzwischen begraben. Da konnte ich genauso gut mit meinem Krimikram so viel Geld wie möglich abgreifen. Für Rente war ich schließlich noch zu jung.

»Herr Lehmann?«, kiekste Frau Löblich.

Offenbar war ihr Wortschwall beendet, und ich hatte zu reagieren. »Äh … toll«, sagte ich.

Das schien ihr zu reichen. »Super!«, rief sie. »Wir melden uns dann wegen des Vertrags und so … Also, Herr Lehmann. Bis bald.«

»Äh …«, warf ich ein. »Frau Löblich? Besteht die Chance, dass ich selbst das Drehbuch …?«

»Nein«, kam es wie aus der Pistole geschossen. »Dafür haben wir Profis. Tut mir leid. Also, bis bald, tschüss!«

Und weg war sie.

Ich schluckte.

Da klingelte das Telefon schon wieder. Es war Sven. Sven lebte seit einem halben Jahr in Düsseldorf, wo er ein Engagement am Schauspielhaus hatte. Seitdem hatten wir kaum noch Kontakt.

»Hey«, meldete sich mein alter Freund. »Geht's gut?«

»Ich mache gerade Fernsehkarriere«, murmelte ich noch halb unter Schock.

»Toll«, sagte Sven. »Du, tut mir leid, dass ich so kurz angebunden bin, wir haben gleich Probe, ich wollte nur … Jörn hat mich angerufen. Das sind ja sehr verstörende Nachrichten. Und ich wollte nur wissen … also … Jörn klang ziemlich fertig. Wie geht es ihm? Seid ihr für ihn da? Ich hab in zwei Wochen Premiere, ich komme hier nicht weg, aber ich sorge mich, ob er … das ist ja wirklich total übel.«

»Nee, alles okay«, beruhigte ich Sven. »Ist zwar schrecklich, aber auch keine Totalkatastrophe. Peggy und er kommen schon damit klar.«

»Keine Totalkatastrophe?«, wunderte sich Sven.

»Na, ich will nicht unsensibel klingen«, sagte ich. »aber die Verbindung war ja jetzt nicht so wahnsinnig eng, und Peggy wird schon lernen, damit umzugehen.«

Auf der anderen Seite war es still.

»Sven?«, fragte ich.

»Was redest du denn da für einen Scheiß?«, fragte er wütend.

»Wie bitte?«, wunderte ich mich.

»Die beiden lieben sich! Das ist sehr wohl eine Totalkatastrophe!«, rief Sven. »Ich weiß gar nicht, für wen von den beiden es schlimmer ist!«

»Hä?« Ich kapierte gar nichts mehr. »Wovon redest du?«

»Wovon redest *du*?«, rief Sven. »Ich rede davon, dass sie ihm Peggy wegnehmen!«

»Was?!«

»Oh, du weißt es noch gar nicht?«, begriff Sven.

»Sie … wollen ihm Peggy wegnehmen?«, stammelte ich. »Wieso?«

In diesem Moment bemerkte ich Nele, die mich entsetzt anstarrte.

»Irgendwelche Vorschriften«, sagte Sven. »Weil sie jetzt Waise ist. Sie haben Jörn vorhin angerufen. So ganz verstanden habe ich es nicht.«

»Ich muss Jörn anrufen«, sagte ich. »Ich muss hören, was los ist. Ich rufe dich an.«

»Bitte melde dich. Halt mich auf dem Laufenden, ja?«, bat Sven aufrichtig besorgt.

»Ja, klar. Bis dann«, sagte ich und legte auf.

Nele starrte mich immer noch schockiert und fragend

an. Ich nickte zaghaft, um ihr zu signalisieren, dass sie richtig gehört hatte.

Sie griff nach ihrer Jacke und zog sie an. »Komm!«, sagte sie.

Ich nickte und folgte ihr.

* * *

Als wir bei Jörn eintrafen, war Petra schon da. Jörn war über seinen Schatten gesprungen und hatte sie angerufen. Er brauchte sie jetzt. Sie war sofort gekommen. Dille war mit Adrian zu Hause geblieben.

Nele und ich hatten auf der Fahrt zu Jörn Susann eine SMS geschickt. Sie hatte noch einen Nachmittagskurs, würde aber nach Schulschluss auch gleich zu Jörn fahren.

Nele zog sich mit Peggy in deren Zimmer zurück, und Jörn erklärte mir den Sachverhalt. Die Sache war so simpel wie bizarr: Sowie ein Pflegekind Waise wird, muss »der Fall« neu evaluiert werden. Oberstes Ziel war es nun, Adoptiveltern für das Kind zu finden. Das war bei einem zehnjährigen Mädchen, das psychische Probleme hatte, nicht leicht. Die meisten Leute wollten natürlich Babys. Gesunde, fröhliche Babys.

»Die Zertl hasst mich«, sagte Jörn. »Ich bilde mir das nicht ein, das ist eine Tatsache. Die ist total religiös und mental irgendwie in den Fünfzigern steckengeblieben. Die ist komplett von gestern. Sie glaubt, dass Schwule keine Kinder in Obhut haben sollten. Und seit ich mich wegen der Sache im Zoo bei ihrem Vorgesetzten beschwert habe, hasst sie mich noch mehr. Sie konnte gar nicht schnell genug alles in die Wege leiten: Peggy wurde gleich am Tag, an dem ihre Mutter starb, in ihren Akten auf Adoptiv-Status hochgesetzt. Und heute kam der Brief, dass sie Peggy binnen der nächsten vierzehn Tage in eine ›neue Unterbringung‹ schaffen werden.«

»Sie wird schon in zwei Wochen adoptiert?«, wunderte sich Petra.

»Nein«, seufzte Jörn. »Dann würde ich ja gar nichts sagen. Das wäre dann eben der Lauf der Dinge. Aber es kann Monate, wenn nicht sogar Jahre dauern, bis Peggy adoptiert wird. Wenn überhaupt.«

»Aber warum kannst du bis dahin nicht weiter für sie sorgen?«, fragte ich.

»Frag Frau Zertl«, knurrte Jörn.

»Das ist doch absurd«, sagte ich. »Die kann doch nicht …«

»Es gibt da wohl so ein Wohnprojekt der katholischen Kirche, irgendwo in der Eifel oder so, wo Peggy …«

»Aber da kennt sie doch niemanden!«, rief Petra. »Da ist alles fremd.«

»Das würde sie Jahre zurückwerfen«, stimmte Jörn zu. »Sie ist endlich ein wenig aufgetaut. Sie hat Vertrauen zu mir. Und sie hat Nele. Eine bessere Freundin findet sie nirgends. Und …« Jörns Stimme brach. Er versuchte, nicht zu weinen.

»Und sie kommt bald in die Pubertät, um Himmels willen«, merkte Petra an. »Das ist schon die Hölle, wenn du dich in Sicherheit fühlst. Wenn du auch noch irgendwo in der Fremde unter lauten Fremden …«

Es folgte bedrücktes Schweigen.

Dann stand Petra auf und nahm Jörn in den Arm. »Wir lassen das nicht zu«, sagte sie. »Wir lassen sie einfach nicht gehen.«

* * *

Die nächsten Tage gab es kein anderes Thema für uns als Peggy. Die Krise brachte die Kirschkernspuckerbande wieder zusammen. Wir trafen uns fast jeden Abend. Auch Dille hatte seinen Groll gegen Jörn begraben. Dille war zwar manchmal ein sturer Knallkopf, aber wenn es etwas gab, was er verstand, war das die Sorge um die Familie. Und Jörn und Peggy waren Familie. Wir mussten für sie kämpfen.

Sven, der kurz vor der Premiere seines neuen Stückes in Düsseldorf stand, konnte nicht nach Hamburg kommen. Er rief dafür mehrmals täglich an, erkundigte sich und hatte sich ganz von selbst bereit erklärt, den teuren Anwalt zu zahlen, den Jörn beauftragt hatte. Es war ein Anwalt für Familienrecht, der diesen komplizierten Fall in allen Facetten durchleuchtete. Eindeutig, erklärte uns der Jurist, war Folgendes: Wenn die Behörde Adoptiveltern für Peggy fand, wäre Jörns Pflegschaft beendet, und Peggy würde in eine neue, hoffentlich liebevolle Familie kommen. Jörn war bereit, das zu akzeptieren. Die strittige Frage war, warum Jörn nicht Pflegevater bleiben durfte, bis (und falls überhaupt) Adoptiveltern für Peggy gefunden wurden. Warum man sie partout in ein Umfeld verfrachten wollte, in dem sie sich vermutlich weder geborgen noch sicher fühlen würde, anstatt sie dort zu lassen, wo sie glücklich war – zum ersten Mal in ihrem bitteren Leben. Jörn selbst würde Peggy niemals adoptieren können. Als alleinstehender Mann Anfang fünfzig gab es dafür keinerlei rechtliche Grundlage. Susann und ich hätten Peggy ebenfalls sofort adoptiert. Damit wäre sie in ihrer gewohnten Umgebung geblieben, zudem in einer Wohnung mit ihrer geliebten Nele, die ja sowieso schon wie eine große Schwester für sie war, und vor allem ganz nah bei Jörn, doch auch wir waren natürlich zu alt. Es ging nicht darum, was gut für das Kind war. Es gab keine Möglichkeit, flexibel im Einzelfall zu entscheiden, es gab nur Vorschriften.

Jörn sprach mit dem Leiter des Jugendamts, der ihm zwar mehr Sympathie entgegenbrachte als die giftige Frau Zertl, und womöglich hätte er einer weiteren Pflegschaft zugestimmt – hätte es nicht ausgerechnet zu diesem Zeitpunkt diesen verdammten Skandal gegeben. Der schreckliche Vorfall ging durch alle Medien: Ein elfjähriges Mädchen war in Hamburg-Wellingsbüttel von ihrem Pflegevater monatelang sexuell missbraucht worden.

»Ich habe nicht das geringste sexuelle Interesse an kleinen Mädchen«, hatte sich Jörn empört, als der Amtsleiter den Fall angesprochen hatte. »Und an kleinen Jungen übrigens auch nicht!«, hatte Jörn mit einem wütenden Seitenblick auf die ebenfalls anwesende Frau Zertl hinzugefügt.

Doch der Beamte hatte nur geseufzt und gesagt: »Sie müssen das verstehen, unsere Behörde steht derzeit unter besonderer Beobachtung. Jede Unregelmäßigkeit, jede Fragwürdigkeit …«

»Ich bin weder eine Unregelmäßigkeit, noch bin ich fragwürdig! Ich will nur, dass das arme Kind keinen emotionalen Schaden nimmt!«, hatte Jörn gebrüllt.

»Das wollen wir auch nicht«, hatte der Amtsleiter beteuert. »Und wir wollen auch keinen Ärger.«

»Den werden Sie aber kriegen!«, hatte Jörn geschrien und war aus dem Zimmer gestürmt. »Den werden Sie aber kriegen!«

Dieser unbeherrschte Moment hatte Jörns Position nicht gerade verbessert. Er war nun als unberechenbarer Choleriker vermerkt, worüber Frau Zertl hocherfreut war.

Am nächsten Tag folgte der nächste Dämpfer. Mein Kumpel Arne bei der *Morgenpost* sah sich trotz exzessiven Drängens meinerseits nicht in der Lage, eine Story über den Fall zu bringen. Ich hatte gehofft, dass er eine sympathisierende Öffentlichkeit mobilisieren könnte.

Doch Arne hatte seufzend gesagt: »Sorry, aber das, was du da hast, ist keine Story. Seit wir den neuen Chefredakteur haben, geht diese Sozialnummer gar nicht mehr. Wir brauchen einen Aufhänger, einen spektakulären Aspekt …«

»Sozialnummer?«, hatte ich empört geknurrt. »Wir sind keine Sozialnummer. Es geht um das Schicksal eines Mädchens, eines kleinen Menschen, der nach vielen schrecklichen Jahren endlich sein Glück gefunden hat, das man ihm nun wieder wegnehmen will! Eines Kindes, das sich etwas antun könnte, wenn …«

Arne hatte mich unterbrochen: »Ey, Alter, es tut mir leid. Wirklich. Aber der neue Chefredakteur braucht es knallig. Das ist eine klare Ansage bei uns in der Redaktion: Sex, Gewalt, Promis. Das ist es, worauf mein Boss steht.«

»Er steht auf Sex und Gewalt?«, wiederholte ich sarkastisch.

Arne grinste resigniert: »Ja. Und auf Promis.«

Als ich beim Abendbrot meiner Familie von diesem unerfreulichen Gespräch erzählte, bemerkte ich das Funkeln in den Augen meiner Tochter nicht. Nele hatte eine Idee. Einen Plan. Und sie zog ihn bereits am nächsten Tag durch …

* * *

Nele stand vor dem Gebäudekomplex in Köln. Sie hatte ihren Eltern nicht gesagt, was sie vorhatte, hatte die Schule geschwänzt und die Fahrkarte für den ICE von ihren Ersparnissen bezahlt. Wahnsinn, wie teuer so eine Bahnfahrt war!

Jetzt stand sie vor den hässlichen, klotzigen Gebäuden und suchte das Studio, in dem die Castingshow aufgenommen wurde. Heute um 16 Uhr war wieder eine Aufzeichnung. Das hatte sie durch einen Anruf bei der Produktionsfirma herausgefunden. Jegor, der binnen kürzester Zeit zu einem der Stars der Show avanciert war, dessen Gesicht inzwischen fast täglich in den Zeitungen zu sehen war und der schon jetzt mehr Freunde auf Facebook hatte als der Sieger der letzten Staffel, würde dort singen. Nele hoffte, ihn abzufangen und ihn überreden zu können, als »Promi« für Peggy zu kämpfen. Dann würde ganz sicher auch die *Morgenpost* etwas über die Sache bringen. Und wahrscheinlich auch noch ganz viele andere Zeitungen. Und vielleicht sogar das Fernsehen.

Nele hatte ein bisschen Angst. Sie fürchtete sich vor Jegor und hätte nichts dagegen gehabt, ihn niemals wiederzusehen. Sie wusste, dass sie sich mit dieser Aktion einen potenziellen Stalker aufhalste. Jegor war der Typ Mensch, der einem gefährlich werden konnte. Andererseits hatte ihre Faszination für ihn nie wirklich aufgehört. Es gab etwas an Jegor, was sie rührte und ihr gefiel. Er war nicht wie die anderen Jungen, die bloß Fußball spielten und coole Sprüche klopften und einen nie, niemals überraschten, weil sie so beliebig waren, so glatt, so passgenau in das Leben eingefügt. Kleine, austauschbare Schafe. So war Jegor nicht. Und wenn er sang, war er sogar schön. Auf eine schaurige Art.

Dass Nele sich nicht sicher war, ob sie sich in Gefahr begab, wenn sie Jegor ansprach, war allerdings nur ein Problem. Das andere, erheblich pragmatischere bestand darin, dass sie keine Eintrittskarte für die Aufzeichnung hatte und dass das Studio, wie sie nun feststellte, weiträumig abgesperrt war. Nele hatte durch die Absperrungen nicht einmal die Chance, Jegor am Hinterausgang abzufangen, wenn die Aufzeichnung zu Ende war. Sie griff nach ihrem Handy. Doch die Frau im Produktionsbüro lachte nur, als Nele sie fragte, in welchem Hotel Jegor übernachtete.

»Das erzähle ich dir doch nicht«, sagte sie. »Wo kämen wir denn da hin?«

Nele setzte sich auf eine kleine Mauer und dachte nach. Sie würde nicht so schnell aufgeben. Sie würde Jegor sprechen. Sie *musste* Jegor sprechen!

Anderthalb Stunden bevor die Aufzeichnung begann, füllte sich der Platz vor der Absperrung. Schon bald waren da mehr als zweihundert Teenager – mehr Mädchen als Jungen – und auch ein paar Erwachsene. Es herrschte eine wohlige Aufregung. Jeder hatte seinen Favoriten, der leidenschaftlich gegen die anderen Teilnehmer verteidigt wurde. Es war ein wenig wie auf der Gänseweide eines Bauernhofs: Es wurde intensiv geschnattert.

Nele saß auf der Mauer und suchte nach wie vor verzweifelt einen Weg, um an Jegor heranzukommen.

»Der ist so süß mit seinen Augen und so«, schwärmte gerade ein viel zu dünnes Mädchen, das fliederfarbene Hotpants über ihrer hellblauen Strumpfhose trug. Das Mädchen redete aufgeregt mit ihrer Freundin. Sie stellte ihre *George Gina & Lucy*-Tasche auf die kleine Mauer, direkt neben Nele, und fummelte mit Hilfe ihrer Freundin an ihrer Pants-Strumpfhosen-Kombination herum, die irgendwie zu rutschen oder zu zwacken schien. Und Nele nutzte die Chance. Sie schnappte sich mit einem elegant unauffälligen Handgriff die Tasche, ließ sich flink von der Mauer gleiten und verschwand in der Menge. Sie ging zügig, aber ohne auffällig rasch zu laufen, außer Sichtweite der Leute hinter eine Gebäudeecke und durchwühlte hastig die Tasche. Bitte, flehte sie innerlich, lass die Eintrittskarte hier drin sein!

Und sie hatte Glück. Nele nahm das Ticket und stellte die Tasche auf den Boden. Sie hatte ein schlechtes Gewissen, immerhin waren Handy und Portemonnaie des Mädchens darin, aber sie hatte keine andere Wahl. Sie befand sich in einer dramatischen Situation, und diese erforderte dramatisches Handeln.

* * *

Während Nele mit pochendem Herzen in der Schlange vorm Einlass stand und, nachdem ihr gestohlenes Ticket ohne Beanstandung abgerissen worden war, ins Innere des Studios lief, begierig, möglichst dicht an der Bühne zu sitzen, bekam Jörn einen Anruf. Frau Zertl teilte ihm mit, dass Peggy in drei Tagen abgeholt und in die katholische Wohneinrichtung in der Eifel gebracht werden würde.

»Da sind viele Kinder in ihrem Alter«, sagte Frau Zertl. »Es ist besser für sie, glauben Sie mir.« Es lag kein Triumph in ihrer Stimme, keine Gehässigkeit. Aber auch kein Bedauern oder der kleinste Zweifel. Frau Zertl war sich sicher, dass sie das Richtige tat.

Jörn telefonierte sofort all seine Freunde zusammen. Auch Sven. Als Sven abnahm, konnte Jörn nur noch »Ich bin's« sagen. Dann brach er in Tränen aus. Er weinte. Kein Wort kam mehr über seine Lippen. Nur Schmerz.

»Jörn?«, fragte Sven, der sich gerade in einer Besprechung mit dem Beleuchter seiner neuen Inszenierung befand. »Was ist? Sprich mit mir!«

Doch Jörn weinte nur. Sven war schockiert. Er wusste, wie ernst die Situation war, doch er hatte sie eigentlich immer nur theoretisch begriffen. Seine Verbindung zu Peggy war nie so eng gewesen, dass er Jörns Qualen tatsächlich nachvollziehen konnte. Doch als er Jörn, seinen starken, unbeugsamen Jörn, den Mann, den er einst dafür geliebt hatte, dass er ihm immer sein Fels in der Brandung war, und den er, das begriff er jetzt endgültig, immer noch liebte, als er erlebte, wie dieser Mann zerfiel, begriff auch Sven, dass dramatische Situationen dramatisches Handeln erfordern.

»Ich komme«, sagte er ins Telefon. »In sechs Stunden bin ich da.« Er legte auf und erklärte dem verblüfften Beleuchter: »Ich denke, es ist so weit alles klar. Und den Rest machst du schon. Du kannst mich jederzeit auf dem Handy erreichen.«

»Wir haben in drei Tagen Premiere und haben noch nicht mal den technischen Ablauf …«, stammelte der Beleuchter.

»Ich muss los«, sagte Sven und eilte aus dem Theater, geradewegs zum Bahnhof.

* * *

Peggy saß in ihrem Zimmer. Trotz geschlossener Tür hörte sie, was draußen vor sich ging. Die Erwachsenen sorgten sich um sie. Das begriff sie. Und sie mochte sie alle auch unheimlich gern. Leider war Nele heute nicht da. Die übernachtete bei einer Freundin, hatten Tante Susann und Onkel Piet ihr erzählt. Nele hatte vorhin angerufen und Bescheid gesagt. Schade. Peggy hätte es schöner gefunden, wenn Nele bei ihr übernachtet hätte. Sie konnte Peggy immer alles sehr gut erklären. Und außerdem war sie immer so gut drauf.

Peggy wusste, dass sie von Jörn weg sollte. Und das war eine so schreckliche Vorstellung, dass sie sie gar nicht richtig an sich heranließ. Alle hatten versucht, ihr die Gründe zu erklären, warum man sie fortschicken wollte, aber so richtig verstanden hatte sie es nicht. Peggy kam sich oft sehr dumm vor. Besonders im Umgang mit den Erwachsenen. Die benutzten manchmal so große, fremde Worte, auch wenn sie mit ihr redeten, und Peggy mochte nicht zugeben, dass sie nur die Hälfte davon kapierte. Sie meinten es aber gut, das wusste Peggy. Und sie liebten sie. Sie waren ihre Familie, und sie fand es wunderbar, unter all diesen Menschen zu sein. Jörn wusste meistens, was sie wollte und was sie dachte, ohne dass sie es sagen musste. Das war so ein unglaublich schönes Gefühl! Als ob er in ihrem Kopf wohnte und aufpasste, dass dort nicht allzu viel durcheinanderkam. Manchmal, wenn sie traurig war, klopfte Jörn an die Tür und fragte, ob sie ein Brettspiel mit ihm spielen wolle, oder einer der Kirschkernspucker kam vorbei, am besten Nele, und dann wurde gelacht und herumgeblödelt.

Piet machte immer so herrlich komische Sprüche, aber die waren nicht so komisch wie die von Onkel Dille, weil der dabei oft auch noch Grimassen zog. Neulich hatte sich Dille zwei Grissinistangen in die Nasenlöcher gesteckt und so getan, als ob er ein Walross wäre. Peggy musste furchtbar lachen. Petra machte nicht so viel Quatsch. Dafür sagte sie öfter Scheiße als jeder andere Mensch, den Peggy kannte. Aber es klang nicht böse bei ihr. Petra kam Peggy immer ein bisschen wie eine Superheldin vor, die alles erreichen konnte, was sie wollte. Petra war eine ganz Starke. Und Lucy, die ja die Tochter von Petra war, sagte auch ganz oft freche Sachen und wusste immer, was zu tun war. Wenn Peggy manchmal traurig war, dachte sie an Lucy mit ihrer lustigen Strubbelfrisur. Und dann versuchte Peggy, ein bisschen wie Lucy zu sein, auch wenn das nicht so recht klappte, weil Peggy eben Peggy war und jeder so ist, wie er ist.

Manche Kinder in ihrer Klasse sagten, Peggy sei noch ein Baby. Und der eine Lehrer hatte neulich gesagt, er würde das noch mal ganz langsam erklären, damit auch Peggy es versteht. So ein Arschloch, hatte Peggy gedacht, hatte aber nur ergeben gegrinst, als ob das ein Witz gewesen wäre und keine Kränkung. Und es gab ja auch viel Schlimmeres, als langsam und zurück zu sein. Peggy war lieber ein Baby als eine, die immer vorneweg preschte. Babys wurden nämlich geliebt. Auf Babys wurde aufgepasst.

Peggy litt darunter, dass die anderen Kinder sie ärgerten und sagten, sie sei dumm und seltsam. Aber es war auszuhalten. Denn die anderen Kinder waren nicht wirklich wichtig. Sie hatte ja Jörn und Nele und die Kirschkernspucker. Und in der Parallelklasse war immerhin noch Amina, die in der Pause mit ihr spielte. Amina wurde auch geärgert. Weil sie so dick war. Peggy war es egal, wie dick oder dünn oder klug oder cool jemand war. Solange er nett war.

Susann war nett. Sie hatte neulich einen Blumenkasten für den Balkon mit ihr bepflanzt. Susann kam zwar nicht mehr so oft wie früher (erst jetzt, wo Peggy weg sollte, waren die Kirschkernspucker alle wieder ganz oft da), aber Susann hatte trotzdem immer mal wieder vorbeigeschaut und etwas mit Peggy unternommen. Sie hatten keine Blumen reingetan in den Blumenkasten, sondern Peggy durfte im Gartencenter Samen für Kräuter aussuchen. Die keimten jetzt schon. Bald würde es Petersilie sein und Basilikum und Koriander. Jörn würde Peggy damit etwas kochen, hatte er versprochen. Das würde ganz toll werden.

Peggy schluckte. Wenn sie woanders leben musste, würde sie dann noch mal zurückkommen dürfen, um ihre Petersilie zu ernten? Und würde Jörn dann überhaupt noch für sie kochen wollen? Oder wäre sie ihm dann egal? So wie sie ihrer Mutter egal gewesen war?

Peggy wollte nicht woanders leben! Sie wollte hierbleiben. Niemand auf der ganzen Welt, das wusste Peggy ganz sicher, war so nett wie Jörn. Und niemand anderes würde so gut in ihrem Kopf leben können wie Jörn, der wusste, was ihr guttat, und der immer für sie da war. Wenn man sie wirklich woanders hinschicken sollte … Nein, daran wollte sie gar nicht denken. Dann würde sie lieber gar nicht leben wollen. Dann würde sie lieber von ihrer Zeit hier träumen. Sie würde davon träumen, wie sie mit Jörn und Nele und den anderen im Wald spazieren ging. Da wäre ein Eichhörnchen. Die Sonne schien. Und sie könnte ewig in diesem Wald bleiben. Mit den Menschen, die sie liebte.

* * *

Nele war überrascht. Sie hatte gedacht, so eine Fernsehaufzeichnung wäre wie eine Liveshow, nur dass da eben Kameras mitliefen. Tatsächlich aber war es Stückwerk. Wenn etwas schieflief, wurde die Aufnahme unterbrochen und wiederholt. Einmal durfte eine Sängerin dreimal neu anfangen, weil sie am Anfang vor lauter Aufregung die Töne nicht traf. Vor der Sendung hatte so ein nerviger Typ dem Publikum gesagt, dass es ganz viel jubeln und johlen solle, und derselbe Typ stand nun außerhalb des Kamerabereichs und signalisierte den Zuschauern in regelmäßigen Abständen, wann sie rufen oder lachen oder aufspringen sollten. Das Ganze war ein einziges Schmierentheater, nichts war spontan und alles manipuliert. Doch das war Nele völlig egal. Sie war nicht hier, weil sie für einen der Stars schwärmte, sondern weil sie einen der Stars brauchte, um das glückliche Leben eines kleinen Mädchens zu beschützen.

Nele hatte sich einen Platz in der zweiten Reihe erkämpft. Sie hatte allerdings keine Ahnung, was sie tun sollte, um Jegors Aufmerksamkeit zu erregen. Die Sänger und Sängerinnen befanden sich in ihren Garderoben und würden nach der Aufzeichnung womöglich schnell wieder verschwinden. Nele hoffte, dass Jegor seinen Fans Autogramme geben würde. Sie hatte beobachtet, dass etliche Mädchen kleine Autogrammbücher und Fotos von Jegor in der Hand hielten. Einerseits konnte sie sich nicht vorstellen, dass der abweisende Junge, den sie kannte, freundlich lächelnd seinen Namen auf Autogrammkarten kritzeln würde, andererseits schien Jegor immer auch darunter gelitten zu haben, dass niemand ihn mochte. Speziell die Mädchen nicht. Vielleicht würde er es genießen, endlich einmal angehimmelt zu werden. Hoffentlich! Denn es war Neles einzige Chance.

Jegor war einer der Favoriten der Show, und so fand sein Auftritt erst ziemlich spät statt. Ungeduldig hatte Nele etliche Gesangsdarbietungen und dumme Jurykommentare erduldet, bis der Junge, dem sie einst im Sandkasten eine Schaufel über den Kopf gehauen hatte, endlich die Bühne betrat. Das Publikum applaudierte wie verrückt. Auch Nele klatschte. Und dann sang Jegor. Er sang ein Lied, das Nele nicht kannte, das ihr aber zu Herzen ging. Es hieß

»Wonderful Tonight« und war eigentlich von einem Typen namens Eric Clapton. Wahrscheinlich eine dieser Musikmumien, die ihr Vater so gern hörte. Es war ein Liebeslied, und Jegor sang es so sanft und traurig und voller Hingabe, dass Nele gut verstehen konnte, warum die Mädchen im Publikum ihn so unwiderstehlich fanden. Kannte man nur diese Seite von Jegor, schien er der liebevollste und romantischste Junge der Welt zu sein. Außerdem sah er gut aus, blass und edel und schlank und verträumt. Wie einer dieser Typen aus den Vampirfilmen, die Neles Klassenkameradinnen so gern guckten.

Und dann, ganz plötzlich, brach Jegors Stimme. Ein falscher Ton. Ein Stolpern. Und dann nichts mehr. Die Musik vom Band lief weiter, doch Jegor senkte das Mikrophon und … starrte Nele an! Sie saß nur wenige Meter von ihm entfernt. Als er sie gesehen und erkannt hatte, hatte ihn das völlig aus dem Konzept gebracht. Er starrte Nele an, und die hob verlegen die Hand und lächelte ihn an.

»Hallo, Jegor!«, sagte sie.

Und Jegor, der niemals lächelte, niemals den Anschein erweckt hatte, dass die schöne Seite des Lebens ihn berühren könnte, strahlte über das ganze Gesicht. Er senkte das Mikrophon und sagte zu Nele: »Hey.« Dann ließ er das Mikro einfach fallen und ging zu ihr.

Mindestens fünfzig Mädchen im Publikum rutschte das Herz zu Boden, als sie erkannten, was sie da sahen: Der Junge, für den sie schwärmten, war in eine andere verliebt.

Doch der magische Moment hielt nicht lange an. Sofort kamen Aufnahmeleiter und Assistentin angerannt und versuchten, die Show wieder zum Laufen zu bringen. Sie hielten Jegor auf. Ein Mann kam zu Nele und sagte: »Es ist wohl besser, wenn du jetzt gehst.«

Nele rief Jegor zu: »Jegor! Bitte! Komm her!«

Der ganze Saal hielt den Atem an. Das war spannender als jedes inszenierte Mätzchen in der Show. Das begriff endlich auch der Regisseur, der dem Aufnahmeleiter über dessen Kopfhörer mitteilte, dass man Nele festhalten solle und dass er mit ihr reden und diesen Moment in der Show haben wolle.

So kam es, dass Nele eine Stunde später in Jegors Garderobe saß, zusammen mit dem Regisseur, irgendeinem Typen vom Sender und einem Justitiar. Diesen Leuten – vor allem aber Jegor – erzählte Nele nun alles. Peggys ganze Geschichte.

Der Typ vom Sender liebte die Geschichte und fand sie »Hammer! Bisschen Soap, bisschen Sozialdrama. Geiler Mix!«.

Jegor sagte zu Nele: »Klar, ich helfe dir.«

Nele sagte: »Danke.«

»Ich hab oft an dich gedacht«, sagte Jegor leise.

Und Nele sagte: »Du singst wunderschön. Das habe ich nicht gewusst.«

»Du weißt eine Menge nicht über mich«, antwortete Jegor.

Und der Justitiar dachte, ja, sie weiß zum Beispiel nichts von den beiden Jugendstrafen wegen Körperverletzung und Nötigung, behielt es aber für sich.

Einige Stunden später stand Peggys Fall auf Jegors Facebook-Seite. Am nächsten Tag waren die Zeitungen voll davon. Nele bekam eine mächtige Standpauke von ihren Eltern zu hören – bevor sie ihr sagten, wie stolz sie auf sie seien.

In der Öffentlichkeit und in den Medien wurde eine Riesendiskussion losgetreten. Warum sollten Schwule oder Menschen über vierzig keine Kinder adoptieren dürfen? Die meisten Leute standen auf Jörns Seite, fanden, dass er zumindest die Pflegschaft behalten sollte, bis Adoptiveltern für Peggy gefunden wären. Doch natürlich gab es auch andere Stimmen. Irgendein Bischof nutzte die Chance, um zu bekräftigen, dass Homosexualität eine Sünde gegen Gott sei, irgendein CSU-Typ fand, dass man ohnehin lieber wieder Kinderheime statt Pflegefamilien propagieren sollte, und auch im liberalen Hamburg gab es mehr als genug Leute, die der Meinung waren, dass ein Behördenentscheid etwas war, woran man nicht rüttelte. Die genervte Frau Zertl nahm Urlaub und war für die Presse nicht zu sprechen. Der Behördenleiter musste sein Gesicht wahren und bestand darauf, dass Peggy wie geplant abgeholt und in eine »sehr schöne, therapeutisch gut begleitete Wohneinrichtung« gebracht wurde, »die Peggys besonderer Persönlichkeit gerecht« würde. Ganz persönlich hätte der hohe Beamte Peggy bei Jörn gelassen. Er sah da eigentlich kein Problem. Aber er musste seine Position verteidigen. Es konnte schließlich nicht angehen, dass ein paar Schriftsteller, Theaterleute, Schwule, eine Lehrerin und eine Frau, die Grußkarten textete, die Hamburger Regierung erpressten. Auch nicht, wenn sie so ein singendes Jüngelchen im Internet und im Fernsehen dabei unterstützte.

An dem Tag, an dem Peggy abgeholt werden sollte, wurde die Sache richtig dramatisch. Alle Kirschkernspucker verschanzten sich mit Peggy in der Wohnung von Jörn. Unten auf der Straße hatten Svens Freunde vom Thalia Theater eine kleine Bühne aufgebaut, auf der etliche Hamburger Prominente Reden hielten und ihre Solidarität bekundeten. Später würde hier Jegor singen. Nicht nur deswegen hatten sich mehrere hundert Leute vor dem Haus eingefunden. Der Polizei, die das alles nicht genehmigt hatte, aber nicht auf Teenager, brave Bürger und Prominente einprügeln wollte, war nichts anderes übriggeblieben, als die Straße für den Autoverkehr zu sperren.

Nele ging zu Peggy, die eingeschüchtert auf dem Sofa kauerte, nahm sie in den Arm und strich ihr über das Haar.

»Das alles hier ist nur für dich. Weil wir dich lieben«, sagte Nele.

Peggy umarmte Nele und begann zu weinen. Sie hatte nicht gewusst, wie wichtig sie war. Sie hatte nicht gewusst, wie viel sie den Menschen um sich herum bedeutete. Und es waren gute Tränen, die da flossen. Sehr gute Tränen.

* * *

Heute ist mein Geburtstag. Mein fünfzigster. Eigentlich sollte ich feiern, aber als was auch immer man das beschreiben möchte, was um mich herum passiert, eine Feier ist es ganz sicher nicht. Wir hätten nie gedacht, dass das alles so weit kommen würde.

Immerhin befinde ich mich im Kreis meiner Lieben. Und nicht nur die Kirschkernspucker sind da. Da sind noch viele andere Leute, die mir wichtig sind: meine wunderbare Nele, die arme, verängstigte Peggy und Jörn natürlich, der längst selbst ein Kirschkernspucker geworden ist. Sie sind alle gekommen: die verrückte Anita, der kauzige Adze, Lucy und ihr Polizist, die bald heiraten wollen, Florian, der inzwischen Dreadlocks trägt und voll in seiner Ökogärtnerei aufgeht – und dieser traurige Russe, dem ich eigentlich dankbar sein sollte, der mir aber immer noch irgendwie Angst macht. Der Russe ist nicht direkt bei uns. Er steht unten auf der Straße und singt in ein Mikrophon. Seine Stimme hallt laut von den Hauswänden wider. Er hat eine schöne Stimme. Mehrere Fernsehkameras sind auf ihn gerichtet, unzählige Handys und Fotoapparate blitzen unentwegt.

Ich wollte für meine Geburtstagsfeier eigentlich eine Kneipe mieten, vielleicht eine Band engagieren, die die ollen Hits spielt. Den Soundtrack meines Lebens, zu dem wir dann alle hätten tanzen können. Stattdessen sind wir hier in dieser Wohnung. Wir sind nervös, aber auch zu allem entschlossen. Ständig klingeln das Telefon und die Handys. Reporter rufen an. Das Blaulicht der Polizeiwagen unten auf der Straße veranstaltet eine Lightshow in den Zimmern.

Jegor hat sein Lied beendet. Die Leute applaudieren und johlen und stimmen schon wieder einen Sprechchor an. Ich bin ihnen so dankbar. Sie sind alle auf unserer Seite. Wir haben uns das nicht ausgesucht. Wir wollen gar nicht hier sein. Aber die Umstände haben uns dazu gezwungen. Es geht schließlich um ein Menschenleben.

Ich weiß nicht, ob die Welt wirklich immer schlimmer wird, ob die Menschen tatsächlich immer gröber und kaputter werden. Vielleicht bin ich auch bloß ein alter Mann geworden und habe in den Früher-war-alles-besser-Modus geschaltet, den ich bis vor kurzem an alten Männern immer so furchtbar gefunden habe.

Und es war ja weiß Gott nicht nur Schreckliches, das ich in den letzten zehn Jahren erlebt habe. Da war auch Liebe, sehr viel Liebe sogar, und Spaß und herrliches Chaos und viele kleine magische Momente und reichlich Kinderlachen. Und da waren nicht nur einsame und gebrochene Menschen, sondern auch Träumer und Kämpfer und Abenteurer.

Da war so viel. Und all das ist heute – wundersamerweise an meinem Geburtstag – zusammengekommen. Heute sind sie da. Alle! Und wir riskieren alle verdammt viel für das, woran wir glauben. An das Recht auf Glück!

Der Russe unten auf der Straße hat mit einem neuen Lied begonnen, doch er singt nur ein paar Takte. Dann ist abrupt Schluss. Irgendjemand hat die Tonanlage ausgeschaltet, die Rückkopplung eines Megaphons quietscht.

»Hier spricht die Polizei!«, ruft eine knarzige Stimme zu uns hoch. »Dies ist die letzte Warnung. Sie haben fünf Minuten, um …«

Ich höre nicht hin. In meinen Ohren rauscht es. Ich schaue die Kirschkernspuckerbande an. Dille, Petra, Sven und natürlich Susann. Meine geliebte Susann. Jörn hält Peggy im Arm. Sven stellt sich neben sie. Er streicht Peggy über den Kopf, sie schaut Sven an. Er lächelt, irgendwie entschuldigend, und Jörn nimmt Svens Hand. Adze hält Anita. Lucy greift zu ihren Zigaretten, überlegt es sich dann aber anders und steckt sie wieder ein. Ihr Polizist, dessen Namen ich mir einfach nicht merken kann, obwohl ich ihn total nett finde, nickt uns ermutigend zu. Das sind meine Kumpel da draußen, sagt sein Blick. Die werden uns schon nichts tun.

Wir lächeln uns tapfer und nervös zu. Wir können jetzt nicht aufgeben. Wir können es einfach nicht!

Keiner sagt etwas. Die Minuten verstreichen. Qualvoll langsam. Wir haben keine Ahnung, was als Nächstes passieren wird. Es ist nicht so, als hätten wir einen Plan. Wir sind einfach nur verzweifelt. Die Polizisten werden die Wohnung vermutlich nicht mit Maschinengewehren im Anschlag stürmen, als wären wir Terroristen. Es wird keine Schussgefechte geben. Wahrscheinlich wird die Polizei aber die Tür aufbrechen. Und dann? Dann könnten wir gar nichts tun. Dann müssten wir Peggy gehen lassen, und ihr Schicksal wäre besiegelt. Obwohl die Öffentlichkeit größtenteils hinter uns steht, obwohl niemand, selbst unsere Gegner nicht, uns unterstellt, dass wir schlechte Menschen sind und nicht nur das Beste im Sinn haben, so verstoßen wir doch gegen ein halbes Dutzend Gesetze. Mindestens. Eigentlich haben wir keine Chance.

Doch dann passiert es. Gerade als der Einsatzleiter unten erneut etwas in sein Megaphon quakt und die Leute beginnen, ihn auszubuhen und erneut Sprechchöre zu unseren Gunsten anzustimmen, während alles in furchterregender Unruhe auf ein zweifelsohne bitteres Ende zusteuert – da löst sich Peggy aus Jörns Umarmung und erhebt sich. Wir schauen stumm und erstaunt zu, wie das kleine Mädchen zum Fenster geht, kurz zögert und es dann öffnet.

Irgendjemand unten auf der Straße sieht sie und ruft etwas. Es wird still. Alle starren zu Peggy hinauf. Gespannt, fasziniert, fast ehrfürchtig. Weil alle von diesem Mädchen gehört haben, weil alle ihr Foto in den Zeitungen gesehen haben, weil niemand sie aber bislang leibhaftig zu Gesicht bekommen hat. Weil jetzt da oben an dem Fenster jemand steht, der einen theoretischen Protest in etwas zutiefst Menschliches verwandelt. Ein kleines Mädchen, das mit großen, ängstlichen Augen auf den Trubel herunterschaut. Alle warten, was passiert. Doch Peggy steht nur da.

Der Einsatzleiter nimmt zögernd das Megaphon an den Mund und will gerade etwas sagen, lässt schon das P von

»Peggy« heraus, als Peggy plötzlich dem Einsatzleiter und all den Polizisten zuruft: »Lasst mich in Ruhe! Ihr seid gemein!« Und dann beginnt sie zu weinen.

Wir gehen zu ihr, umarmen sie, trösten sie. Ein großes menschliches Knäuel aus Fürsorge und Liebe. Die Fotografen und Kameraleute halten drauf. Es ist ein Bild, das man in den nächsten Tagen oft in den Medien sehen wird. Und es ist das Bild, das am Ende alles entscheidet.

Unten wird hektisch telefoniert, hinterher erzählt man uns, dass der Bürgermeister höchstpersönlich angerufen wurde. Uns jetzt zu räumen, dieses arme, weinende Mädchen aus den Armen der Menschen zu reißen, die sie offenkundig lieben, wäre ein PR-Desaster. Und die nächste Wahl kommt bestimmt.

Davon wissen wir nichts. Wir umarmen uns. Wir warten. Nichts geschieht.

Wir kauen Fingernägel, laufen auf und ab, wissen nicht, ob jeden Moment die Wohnung gestürmt wird oder ob man uns heiligspricht. Dann kommt ein Anruf, von irgendeinem Typen aus dem Senat, irgendjemand von ganz oben, der Jörn sagt, die »Sachlage« würde »neu geprüft«. Die Polizei zieht unter dem Jubel der Leute ab. Jegor singt noch drei Lieder und kommt dann hoch zu uns in die Wohnung. Nele umarmt Jegor und bedankt sich. Jegor sieht erschrocken aus. Ich glaube, er ist noch nicht oft umarmt worden in seinem Leben. Ich bin dem Jungen dankbar, aber ich möchte ihn eigentlich nicht in Neles Nähe haben. Aber dann sage ich mir, jeder hat eine Chance verdient und Nele wird schon damit umgehen können. Ich bin allerdings auch ein Vater. Und Väter sind Raubtiere, die über ihre Jungen wachen. Ich werde den kleinen Scheißkerl also im Auge behalten.

Peggy seufzt. Sie sieht erschöpft aus.

Jörn sagt: »Alles wird gut, mein Schatz.«

Sie schaut Jörn lange an, lächelt müde und fragt dann: »Kann ich *Bernd das Brot* gucken?«

Jörn muss lachen und sagt: »Sicher, Süße. Natürlich kannst du das.«

Wir anderen lachen auch. Peggy schaltet den Fernseher ein. Florian holt eine Flasche Bio-Sekt aus seiner Tasche. Sven strahlt über das ganze Gesicht, und ich bemerke erstaunt, dass ich ihn schon seit Jahren nicht mehr wirklich fröhlich gesehen habe. Dieser Sven, in diesem Moment, ist der Sven, der einmal mein bester Freund war. An diesem Abend ist die Premiere seines neuen Stückes in Düsseldorf, doch er wird nicht dabei sein. Auch Jörn schaut Sven an, und ich weiß nicht, was genau dieser Blick bedeutet, aber er könnte ein gutes Zeichen sein.

Anita hat vor lauter Rührung tränenverschmierte Wangen, und Adze kramt aus seiner Tasche ein benutztes Papiertaschentuch hervor, das er ihr reicht. Sie nimmt es und wischt sich damit über das Gesicht.

Ich höre, wie Lucy ihrem Polizisten zuflüstert: »Irgendwann will ich auch Kinder …«

Susann kommt zu mir und küsst mich. Sie braucht nichts zu sagen, denn wir denken dasselbe: Das Leben ist ein Schlachtfeld. Aber wir Kirschkernspucker sind und bleiben Helden.

Nachtrag 2012

Es war, glaube ich, die richtige Entscheidung, dieses Buch zu schreiben. Ich musste es einfach tun. Vermutlich werde ich damit nicht den Bruchteil der Auflagenhöhe erreichen, die meine blöden Krimis inzwischen einfahren, aber es hat mir gutgetan, die letzten zehn Jahre meines Lebens und des Lebens meiner Freunde zu rekapitulieren. Das Problem mit solch wahren Geschichten ist nur, dass sie nicht einfach enden, wenn ich das Wort ENDE unter den Text setze. Das Leben geht weiter. Gott sei Dank.

Mittlerweile haben wir November 2012, und dieses Manuskript geht – mehr als ein Jahr, nachdem ich die letzte Zeile zu Papier gebracht habe – in die Produktionsphase. Bald wird es als fertiges Buch erscheinen.

In den vergangenen Monaten ist auch wieder eine ganze Menge passiert. Das Allerwichtigste zuerst: Peggy wurde adoptiert. Frau Zertl musste zähneknirschend akzeptieren, dass Jörn Peggys Pflegevater bleiben durfte – aber wohlgemerkt nur so lange, bis passende Adoptiveltern gefunden wurden. Und so wurde es zu Frau Zertls persönlicher Mission, Peggy Jörns Klauen zu entreißen. Sie ist eine sture alte Wachtel! Es war nicht leicht für sie, jemanden zu finden, der Peggy adoptieren wollte, denn durch unsere Aktion war Peggy nicht nur bundesweit bekannt, sondern potenzielle Adoptiveltern hatten auch Angst, mit Jörn und seinen streitlustigen Freunden Ärger zu bekommen. Abgesehen davon wollten die Leute keine »Problemkinder«, die obendrein schon dem Grundschulalter entwachsen waren. Frau Zertl hat dann aber doch noch ein Ehepaar aufgetan, das Peggy bei sich aufnehmen wollte. Es waren strenggläubige Katholiken, die in irgendeinem Kaff in Baden-Württemberg lebten und – wie ich fest überzeugt bin, es aber nicht beweisen kann – persönliche Bekannte von Frau Zertl waren.

Als wir die Nachricht erhielten, beriefen wir eine Krisensitzung ein, die nur kurz dauerte. Das Problem wurde nahezu unverzüglich gelöst: Peggy wurde von Lucy und ihrem Mann adoptiert. Damit waren Dille und Petra offiziell ihre Großeltern. Da Lucys Mann die Ich-bin-Polizist-Trumpfkarte ausspielte und damit drohte, vor Gericht zu gehen und dort klären zu lassen, wer die geeigneteren Adoptiveltern wären, hatte Frau Zertl nur halbherzig versucht, das zu verhindern. Jeder Richter würde zweifelsohne entscheiden, dass es die wären, zu denen das Kind bereits ein freundschaftliches Verhältnis hat und die dem Kind ein Leben in einem bereits vertrauten Umfeld ermöglichen. Ganz abgesehen davon war weder die Behörde, noch waren die Politiker daran interessiert, den Fall erneut in den Medien zu sehen.

Peggy wurde dadurch sozusagen unser aller Kind und somit der jüngste Kirschkernspucker. Ihre offizielle Adresse war bei Lucy und ihrem Polizisten, aber ebenso oft schlief sie bei Jörn, bei dem sie nach wie vor ein Zimmer hat, und oft auch bei uns in Neles Zimmer und manchmal auch bei Oma Petra und Opa Dille. Es war schön. Für uns alle. Es war *Die Waltons* meets Hippie-WG.

In der Zwischenzeit habe ich ziemlich Karriere gemacht. »Meine« Fernsehkrimis sind mittlerweile ein Riesenhit. Vermutlich haben Sie das schon mitbekommen. Der dritte Teil – *Tod im Museum* – hatte eine Quote, die dicht an den *Tatort* heranreichte. Der Film war genauso schlecht wie seine beiden Vorgänger, aber ich freue mich trotzdem über jede Fortsetzung. Meine Bücher verkaufen sich seitdem noch viel besser, und der Verkauf der Filmrechte verschafft mir ein ausreichendes finanzielles Polster, so dass ich es mir leisten konnte, das Buch zu schreiben, das ich *wirklich* schreiben wollte. Das Buch nämlich, das Sie gerade in den Händen halten.

Ich habe neulich übrigens Elena Holzberg persönlich kennengelernt. Die Produktionsfirma hatte mich zu einer internen Vorführung von *Tod im Museum* eingeladen, bei der die Hauptdarstellerin auch anwesend war. Ihren Heuschreckenmann hatte sie Gott sei Dank nicht dabei. Wahrscheinlich hantierte der gerade mit irgendwelchen Aktien einer Firma herum, die ihr Geld damit machte, kleine indische Kinder in Sweatshops auszubeuten. Aber ich bin ja ein Profi und brauche das Geld. Also habe ich Frau Holzberg artig die Hand geschüttelt und sogar so etwas wie ein Lächeln simuliert. Ein Kompliment über ihre schauspielerische Leistung in »meinen« Filmen (auf das sie ganz offenkundig wartete) kam mir dennoch nicht über die Lippen. Ich kann recht glaubwürdig flunkern, aber gegen die ganz großen Lügen sträube ich mich dann doch. Elena Holzberg ist in Natura tatsächlich noch schöner anzusehen als auf dem Bildschirm. Sie hat eine atemberaubende

Figur und hinreißende Augen. Wenn sie allerdings den Mund aufmacht, verpufft der ganze schöne Effekt unverzüglich. Wenn Dummheit qualmen würde, würden alle Leute in ihrer Umgebung qualvoll ersticken. Wenn ich jemals Schiffbruch erleiden und auf einer einsamen Insel stranden sollte, dann hätte ich lieber ein gutes Buch dabei als Frau Holzberg.

Susann hatte sich um den Posten als stellvertretende Schulleiterin bemüht, aber die Sache mit Jegor klebt in ihren Akten und verhindert vermutlich auf ewig eine Beförderung. Sie trägt es mit Fassung. Sie hat sich mit Jegor ausgesprochen, und die beiden haben einander verziehen. Na ja, mehr oder weniger. Hauptsächlich, weil beide das Kapitel endlich abschließen wollen.

Susann und ich haben uns wieder komplett zusammengerauft. Ich kann überhaupt nicht mehr verstehen, wie ich sie so vernachlässigen und in Frage stellen konnte. Wenn ich kein Atheist wäre, würde ich dem Herrgott jeden Tag dafür danken, dass er sie mir ins Leben gestellt hat – und dass sie es immer noch mit mir aushält.

Nele trifft Jegor manchmal, aber nicht so oft, wie er es gerne hätte. Der Junge ist ständig unterwegs. Er hatte unter anderem eine große Tournee, die allerdings nicht so viele Zuschauer anlockte wie erhofft. Die nächsten Castingshow-Stars sind schließlich bereits nachgewachsen. In ein paar Jahren geht Jegor womöglich gemeinsam mit Lena Meyer-Landrut ins *Dschungelcamp.* Ich habe keine Ahnung, ob Nele und Jegor etwas miteinander hatten – und genau genommen geht es mich auch nichts an –, aber ich habe meine Tochter neulich beim Knutschen mit einem

Jungen aus ihrer Amnesty-International-Gruppe gesehen, und das hat mich gefreut. Ich schätze, irgendwann zieht Jegor weiter. In sein persönliches Glück oder in den Knast. Ich hab keine Ahnung. Wir werden es vermutlich irgendwann in der *Gala* nachlesen können.

Sven und Jörn sind nicht wieder zusammengekommen. Eine Zeitlang hatten wir es alle gehofft und irgendwie auch erwartet, aber es war einfach zu viel passiert. Trotz der vielen Verletzungen, die sie einander zugefügt hatten, lieben sie sich auf so eine innige und aufrichtige Art, wie zwei Menschen sich platonisch nur lieben können. Sie sind wahnsinnig gute Freunde geworden. Einander und uns. Wie ihnen das gelungen ist, ist mir ein Rätsel.

Jörn kümmert sich nach wie vor liebevoll um Peggy. Und vor einiger Zeit hat er jemanden aus der Kulturbehörde kennengelernt, der ihm eventuell einen Job besorgen kann. Vielleicht wird ja etwas draus …

Sven hingegen hatte kürzlich seinen ersten richtigen Flop am Theater. Schwacher Premierenapplaus und sogar ein paar Buhrufe, verheerende Kritiken und viel zu wenige Zuschauer in den darauffolgenden Vorstellungen. Sven war für ein paar Tage am Boden zerstört, aber wir fanden es ehrlich gesagt alle insgeheim ziemlich erfreulich. Es gibt nun mal keine bessere Kur für Größenwahn als eine Bauchlandung. Und jetzt ist Sven wieder (fast) der Alte.

Und Dille und Petra? Ach, die beiden sind einfach … Dille und Petra. Ich glaube, das Schicksal macht sich manchmal einfach einen Spaß daraus, zwei Menschen füreinander zu bestimmen, die einfach nicht zueinander passen. Die werden sich noch im Altersheim fetzen und lieben.

Dille hat sich neulich beim Fallschirmspringen den Fuß gebrochen, weil er bei der Landung blöd aufkam. Petra hat null Mitleid.

Ich bin jetzt zweiundfünfzig. Das ist ziemlich alt. Seltsamerweise fühle ich mich trotzdem oft noch wie ein kleiner Junge. Und ich vermute, manchmal benehme ich mich auch so. Vielleicht hat es etwas damit zu tun, dass ich immer noch staunen kann. Ständig. Und dass um mich herum so viel passiert. Ich habe es geschafft, Menschen um mich zu scharen, die nicht jedes Jahr in denselben All-inclusive-Club fahren und deren schwierigste tägliche Entscheidung nicht darin besteht, ob sie abends Sat.1 oder RTL einschalten sollen. Meine Freunde gehen Überraschungen nicht aus dem Weg, sondern nehmen sie als Chance an. Und ich lebe nicht nur mein Leben, sondern bis zu einem gewissen Punkt auch ihre Leben mit. Ich brauche kein Facebook, um vernetzt zu sein. Und ich drücke lieber meine Freunde als die Fernbedienung der Glotze.

Tja, so war das. Zehn Jahre. Viele Leben. Und jetzt, da ich auch unter diesen Nachtrag gleich das Wörtchen ENDE setzen werde, fällt mir Dominik Brockheffer wieder ein. Sie erinnern sich? Der Jungredakteur vom NDR. Der, der mich interviewt hat. Der, der mein Buch nicht einmal gelesen hat. Herr Brockheffer hat mich damals gefragt, ob mein Buch eine Botschaft habe. Ich hab ihm mit einem Zitat von Roman Polanski geantwortet: »Wenn ich eine Botschaft hätte, würde ich sie mit der Post schicken.« Aber wenn ich mir anschaue, was für halbkluge Dödel und Schnösel heute schon als Philosophen gehandelt werden und welche hergelaufenen Wurstköppe, die wahrscheinlich mit vierzig noch bei ihrer Mutter leben, bescheuerte Lebenshilfebücher schreiben, dann werfe ich Ihnen doch noch eine Botschaft zu. Sie können sich ducken, wenn Sie wollen, aber hier ist sie: Das Leben ist eine Wundertüte – aber nur wenn man sich traut, darin herumzuwühlen.

Machen Sie's gut.

ENDE

Nachbemerkung

Diese Geschichte ist – wie schon der erste *Kirschkernspucker*-Roman – frei erfunden. Es gab keine Inszenierung am Thalia Theater, die durch das Einreiseverbot eines muslimischen Musikers erschwert wurde, und ich bin mir ziemlich sicher, dass in der Geschichte der Bundesrepublik Deutschland noch nie ein amerikanischer Botschafter Dienst tat, der eine dusselige Tochter namens Trixie hatte. Dass der Chefredakteur der *Morgenpost* ausdrücklich Sex und Promis als Themen einfordert, ist ebenso ein reines Hirngespinst meinerseits wie nahezu jedes andere Wort in diesem Buch. Immerhin: Ich habe tatsächlich mal einen jungen Mann kennengelernt, der von seinen Eltern Adolf getauft wurde, weil sein Großvater so hieß. Und er hat seinen Namen nie geändert.

Ich hoffe, die Kirschkernspuckerbande hat Sie (wieder) amüsiert und berührt. Ich habe mich jedenfalls sehr gefreut, als die schräge Truppe elf Jahre nach ihrem ersten Abenteuer plötzlich wieder vor meinem inneren Auge auftauchte und Einlass in meinen Kopf begehrte. Erst beim Schreiben habe ich bemerkt, wie sehr ich diese Querköpfe vermisst habe.

Gernot Gricksch, im März 2013

Gernot Gricksch

Die denkwürdige Geschichte der Kirschkernspuckerbande

Roman

Sofort nach der Geburt ihres Sohnes sprang Piets Mutter auf, um den Vater zu suchen, der sich in einer Abstellkammer eingesperrt hatte. Und Piet? Der blieb im Kreißsaal liegen und dachte erstaunt: »War's das schon?« Die gleiche Frage stellt er sich vierzig Jahre später am Grab eines seiner besten Freunde; er erinnert sich an Brauner Bär und Schlaghosen, Miami Vice und Startbahn West, den ersten Kuss und die letzte Gehaltsabrechnung. Und Piet denkt an vier Jahrzehnte mit seinen besten Freunden – kurz: an die denkwürdige Geschichte der Kirschkernspuckerbande …

»Gernot Gricksch ist ein großer Erzähler kleiner, liebevoller Geschichten.«
Allegra

KNAUR

Leben beginnt, wenn wir lieben

Gernot Gricksch

Das Leben ist nichts für Feiglinge

Roman

Markus hat in den letzten Jahren den Draht zu seiner fünfzehnjährigen Tochter Kim verloren. Ihre Mutter Babette war stets Ansprechpartnerin und Vertraute. Doch jetzt ist Babette tot. Kim reagiert auf den Verlust wütend und aggressiv, Markus hilflos. Er fühlt sich vom Leben überfordert, zieht sich zurück. Kim schimpft, er sei ein gefühlloser Zombie. Als sie eines Tages spurlos verschwindet, muss Markus seine lähmende Trauer abschütteln und begibt sich auf eine tragikomische Suche nach seiner Tochter.

Verfilmt mit Wotan Wilke Möhring –
»Einer der besten deutschen Filme des Jahres.«
TV Spielfilm

KNAUR